Die Frau in der Literatur

Annette von Droste-Hülshoff

Annette von Droste-Hülshoff

Berta

•

Ledwina

Herausgegeben und mit einem Nachwort von
Ursula Naumann

Ullstein Taschenbuch

Die Frau in der Literatur

Ullstein Buch Nr. 30255
im Verlag Ullstein GmbH,
Frankfurt/M – Berlin

Neuausgabe

Umschlagentwurf: Theodor Bayer-Eynck
unter Verwendung des Gemäldes
›Promenade On The Beach‹ von
Joaquin Sorolla

Frontispiz: Ullstein Bilderdienst

Taschenbuchausgabe mit freundlicher Genehmigung
des Verlages Artemis & Winkler, München:
Annette von Droste-Hülshoff,
Sämtliche Werke in zwei Bänden,
Herausgegeben von Günther Weydt und Winfried Woesler

Printed in Gemany 1991
Gesamtherstellung: Ebner Ulm
ISBN 3 548 30255 6

Juni 1991

CIP-Titelaufnahme der Deutschen Bibliothek

Droste-Hülshoff, Annette Freiin von:
Berta. Ledwina / Annette von Droste-Hülshoff. Hrsg. und mit
einem Nachw. von Ursula Naumann. – Neuausg. –
Frankfurt/M; Berlin: Ullstein, 1991
(Ullstein-Buch; Nr. 30255: Die Frau in der Literatur)
ISBN 3-548-30255-6
NE: Droste-Hülshoff, Annette Freiin von: [Sammlung]; GT

Inhalt

Berta

PERSONEN

Reichsgraf
Reichsgräfin
Berta } ihre Töchter
Cordelia }
Ferdinand, ihr Sohn
Minister
Ministerin
Laurette, ihre Tochter
Eduard Felsberg, reisender Musikus
Graf Reihersdorf
Graf Hellbronn
Marco Godowesi, Kammerdiener
Katharina, eine alte Wärterin
Ein Bauernmädchen
Dienstboten

Erster Aufzug

Erste Szene

Gespräch zwischen Donna CORDELIA *und Donna* BERTA. *Cordelia sucht Berta von ihrer Liebe zu Eduard zu heilen auf eine sehr undelikate Art. Cordelia stickt an einem Schirme, Berta singt bei einer Harfe.*

BERTA: Am hellen Gewässer der spiegelnden Flut,
Da steht eine freundliche Hütte,
Draus tritt bei des Morgens erneuerter Glut
Ein Mädchen mit wankendem Schritte.
Sie schauet mit trauernden Blicken umher
Und nieder zum Anger sich bücket,
Maßliebchen und Veilchen und Blümelein mehr
Mit zitternden Händen sie pflücket.
Sie windet ein duftendes Kränzchen daraus,
Wirft's in die kristallene Helle,
Schaut dann in die bläuliche Ferne hinaus
Und dann in die silberne Welle.
»Wie ist mir so weh, was durchbebt mir die Brust
Mit unbekanntem Verlangen!
Es füllt mir die Seele mit inniger Lust
Und doch mit unendlichem Bangen.
Ich blühte so frisch wie die Rose im Mai,
Wie das Kränzchen, das ich gewunden,
Es flohen im rosichten Schimmer vorbei
Die leichten ätherischen Stunden.
O wehe! verbleicht sind die Wangen nun,
Verwandelt das Lächeln in Tränen,

Es läßt mich nicht weilen, es läßt mich nicht ruhn,
Mich treibt unbegreifliches Sehnen.«
Die wenigen übrigen Blümelein dann
Ergreift sie mit tränendem Blicke,
Drückt feste dem klopfenden Busen sie an
Und wankt in die Hütte zurücke.

Sie bleibt nachdenkend auf ihre Harfe gelehnt.

CORDELIA: Geliebte Schwester, sieh den Schirm doch an,
Ob er nicht hübsch wird: vom Altare schlägt
Die rote Flamme lodernd in die Höh',
Und in die Wolken dringt der dicke Rauch.
Ein Vogelheer durchflattert ängstlich dort,
Vom Dampf umnebelt, die getrübte Luft
Und sucht der heißen Wolke zu entfliehn.
Am Fuße des Altares knieet still
Und demutsvoll die junge Priesterin.
Viel Ausdruck hat ihr heiliges Gesicht;
Sieh nur die feuchten Augen an; gewiß,
Ich habe recht natürlich es gemacht.
Meinst du nicht? Doch du hörst mich wieder nicht,
Bist ganz zerstreut, ich bitte dich, sieh her,
Sieh meine schönen, bunten Bilder an,
Das zart Gebilde meiner fleiß'gen Hand,
Berta!

BERTA: Was sagst du? Sagtest du etwas?

CORDELIA: O, sieh mich nicht mit diesem Blicke an,
Dem stillen, trüben, der das Herz mir engt.
Zwar nimmer war so heiter dein Gemüt
Wie meins, das keine bange Sorge kennt,
Und nur im Kreise holder Häuslichkeit
Für sich und seine stillen Pflichten lebt.
Doch wie seit ein'gen Wochen ernst und düster,
So sah ich nimmer deinen scharfen Blick.
Im Winkel trauert einsam dein Geweb',
Nicht mehr gefördert von der fleiß'gen Hand.
Und stundenlang wallst einsam du umher
Im sonn'gen Garten, setzest dann dich nieder,

Schaust unbeweglich auf den Boden hin,
Als wolltest du die Körner Sandes zählen,
Und spielest mit den Fingern, seufzest tief;
Auch rinnt oft unbemerkt vom Auge dir
Die Trän' herab auf den beblümten Rasen.
So hab' ich oftmals trauernd dich gesehn,
Wenn deine Tränen rings den Boden netzten
Und trübe Schwermut im Gesicht dir lag.
Allein du sahst die bange Schwester nicht,
Sahst nur dein eignes, innres, tiefes Leid
Und blicktest starrend in die blaue Ferne
Und auf den bunten, blumenreichen Rasen.
Dann schlich sie traurig, unbemerkt von dannen,
Wohl wissend, es vergrößre nur dein Leiden
Und mach' noch stiller dich, zurückgezogner,
Wollt' ich dich mit vorwitz'gen Fragen quälen.
Und schloß mich trauernd dann in meine Kammer
Und weinte bittre, heiße Schwestertränen.
Allein du hörst nicht.
BERTA: Ja, ich höre, Liebe.
Vom Rahmen etwas, ja gewiß, vom Rahmen.
Allein du irrst dich, ja gewiß, du irrst dich.
CORDELIA: Ich irre? Nein gewiß, ich irre nicht!
Auch sagst du's, meinen Fragen auszuweichen.
O, jedes deiner Wort' ergreift mein Herz,
Verwundend es, wie scharfe gift'ge Dolche.
Du willst dem treuen Schwesterherzen nicht
Vertrauen, was die Seele schwer dir drückt?
Das kommt von deinem allzuvielen Denken
Und langen Wachen und Alleinesein.
Doch wenn du wolltest an dir gleiche Seelen
Dich schließen, eine traute Freundin wählen,
Wenn auch Cordelia nicht, deine Schwester;
Denn nimmer kann mein stilles, muntres Wesen
Wohl deinem hohen, ernsten Geist genügen.
Doch willig übertrag' ich meine Rechte
Für deine werte Ruh' an eine andre,

Mein Cordchen, teure Schwester meiner Seele.
BERTA: Du bist mir lieb und wert vor allen andern,
Durch gleiches Blut mir nicht allein so teuer,
Auch durch dies Herz, so sanft, so liebevoll.
Wenn stille Trauer meine Seele drückte
Und ich es einem Wesen könnte klagen,
Wie sollt' ich von der Schwester mich entfremden,
Vom selben Schoß geboren, mir verbunden
Durch alle heil'gen Bande der Natur,
Und fremden kalten Herzen es vertraun!
O Teure, oft seh ich dein ruh'ges Leben,
Dein frommes, unschuldsvolles, stilles Wandeln
Mit trüben Blicken an und möchte gerne
Dir gleich tun, aber, ach, ich kann es nimmer!
Mein Geist ist unstet, und hinweggezogen
Wird er gewaltsam wie von Meereswogen.
CORDELIA: Zu männlich ist dein Geist, strebt viel zu hoch
Hinauf, wo dir kein Weiberauge folgt;
Das ist's, was ängstlich dir den Busen engt
Und dir die jugendliche Wange bleicht.
Wenn Weiber über ihre Sphäre steigen,
Entfliehn sie ihrem eignen bessern Selbst;
Sie möchten aufwärts sich zur Sonne schwingen
Und mit dem Aar durch duft'ge Wolken dringen
Und stehn allein im nebelichten Tal.
Wenn Weiber wollen sich mit Männern messen,
So sind sie Zwitter und nicht Weiber mehr.
Zwar bist du, Berta, klüger viel wie ich,
Denkst tiefer viel, bist älter auch an Jahren,
Doch glaube dieses Mal nur meinen Worten,
Das gute Weib ist weiblich allerorten.
BERTA: Ich glaube dir, du gutes Mädchen, gern;
Doch ist es das nicht, was die Seel' umdüstert.
Es ist ein weiches, trauriges Gefühl,
Was von dem bangen Auge Tränen heischt.
Es drückt mich nieder, macht mich mutlos, krank!
Sei ruhig, Kind, es wird schon bald sich geben.

Ich glaub', 's tut viel die schwüle Sommerluft,
Die ungewohnte Hitze dieses Jahres.
CORDELIA: Gib nicht der heitern Sommerluft die Schuld;
Das Träumen trägt sie, das einsame Wandeln.
Laß deine Hand die feine Nadel führen,
Und unter ihr entblüh' ein schönes Bild.
Wenngleich im Anfang dir es widerstrebt
Und dich hinwegreißt von dem blanken Rahmen;
Du fördertst ja wohl eher solches Werk
Und fertigtst manches reiche, schön Gewand
Mit kunstgeübter Hand, eh noch der Gram
Die Wange dir umschattet' und den Blick.
Wenn ich bei meinen zarten Bildern sitze,
Betrachtend sie mit inniglicher Lust,
Die schönen Schirm' und flatternden Gewänder,
Die ich verfertigte mit eigner Hand,
Dann strahlt die Freude von den Augen mir,
Und es beflügelt sich die leichte Nadel,
Um mehr zu schaffen noch der schönen Arbeit.
O süße Berta, herzensliebe Berta,
Du würdest sicher dessen dich erfreun.
BERTA: Sind deine seidnen Fäden stark genug,
Um aus dem finstern Bergschacht den Versunknen
Hinauf ans helle Tageslicht zu ziehn?
O Cordchen, was dem einen wohltut, senkt
Den andern tiefer in die Schwermut hin.
Bei deinem farbigen Gewebe kann
Ich keine Ruhe finden; ganz allein
In meinem stillen Träumen liegt mein Glück.
Ich hab' auch meine schönen, zarten Bilder,
Doch trag' ich in dem vollen Herzen sie,
Und nicht auf Schirmen und buntfarb'gen Kleidern.
Bei meiner Harfe leisen, süßen Tönen
Dann ziehen sie in langer Reih' vorüber
Und laben mir das Aug' des innern Sinns.
CORDELIA: O, deine Harfe, o, die mordet dich,
Und tönt mit ihren silberhellen Saiten

Dir diese Träume in dein banges Herz!
Wenn oftmals traulich wir ein Weilchen kosen,
Und muntrer du dann scheinst, die Stirne heller,
Dann greifst du plötzlich in der Harfe Saiten,
Und trüber wird dein Blick, dann singst das Lied
Vom Hüttenmägdlein, singst es immer wieder
Und lullest dich in finstre Schwermut ein.
BERTA: Laß mir die übrigen, die wen'gen Blümlein
Aus meines Lebens früh gewelktem Kranze.
Es sind die einz'gen, wen'gen, die mir blieben;
Drum schließ' ich fest sie an die wunde Brust!
Wir lieben stets und suchen ja am meisten
Des Frühlings erste Kinder und die letzten,
Die uns der Herbst beut; denn es sind die einz'gen,
Die uns noch übrig bleiben; darum suchen
Wir emsig auf und pflegen sorgsam sie
Und trauern, wenn sie welken, ihnen nach.
Ich bitte, Cordchen, laß mir meine Freude!
CORDELIA: O, diese Blümlein hauchen süßes Gift
Und bleichen deine frischen Rosenwangen.
BERTA: Ja, hingebleicht sind meine Rosenwangen
Und hingewelket meines Lebens Rosen,
Um nimmer, nimmer wieder aufzublühn,
Und ließen nur den Stachel mir zurück.
CORDELIA: Was sagtest du da?
BERTA: Nichts, ich bitte dich.
Laß deinen Schirm mich sehn, ich find' ihn schön
Und möcht' auch wohl solch kunstreich Werk beginnen.
CORDELIA: Und willst der Schwester deinen Kummer bergen?
BERTA: Wüßt' ich es, was mir fehlt, Cordelia,
Ich würd' es deinem treuen Blick enthüllen
Und Trost mir suchen an der Schwester Brust.
Allein, gewiß, ich weiß es nicht, Geliebte,
Doch rührt es sicherlich von Krankheit her;
Denn glaube mir, ich bin nicht recht gesund.
Zerstreuung nur, Cordelia, Zerstreuung,
Die wird mir wohltun, du hast wirklich recht.

Ich bitte, laß uns von was anderm reden.
Was scheint dir von Laurette, der Cousine?
CORDELIA: Recht artig scheint sie mir, recht wohlerzogen
Und auch recht lieb und hold. Im Anfang zwar
Schien zu verschlossen mir ihr Blick, nicht gnugsam offen
Die Miene und zu überdacht die Worte;
Allein ich tat ihr unrecht. Sanft und gut
Ist ihr Gemüt und ohne Trug die Worte;
Im Sinne wohnt kein Falsch, wie ich es wähnte,
Und gut bin ich dem Mädchen schon von Herzen.
Kommt sie nicht arglos jedem gleich entgegen,
Wie wir es gerne sehn und selbst es tun,
So denk', sie ist am Hofe auferzogen,
Wo Mißtraun, kalte Vorsicht Sitte ist.
Und still und fern, wie wir, vom Stadtgeräusche,
So lebten wohl nur wenig Grafentöchter,
Darum verzeih' ich ihr den Schleier gern,
In den die eiserne Notwendigkeit sie hüllte
Und den sie willig ablegt bei der Freundin.
Allein du schweigst? Scheint dir nicht also, Berta?
BERTA: Ich habe wenig sie bis jetzt beachtet;
Auch scheint mir das, was dir am Anfang schien.
Doch tu' ich ihr gewißlich unrecht, will
Mich ferner fester an sie schließen, sehn,
Ob sie die glatte Hülle von sich streift
Und sich als meines teuren Oheims Tochter,
Als unsre nahe Blutsverwandtin zeigt.
Es widersteht mir wirklich ihr Gesicht,
Doch sag' ich's noch, ich tu' ihr sicher unrecht.
CORDELIA: Du tust es sicherlich, und zwar recht großes.
BERTA: Ja, nimmer kann des teuren Onkels Tochter,
Das einz'ge Kind von unsrer güt'gen Tante,
Das mindste Falsch in ihrem Herzen hegen,
Wenn nur die kleinste Ähnlichkeit der Eltern
Dem Kinde eigen. O, wie freut' er sich
Und wir uns, als so plötzlich, unvermutet
Er in den Saal trat! »Bruder, liebe Schwester!«

So rief's, und in den Armen lagen sie
Einander, weinten dann vor Freude.
CORDELIA: Ja, selbst des Bruders ernstes Auge heiterte
Sich auf und strahlte ungewohnte Freude,
Als nun »mein Ferdinand, mein guter Junge!«
Ihn nannt' der Onkel und dann schmuck und edel.
BERTA: Und Laura?
CORDELIA: O, die war noch fremd.
BERTA: Und stand
So kalt und freudlos da, als käme sie
Von ungefähr hinzu bei diesem Jubel
Und wünschte nur, sie könnte sich entfernen
Mit guter Art; doch sieh, da kommt sie selbst.

Zweite Szene

Laurette, die Vorigen

LAURETTE: Ei, sieh doch, guten Morgen, liebe Kinder,
So früh schon auf, schon fleißig bei der Arbeit?
Ich wähnte euch noch schlafend, wollt' euch wecken,
Und schlich mich leise hin in eu'r Gemach.
Da fand ich leer die Betten, öd' die Zimmer
Und ausgeflogen schon die Vögelein.
Dann sucht' ich lang vergeblich euch im Garten
Und find' euch endlich hier in diesem Zimmer.
's ist unverzeihlich, so den schönen Morgen
Im dumpfen, öden Zimmer zu vertrauern.
Es ist so heiter, ist so hell da draußen,
Und auf dem Grase perlt so frisch der Tau.
Ich bitt' euch, kommt mit mir hinaus ins Freie.
BERTA: Kaum hätt' ich es gedacht, daß unsre Laura
Sich so früh in des Morgens Kühle wagte.
Ich glaubte, ihr vom Hofe kenntet nimmer
Des Morgens stille Reize und des Abends
Und achtet't auch nicht unsre stillen Freuden,
So wenig, wie die euren wir beneiden.
LAURETTE: Da irrst du, teure Berta; in der Stadt,

An Höfen, in Palästen und in Hütten
Und überall, wo gute Herzen schlagen,
Da wohnt auch unvergänglich noch der Sinn
Für der Natur geheime, reine Freuden.
Glaubst du, wir könnten gänzlich von ihr scheiden,
Und jeder Keim erstürb' in unsrer Brust?
Doch weil wir nicht ihr süßes Wirken kennen,
So können wir uns auch nach ihr nicht sehnen.
Allein, wenn sie sich unsern Blicken zeigt,
Dann wacht der mächt'ge Trieb in unserm Busen,
Und liebend sinken wir ans Mutterherz,
Und weilen selig an dem Mutterherzen.
Und höher, höher hebt sich unsre Brust.
Im Vollgenuß der ungewohnten Lust.
Komm, liebe Berta, komm, Cordelia!
CORDELIA: Will meine Schwester Berta dich begleiten,
So will ich willig sie dir überlassen.
Allein ich kann gewiß nicht, sieh, mein Schirm
Wird gar nicht fertig.
LAURETTE: O Hausmütterlein
Das viele Sitzen schadet der Gesundheit,
Und frische Luft ist ihr zuträglich; komm!
CORDELIA: Sieh, Berta ist viel klüger und erfahrner
Wie ich, weiß besser viel zu reden, ist
Auch älter, angemeßner deinen Jahren.
Wie wär's so lieblich, mit der holden Berta,
Die dorten sitzt, mit dieser Berta, mein' ich,
Der sinnenden –
LAURETTE: Hörst du, wie sie dich lobt?
BERTA: O ja, ich höre, habe auch nicht nötig,
Mich zu verteid'gen, denk' ich; 's glaubt doch niemand.
CORDELIA: Ich mein', es müßt' besonders lieblich sein,
In der Gesellschaft dieser holden Berta
Den blumenreichen Garten zu durchwandeln.
LAURETTE: Ich seh, du willst nicht mit; doch sage mir,
Was hast du denn so Eiliges im Werke?
Und seit wie früh blinkt in der Hand die Nadel?

CORDELIA: Ich sticke einen Schirm von weißem Atlas,
Und seit der frühen Lerche erstem Ton
Führt meine Hand die blanke Nadel schon.
LAURETTE: 's ist wohl dein Lieblingsvögelein, die Lerche,
Weil sie so hold und heiter ist wie du.
O, wärst du doch so sorglos auch wie sie
Und glichest ganz dem lieblich heitern Bilde,
Dann ducktest du nicht bei dem Rahmen hier
Und sorgtest ängstlich, wie den Schirm du endest.
Du würdest schnell die dumpfe Stube meiden
Und eilen hin durch die beblümten Weiden.
CORDELIA: Doch sieh nur, viel noch, viel der Arbeit fehlt,
Und staubicht wird der Schirm mir in den Händen.
LAURETTE: Laß sehn! O nein, welch wundersam Gebild'!
Wie können Weiberhände solches schaffen!
Ich bin doch auch des Rahmens nicht unkundig
Und fertig' manches blendende Gewand
Mit fleißiger und kunstgeübter Hand,
Daß höchlich all der ganze Hof es lobte
Und selbst der Fürstin scharfes Kennerauge
Mein kunstreich Werk bewunderte und ich
Mich stolz der Nadel Meisterin schon glaubte.
Allein solch ein lebend'ges, zartes Bild,
Das so das Auge anspricht und das Herz,
Vollendet' nimmer ich in Jahresfrist
Mit aller Müh' und aller Sorgsamkeit.
CORDELIA: Es ist für eine liebevolle Mutter.
Darum begann ich es mit Liebe, fördre
Mit Liebe es, und so gelingt es mir.
LAURETTE: Nun ist's begreiflich mir, wie's dir gelang.
Und liebevoll wird sie's mit Liebe lohnen,
Das kindlich fromme Pfand des stillen Danks.
Es sind des Dankes Tränen, deines Dankes,
Die hier dem Aug' der jungen Priesterin
Entgleiten und den hellen Schleier netzen,
Und diese Flamme, die so rein und hell
Von dem Altare in die Höhe lodert,

Das ist dein heiliges Gebet zu Gott,
Dein stilles für der Mutter teure Wohlfahrt,
Nicht eitle Kunst erschuf dies schöne Bild,
Es schuf ein kindlich Herz für eine Mutter.
Doch sage mir es an, wer lehrte dich,
Dein volles Herz im holden Bild ergießen?
CORDELIA: Im Kloster zu Trient, wo ich erzogen,
Da lehrte die Äbtissin mich die Kunst,
Auf weichen Atlas aus vielfarb'ger Seide
Ein Leben gießen zart und wunderhold,
Befeuernd dann mit solchem Wort die Arbeit:
»Seid fleißig, Gräfin, laßt den Mut nicht sinken,
Wenn auch im Anfang Eurem tät'gen Fleiß
Nicht Euer Werk entspricht; in kurzer Zeit,
Seid anders emsig Ihr, wird der Erfolg
Die Mühe lohnen, und ein zartes Bild,
Und Wald und Flur und glänzendes Gefild',
Ja, was nur immer hold im Sinn Euch schwebt
Und tief in Eurem vollen Herzen lebt,
Wird unter Eurer tät'gen Hand entblühn.«
Dann strahlte froh mein Auge, schneller flog
Die Nadel, unermüdet weilt' ich dann,
Wenn früh die Sonne aus dem Meer sich hob,
Bis spät das Abendrot am Himmel glüht',
Am Rahmen; so erlernt' ich diese Kunst.
LAURETTE: Und herrlich lohnte deine Mühe sich!
Doch unsre liebe Schwärmerin, die Berta,
Sie ist ja wieder ganz vertieft und lehnt
Auf ihre Harfe sich. Nun, Berta, ich
Sah ja von dir noch nie ein solch Gebild',
Warst du nicht auch im Kloster zu Trient?
BERTA: Von meiner Kindheit bis zu dieser Stunde
War ich von diesem Wohnort nie entfernt;
Denn meiner Mutter bange Sorgfalt mochte
Die Pflege meiner schwächlichen Gesundheit
Nicht einem fremden Wesen anvertraun.
Doch fehlt' es nimmer mir am Unterricht.

Sie lehrte mich mit liebevollem Sinne
Die Kunst des Rahmens und das Reich der Töne.
Durch sie ward mir der Harfe süßer Trost,
Die leise Sprache meiner Silbersaiten,
Die bald mit ihrer sanften Harmonie
Mich ganz hinwegzog von dem hellen Rahmen,
Mit süßem Zauber meinen Geist entführend
Der kalten Wirklichkeit beengten Schranken
Ins helle Reich der goldnen Phantasie
Und dorthin, wo uns ew'ger Lichtglanz glühet.
Wenn du so sinnend in die Ferne blicktest?
LAURETTE: Und also in den Wolken war dein Geist,
Das hätt' ich nicht gedacht, daß meine Berta
Schon über unsere Welt hinaus sich sehnte,
Wo hell die Sterne strahlen, Monde glühn.
Vielleicht schon höher in den Himmel, nicht,
Mein heil'ges Kind, das ist gewiß recht fromm?
BERTA: Da, wo der Sturm der wilden Leidenschaft
Im bangen Herzen schweigt und goldne Ruh'
Und heil'ger Friede in die Brust sich senkt,
Da ist's der Seele wohler doch, wie hier,
Wo sie dem Schifflein gleich auf wildem Meer,
Von ihrer eigenen Begierden Wogen
Umhergeworfen, schwebend hin und her
Vom mächt'gen Arm des Schicksals fortgezogen,
Bald schwindelnd zu des Glückes Thron sich hebt,
Bald nieder in des Elends Abgrund sinkt,
Von Freud und Leide gleich erschüttert bebt
Und Gift nur aus dem Freudenbecher trinkt,
Von Lieb und Haß und Rach und Eifersucht
Und wie sich alle die Dämonen nennen,
Die unsers Lebens spiegelhelle Flut
Mit wilden Stürmen trüben, gleich gequält,
Da ist's dem armen, dem gebrochnen Herzen
Doch wohl vergönnet, nach der dunklen Nacht
Als seiner letzten Freistatt hinzublicken;
Es sehnt sich fort aus diesem Tal der Leiden

Zum stillen Frieden seines Ruhesitzes
Und ist darum kein Gegenstand des Witzes.
LAURETTE: Und wehe dem, der nicht das Heiligtum
Des kranken, leidenvollen Herzens ehrt,
Im stillen Schweigen frech entweihend es
Durch seines bittern Spottes gift'ge Pfeile;
Und weh mir, daß die Freundin meiner Seele
Mich solchen schwarzen Frevels fähig glaubt,
Im argen Sinne deutend meine Worte.
Nein, Berta, grad' und bieder ist mein Sinn,
Und von den Lippen fließt ohn Arg das Wort.
Allein nicht wähnt' ich dich so kummervoll,
Daß nur des Grabes finstrer Trost dir bliebe,
Des Unglückskindes grauenvolle Hoffnung,
Und hin sich sehnt dein sanfter Geist voll Liebe
Hinab zur letzten Ruhstatt der Verzweiflung.
Noch blühn dir ja viel holde Lebensblumen,
Mit süßem Duft den Lebensweg dir füllend,
Wie Vatertreue, zarte Mutterliebe,
Und Schwesterherz und treue Freundeshand:
All Herzen, die dir heiß entgegenschlagen
Und liebend hören deines Mundes Klagen.
BERTA: Auch war nicht also meiner Rede Sinn.
Noch tobt Verzweiflung nicht in meinem Busen,
Und viele teure Bande fesseln mich
Ans Leben mit der Liebe Zauberkraft,
Und viele sanfte, liebevolle Blicke
Erhellen meinen düstern Lebenspfad,
Daß grell und dunkel mir das Grab sich zeigt
Und gern ich noch ein wenig droben bliebe.
Ich rede von der süßen, innern Wehmut,
Die oftmals uns so wundersam ergreift,
Wenn hell am Himmel glüht das Abendrot
Und Schweigen in der öden Gegend herrscht,
Auch wenn die Sternlein freundlich niederblinken
Und hoch am Äther der gehörnte Mond
Im blauen Meere schwimmt, dann wird's so weh,

So bange mir, und mitempfindbar nur
Dem, dem dies süße Leben schon die Brust
Durchsäuselte wie lindes Zephirwehen.
Wer's nie empfand, der wird es nie verstehen!
LAURETTE: Wohl kenn' ich es, dies wundersame Regen,
Wenn's oft so enge uns im Busen wird
Und hin sich sehnt nach unbekannten Wesen,
Uns fremd und doch verschwistert unsrer Seele,
Wie eingewoben unserm innern Sein;
Die stillen Träume deiner goldnen Harfe.
BERTA: Ja, meine Harfe ist mir jetzt mein Alles,
In Lust und Trauer treue Freundin mir.
Wenn dann der Schmerz die Seele mir durchzittert,
Dann spielt mein Finger in der Harfe Saiten,
Und ihr entschwebt ein klagender Gesang.
In Tränen löst sich auf der tiefe Schmerz,
Und lispelnd hallt ihr silberheller Klang
Mir sanften Frieden in das kranke Herz.
Wenn hoher Freude voll mein Busen bebt,
Daß nicht ihr Übermaß die Seele faßt,
Und möchte hin sich in das All ergießen,
Erliegend unter seiner süßen Last,
Dann rauscht der Jubel in der Harf' Akkorden
Und Hochgesang tönt ihre Harmonie.
Hat dann das volle Herz sich ausgeströmt,
So flieht der wilde Rausch, und sanft Entzücken
Gießt in die Brust sich, malt sich in den Blicken.
Man hört Flötentöne in der Ferne.
LAURETTE: Was ist das? welcher wundersüße Ton
Fließt durch die Lüfte an mein trunknes Ohr!
CORDELIA: Ein Jüngling von Helvetiens Alpenhöhen
Bewandert in dem weiten Reich der Töne,
Durchstreifte Welschlands blühende Gefilde,
Das Land der Bildnerkunst und des Gesangs,
Und dann im Fluge unser edles Deutschland.
So kam er jüngst, da wild der Regen schoß
Und Stürme durch die dichten Wälder brausten,

Durchnäßt und müde hier in dieses Schloß,
Um Obdach flehend vor der grauen Wut
Der Elemente, da schon finstre Nacht
Die Täler deckte. Gern ward's ihm gewährt.
Und weil er viele wundersame Dinge
Erzählt', mit süßen Redekünsten ganz
Das Ohr bezaubernd und den Sinn, wie auch
Durch seiner Flöte liebliches Gelispel,
So baten wir ihn sämtlich, länger doch
Bei uns zu weilen, wenn es etwa nicht
Das Ziel der Reise zögert'. Willig ward
Uns dieser Wunsch gewährt. Seit dreimal sich
Des Mondes Scheibe füllt', verweilt er hier
Und füllt, still wandelnd durch des Gartens Düfte,
Mit süßer Harmonie die reinen Lüfte.
LAURETTE: Wie ist sein Name?
CORDELIA: Eduard Felsberg heißt er.
LAURETTE: Wie, doch wohl jener schöne, edle Mann nicht,
Den gestern ich an deines Bruders Seite
Bewundernd sah? Sein hoher, stolzer Wuchs
Und seine freie, offne Miene ließ
Mich einen Krieger nur vermuten, einen Helden,
Und nicht den Künstler, nicht den weichen Sänger.
CORDELIA: Zwar edel ist sein Geist und männlich stark
Und so auch seine Bildung groß und edel,
Doch inniger Empfindung voll sein Herz, und leicht
Rührt der Natur verborgnes Wirken es.
Oft, wenn er kühn die majestät'schen Reize
Der stolzen Alpen seines Vaterlandes
Mit der Begeistrung dichterischem Pinsel
Uns malte, schimmert' hell in seinem Auge
Der hohen Rührung Träne, zitternd stockt'
In ihrem Lauf die Rede, und er schwieg,
Das volle Übermaß nicht länger tragend.
BERTA: Wenn voll der stillen Unschuld seines Volkes
Er redet von dem starken Freiheitssinn,
Der unvergänglich sie beseelt, dann blitzt

Ihm aus dem Auge Feuer keck und stolz.
So steht er Ares' hoher Macht vergleichbar,
Als möcht' er das geliebte Vaterland
Mit einem starken Arme decken, es
Verteid'gen mit dem andern. »Freiheit!« tönt's
Mit starker, herzerschütternder Gewalt,
Daß laut es »Freiheit, Freiheit!« widerhallt
In seiner Hörer tief bewegten Herzen.
LAURETTE: O edler Jüngling, deines Landes Zier,
So stolz und doch zugleich so sanft und weich,
Wie wünsch' ich näher ihn zu sehn, den Mann,
Den also zwei so holde Mägdlein loben.
CORDELIA: Ja, spotte nur, du wärst ihm selber gut.
LAURETTE: Meinst du, mein liebes Kind? Das könnte sein,
O horch, die süßen Töne kommen näher!

Berta steht auf und tritt ans Fenster.

Mich dünkt, gewaltig still ist unsre Berta,
Drückt etwa ihr ein stiller Gram die Brust?
CORDELIA: Nein, liebe Laura, nichts, soviel ich weiß.
LAURETTE: Vielleicht der Tod von einer teuren Freundin,
Die ihrem Herzen nah vor allen andern,
Und was uns sonst wohl unerwartet trifft
In unsers Lebens jungem Blumenlenze.
Wenn solch ein Unfall sie betraf, ist's recht,
Der liebevollen Freundin es zu bergen?
CORDELIA: Kein Unfall traf sie, Liebe, nein, gewiß nicht,
Auch hat sie keinen Kummer, den ich weiß,
Und nie verhehlte sie mir ihren Schmerz,
Und keine Freude, die ihr lächelte,
Genoß sie ungeteilt, getrennt von mir;
Denn liebevoll und hold ist ihr Gemüt,
Sich innig an die einz'ge Schwester schmiegend,
Allein auch ernst und still gedankenvoll
Und höher, wie mein blödes Auge reicht.
Darum befrag' ich nimmer sie, wohl wissend,
Ich faßte nicht der Worte tiefen Sinn;
doch hüllte Trauer ihren Blick so ein,

Ich brauchte nicht sie ängstlich zu befragen,
Sie würde an das Schwesterherz es tragen.
LAURETTE: Allein sie war doch gestern noch so froh,
Mit lieblichem Gespräch uns all erheiternd,
Und süß wie Honig, lebend wie ein Quell
Floß von den Lippen die Suade ihr
Und – *Berta sieht sich um*
horch, wie leise, wie so sehnsuchtsvoll!
Nun wieder stärker, nun allmählich schwindend,
Als möcht' es die entzückte Seele hauchen
Ins weite All. Siehst du ihn, liebe Berta?
Die Flötentöne entfernen sich immer mehr und verlieren sich zuletzt
BERTA *wendet sich wieder zu ihnen:*
Da drüben wandelt still er zwischen Blumen,
Sich jetzt umwendend nach des Parks Alleen.
LAURETTE: Wie ist nun so verändert ihr Gemüt,
So geschwunden diese heitern Mienen!
CORDELIA: Die Freude gestern über eure Ankunft,
Die unerwartet überraschende,
Gab ihren Blicken diese Heiterkeit
Und ihrer Rede ungewohnten Scherz.
Jetzt, da der Freude erster Sturm verrauscht,
Wird wieder stiller sie, in sich gekehrter.
Doch engte stiller Kummer ihre Brust,
Verstimmend ihrer Seele Harmonie,
Laurette, sie verhehlte mir es nie.
LAURETTE: Es gibt der Freuden, gibt der süßen Schmerzen,
Die wir voll Sorgfalt jedem Aug' entziehn
Und selbst dem treusten, dem geprüftesten – –
Berta sieht sich wieder um.
Ist unser schöner Flötenspieler fort?
BERTA: Er schwand soeben in des Parkes Dunkel,
Und seine Töne hör' ich auch nicht mehr.
Sie kommt zurück und setzt sich.
LAURETTE: Dein Blick ist wie begeistert. Sicher hallt
In deinem Innern noch der Flötenton.

BERTA *für sich*: O Gott, es hallt und wird wohl ewig hallen!
LAURETTE: Der gute Jüngling wär' ein schlechter Hofmann.
BERTA: Warum?
LAURETTE: Weil er zu offen ist, zu bieder
Für den verkehrten Sinn der Höflinge.
CORDELIA: Schon oft hört' ich vom Hofe reden, von
Dem Glanz, der ihn umstrahlt, der üpp'gen Pracht,
Doch blieb mir nicht davon ein deutlich Bild.
Da war vor ein'gen Wochen noch ein Mann,
Ein junger Reichsgraf hier, hieß Sommerfeld,
Der sprach von nichts als lauter großen Leuten,
Ministern, Hofmarschällen, Kammerherrn,
Und wie sie alle heißen, ferner noch
Von ihren Röcken, Dienern, Equipagen,
Und das den ganzen lieben, langen Tag,
Daß oft mir Zeit und Weile lang ward und
Ich kaum den Schlaf dem müden Auge wehrte;
Allein, so viele Langeweile mir
Das Hören oftmals machte, schien mir doch,
Für kurze Zeit wär's wohl ein lustig Leben.
LAURETTE: Da sprach er wohl von den Dämonen nicht,
Die, still im Finstern schleichend, jedem Schritt
Des treu bewährten Mannes Schlingen legend;
Der giftigen Kabale, schlingend sich
Mit tausend Banden um den sichern Fuß;
Der wilden Eifersucht, die gleich Hyänen
Mit toller Raserei hervor sich stürzt,
Mit grimm'gem Zahn zerfleischend ihren Raub;
Dem dürren Neid, des rote Fackel hell
Im Dunkel glänzt, beim Tageslicht erlischt
Und seiner Schlangen tödlich wirkend Gift
Spritzt bis zum Günstling an des Fürsten Seite;
Der Wollust, die, ein Skorpion in Blumen,
Die Hand verletzet, die ihn freundlich streichelt,
Und all der Teufel, die dort herrschen still!
Mir sinkt der Pinsel aus den starren Händen,
Ich kann das grause Schreckbild nicht vollenden.

CORDELIA: So malte auch mein Vater mir den Hof,
So schwarz und gräßlich, mit so grellen Farben.
Allein, wie konnte denn mein edler Oheim
So hoch sich schwingen durch die Ungeheuer,
Die ihn umkreisen, hemmend seinen Flug,
Und immer noch so fest stehn auf der Höhe
Sich sonnend in dem Strahl der Fürstengunst?
LAURETTE: Darum, weil offen stets er handelte,
Nicht krumme Wege ging und keinen neidete;
Drum durft' es keiner dieser Kriecher wagen,
Ihn zu verleumden; denn Hippolytus,
Reichsgraf von Löwenstein, war ohne Flecken,
Und selbst des Argwohns schärfstes Auge konnte
Ihn keines Fehlers zeihn, des kleinsten nicht.
Nur einmal wagt' ein niedrer Schmeichler es,
Mit lästernd frecher Zunge ihn zu schmähn;
Allein des Fürsten heller Blick durchschaute
Der Bosheit fein Gewebe, und entlarvt
Ward der Verräter. Schöner blühte nun
Mein Vater in der Gnade Sonnenschein
Und zu der Rechten seines Fürsten strahlte,
Wie in der Krone hell der Diamant,
Er Glück und Frieden auf das frohe Land.
BERTA: So glänzt die Sonne heller nach dem Wetter,
Wenn eilend nun die schwarzen Wolken fliehn
Und, dankend dann der Huld der großen Götter,
Die Hirten wieder in die Felder ziehn;
Sie tritt hervor aus finstrem Wolkenschoße,
Mit neuem Glanz erleuchtend ihre Bahn,
Und jeder staunt bewundrungsvoll das große
Beglückende Gestirn des Tages an.
Und dieser Sonne strahlend helles Wandeln
Wollt' eines niedern Schmeichlers Lippe schmähn?
Sie müßte durch die dichte Hülle brechen,
Zerstreuend finstrer Lästerung Gewölk,
Und färben schamrot der Verleumder Wangen,
Ein Brandmal drücken auf die freche Stirn,

Wenn Treu und Glauben noch auf Erden wohnt
Und noch ein Gott in seinem Himmel droben.
O pfui doch, versank der Lügner nicht
Im trüben Schlamme seiner eignen Schande?
LAURETTE: Man merkt's, daß noch die gift'ge Hofluft nicht
Dein unschuldsvolles Wesen angehaucht.
Noch kann dein arglos Herz es nicht begreifen,
Wie einen Mann, der jedem Gutes tut
Und jeden liebt, so bittrer Haß verfolgt.
Bei uns am Hofe ist nur ein Gewebe
Von Trug und schlauer gleißender Intrige.
Das heilige Gefühl der Dankbarkeit,
Das so natürlich unsern Herzen, schwand
Schon längst vor diesen schwarzen Höllengeistern;
Und das Gebilde will die edle Hand,
Der es das Dasein dankt, voll Neides meistern.
Der Genius der Liebe ist entflohn,
Es herrscht die kalte Selbstsucht nur, die bleiche;
Als Staffel zu der Ehre goldnem Thron
Betritt der Sohn des Vaters blut'ge Leiche.
Die fernere Beschreibung, bitt' ich euch,
Erlaßt mir, besser wär' es viel für mich,
Davon nicht reden, denn ich muß ja doch
Zurück in dieses ew'ge Sündenleben.
Und wenn den Abscheu, der so innig mir
Im Busen wohnt, mit Worten auf ich rege,
Ertrüge wohl die Rückkehr nimmer ich.
CORDELIA: Doch sage mir, warum verlaßt ihr nicht
Den Hof, dies grause Schreckensbild der Hölle,
Den faulen Sumpf verworfner Lüste, flieht
In der Natur stets offne Mutterarme?
BERTA: Und rauben Tausenden Bedrängten so
Die einz'ge Stütze, ihre letzte Hoffnung,
Verlieren tausend süße Freudentränen
Und laden tausend bittre auf sein Haupt,
Daß all die Blicke, die ihm segnend folgten,
Bang weinend jetzt und ohne Trost ihm nachsehn,

Gegeben hünd'scher Kriecher feilen Händen?
Und ungerührt soll er das Auge wenden
Und laben sich am hellen Freudenquell
Der liebenden Natur, die keinen läßt,
Der von sich nicht die treue Mutter stößt?
Er müßte schamrot ja die Augen wenden
Vor dieser frommen Mutterliebe Bild.
Nein, dulden muß er standhaft diese Leiden
Für seines teuren Vaterlandes Glück
Und stehen fest auf seiner Höhe, Frieden
Herunter tauend auf des Landes Kinder,
Wenn anders er mein edler Oheim noch,
Der würd'ge Graf von Löwenstein noch ist.
LAURETTE: Du nahmst vom Munde mir das Wort, so denkt
Mein edler Vater, dein geliebter Oheim,
Und nie wird seine eigne Lebensruh'
Er mit des Vaterlandes Wohl erkaufen.
CORDELIA: Nicht überdacht war meiner Rede Sinn,
Sonst hätt' ich nie solch albern Wort geredet.
LAURETTE: Und sieh, dem frommen, redlichen Gemüt,
Das gern der Tugend heil'gen Keim bewahrt,
Dem Laster willig nicht die Arme öffnet,
Dem kann sein falscher Glanz nicht reizen; denn
Dort lauscht das Laster unter Blumen nicht,
Es zeigt sich nackt in aller Häßlichkeit;
In seinen Folgen deutlich liest man es
Auf jedes Höflings totenbleichem Antlitz,
An ihrem Blick, voll Mißtraun abwärts schielend.
Obgleich die Worte freundlich und nur Glück
Sie zu beseelen scheint, so sieht doch tief
Aus ihrem hohlen Aug' der blasse Neid,
Die finstre Schwermut und Gewissensangst,
Und nur ein Jüngling wie Graf Sommerfeld,
So leer von Kopf, so feist und rund von Körper,
Der keinem Menschen schadet, keinem nützt,
Auch keinen neidet, wenn es etwa nicht
Um einen schön gestickten Samtrock ist,

Mit jedem Monat die Livreen ändert
Und dies auch seine einz'ge Sorge sein läßt,
Kann sich des Hofes freuen, ja des Hofes,
Wo man so schön sein Geld vertun kann und
Auskramen seines Reichtums glänzend Glück.
CORDELIA: O wohl mir, daß ich nie den Hof gesehn!
Zwar sehnt' ich nimmer mich nach seinen Freuden,
Doch jetzt erst seh ich seine Häßlichkeit,
Zwar früher schon abschreckend dargestellt,
In ihrer eigentümlichen Gestalt.
Oft sagte die Äbtissin meines Klosters:
»Wenn Euch vielleicht das Schicksal an den Hof
Einst führt, nehmt diese goldne Lebensregel:
Strebt höher nicht, wie Euer Stand Euch stellt,
Sonst erntet Ihr nur Mühe und Gefahren
Und, wenn's gelingt, noch Neid und bittern Haß.
Seid klug und vorsichtsvoll in Euren Worten,
Zwängt ungewohntes Mißtraun auf der Seele.
Hier liegt ein Fallstrick, eine Schlinge dorten,
Und immer späht man jede kleinste Fehle.
Ein Wort, das oft im Scherz der Lipp' entflohn,
Stürzt Eure Ruh', des Glückes holden Schimmer,
Und nieder lacht auf Euch mit bittrem Hohn
Der falsche Freund von Eures Sturzes Trümmer.
Doch rede anders niemals Euer Mund,
Wie Euer Herz; ohn Trug sei Euer Sinn.
Wenn Recht es heischt, tut laut die Wahrheit kund
Und gebt der Unschuld Euer Zeugnis hin!
Und somit wandelt redlich Eure Wege,
Ohn hohe Luftpaläste Euch zu türmen;
So wird auf diesem dornenvollen Stege
Euch Gott und seine heil'ge Jungfrau schirmen.«
LAURETTE: 's muß eine kluge Frau sein, die Äbtissin,
Und kaum kann mein Verstand begreifen, wie
In ihren stillen Klostermauern sie
Den Hof so kennen lernte. War vielleicht
Sie in der Jugend dort?

CORDELIA: Ja, liebe Laura.
In Frankreichs großer Sündenstadt geboren,
Ward sie in ihrem zwölften Jahr bereits
An Karl des Achten üpp'gen Hof gebracht,
Als Tochter Louis' Marquis de Valouse,
Doch konnte nimmer sie der Hof vergnügen;
Denn still und fromm war ihr Gemüt und schon
Dem heiligen Berufe zugewandt,
Den später sie ergriff, und bessern Welten.
Drum bat, als zwanzig Jahr' sie zählte, dringend
Den Vater sie, die Bitte zu gewähren,
Die gütige Erlaubnis nicht versagend,
Dem heil'gen Ruf zu folgen und versteckt
Dem Aug' der Welt, im stillen Kloster nur
Für Gott zu leben und für ihre Seele.
BERTA: Wohl ihr, sie hat den besten Teil erwählt,
Die Leidenschaften fliehn in dieser Stille,
Und alles, was den armen Menschen quält,
Das fühlt sie nicht im sicheren Asyle.
Doch manchem wird so wohl es nicht, daß er
Zurückziehn sich ins stille Dunkel kann.
Nur wenige sind ihres Schicksals Herr,
Das Weib wohl nie und selten nur der Mann.
LAURETTE: Auch der Beruf ist selten, teure Berta,
Zu solchem strengen eingezognen Leben,
Und selten nur der Andacht reines Opfer.
Oh, glaub' es, manche Klosterjungfrau weint
In ihrer Zelle, blaß und trauervoll.
Der Tod geliebter Eltern oder Schmerz
Getäuschter Liebe führt betäubend sie
In diese Mauern. Dort will sie ihr Leid,
Ihr süßes Lieben ewig fest umfangen
Und ewig an dem teuren Bilde hangen,
Verlieren sich in süßen Schwärmerein.
Doch lindernd gießt die Zeit den Balsam in
Die Wunden, und das teure Bild erlischt.
Verwundernd fühlt sie ihre Wunden harschen

Und wieder aufblühn ihre Jugendkraft.
Der trübe Blick der Trauer ist verschwunden,
Und Sehnsucht fühlt sie nach vergangnen Stunden;
Möcht' wieder in das rege Leben kehren,
Doch bindet sie des Eides Heiligkeit.
Sie sieht durch ihres Gitters enge Räume
Des Lebens Freuden schnell vorüberziehn,
Es schmückt verschönernd sie die Macht der Träume
Und täuschend mit der Morgenröte Glühn,
Und höher pocht das Herz; es fühlt die Arme
Verlassen, einsam sich im All der Welt.
Verschwunden ist vor den enthüllten Blicken
Die stille Freistatt, nun ein Kerker ihr.
Verloschen ist der Andacht hohes Feuer,
Und Tränen rinnen auf den hellen Schleier.

Kleine Pause. Zwei Bediente bringen Kaffee.

CORDELIA: Wem sich der ernste Geist zur Stille neigt,
Tut besser, erst der Jugend flücht'ge Jahre
Geduldig abzuwarten, kein Gelübde
Sich ladend auf die Seele, daß nicht schnell
Und unverhofft der Funke lodre auf,
In lichten Flammen sengend ihm die Brust.
Der Mut und edle Freiheit ziert den Mann,
Allein dem Weibe ziemet Sittsamkeit.
So sagte oftmals die ehrwürd'ge Frau:
»Beim wilden Hofgetümmel König Karls,
Da baut' ich meine eigne, kleine Welt
In meinem Zimmer, achtend nicht den Sturm,
Der draußen brauste, wenn's nur ruhig war
In meinem Reiche, ich bei meinem Rahmen,
Und so erhielt ich meine Seelenruh'.«
Doch seht, da kommen schon die andern all.

Dritte Szene

Berta, Cordelia, Laurette *stehen auf und bewillkommnen die Ankommenden, der* Reichsgraf, *die* Reichsgräfin, *der* Minister, *seine* Gemahlin.

Minister: Ich find' hier viel verändert, lieber Bruder.
Dies war der Bildersaal? Doch auch verschönert.
Reichsgraf: Ja, freilich und vorzüglich wohl die Gärten.
Minister: Doch ist so nichts vom guten Alten mehr,
So gar nichts mehr.
Reichsgraf: Das Neuere ist besser;
Warum am Alten hangen? Und was scheint dir denn
Von meinen Büsten?
Minister: Das sind die Meisterstücke.
Die alten Kaiser, der Vespasian,
Das ist ein Kopf! – und Titus, Adelbert,
Den Titus halte mir in Ehren! Herz
Und Geist erhebend ist's, ihn anzuschaun.
Die königliche Stirn, der sanfte Mund,
Um den der Güte süßes Lächeln schwebt,
Des Auges Flammenblick –
Ministerin: Die Büsten sind ja ohne Augen!
Minister: Dann wär' des Meißels Werk nur tote Kunst.
Der delphische Apoll, dies kühne Bild,
Des Menschengeists erhabenster Triumph,
Wär' nur ein Stein, ein leblos kalter Stein
Und nicht so heißes Leben auch zugleich,
Wenn nicht in ihm der Geist des Auges lebte.
Die Büsten sind nur ohne Augenfarben.
Ministerin: So hab' ich's auch gemeint. Sie haben zwar
Wohl Augen, aber ohne Farbe doch
Und ohne Ausdruck.
Minister: Ohne Ausdruck nicht.
Du kennst ihn, den Antikensaal des Fürsten,
Und seine ernsten, schweigenden Bewohner;
Du findest sie doch ausdrucksvoll?

MINISTERIN: Nun ja.
MINISTER: Nun sag, wo wohnt des Bildes hohe Seele,
Und wo dies alldurchdringend heiße Leben,
Wenn nicht im Aug'?
MINISTERIN: Auf einer freien Stirn.
Aus jeder Miene, jedem kleinsten Zuge
Des herrlichen Gefühls blickt seine Größe.
REICHSGRÄFIN: Liegt hoher Ausdruck im Gesicht nicht auch
Des Schlummernden? nein, nicht des Schlummernden,
Des Blinden? Denn in jenem wohnet Ruh',
Die tiefste Ruhe, kalte Größe nur,
Die schönen Formen nur und nicht ihr Geist.
Doch schnell und zart malt in des Blinden Antlitz
Sich seiner Seele leiseste Bewegung.
Fast schneller, reiner noch, weil unbemerkt
Zu sein er wähnt und nicht der Neugier Blick
Und nicht des Menschenkenners Auge sieht,
Das seines Herzens tiefste Regung liest
Im unbewachten Antlitz dargestellt.
REICHSGRAF:
Du kommst vom Text, das paßt nicht hier hinein,
Dies innre Sein, was sich so reich entfaltet,
Weil nicht die Welt von außen ihn beherrscht,
Dies paßt nur auf des Blinden Bild allein;
So auf Homeros' Bild, des alten Sängers!
MINISTER: Und, liebe Schwägerin, ob Ausdruck auch
Im ganzen liegt, im Auge wohnt doch nur
Des Geistes Sonne und, was Schönes noch
Umschwebt das Ganze, das ist nur der Strahl,
Der Widerschein von dieser Sonne Glanz.
Zum Reichsgrafen.
Gibt's einen schönern Kopf wohl als den Titus?
Verbinde ihm die Augen, binde so,
Daß nicht die Stirne leidet, und dann sieh,
Ob noch so groß er ist, so königlich!
Die Ministerin entfernt sich, die Reichsgräfin folgt ihr.
Doch sage, warum steht er so versteckt

Auf diesem düstern, unbesuchten Fleck,
In diesem dunkeln Winkel, möcht' ich sagen?
REICHSGRAF: Die andern alle sind besetzt. Da steht
Am Rosenhügel Venus Medicis.
MINISTER: Die steht da gut, sehr gut, die Rosen schmiegen
Sich schmeichelnd an und huld'gen ihrem Reiz,
Und sie schaut lieblich, gleich als höbe sie
Nur eben sich vom frischen Rosenlager.
Doch weiter! –
REICHSGRAF: Der Apoll von Delphi steht –
MINISTER: Darf nicht herunter, steht da herrlich! Weiter.
REICHSGRAF: Am Rand des Sees steht dicht gegenüber
Dem Pavillon der Cäsar.
MINISTER: Adelbert,
Den Cäsar nimm von diesem holden Ort
Und setz ihn in des Gartens fernsten Winkel,
Wo nicht die Sonne hinscheint, nur gesehn
Von Menschen, die gleich ihm, des Scheins nicht wert,
Das Dunkel suchen.
REICHSGRAF: Wie, den Cäsar? Ihn,
Den kühnen Helden, ihn, den großen Geist?
MINISTER: Der Cäsar war ein großer Mann, wenngleich
Ein Unruhstifter, besser nie geboren,
War dennoch groß, doch also nicht sein Antlitz,
Im Garten jenes nicht; denn sicher war
Im Leben anders, anders ganz sein Bild.
REICHSGRAF: Dies Bildnis ist mir lieb vor allen andern,
Ist meiner Augen, meines Geistes Weide.
MINISTER: Er ist dir lieb, nun wohl, ich mag ihn nicht.
Doch weiter nicht davon ein Wort.
REICHSGRAF: Der Cäsar,
Das war ein Held, wie keiner je gelebt
Und keiner wohl der Nachwelt je entsproß;
Der sich aus einem dunklen, stillen Leben
Empor zur hohen Kaiserwürde schwang,
Auf eines freien Volkes starken Nacken
Den Fuß mit stolzer Herrscherallmacht setzte,

Ein Mann, in dessen Innern Welten lebten;
Und Welten schauen mir aus seinem Bilde,
Ein Mann, ein Mann –
Er besinnt sich plötzlich und schweigt erschrocken still.
MINISTER: Und o, das findest groß,
Das findest edel du, mein Bruder?
O Gott, die herrlich schönen, großen Gaben,
Die zum Beglücken ihm der Himmel lieh,
Mißbraucht' er schrecklich, eines edlen Volkes,
Das ihm vertraut, der Bürger, die ihn ehren,
So lang bewahrte Freiheit zu zerstören.
Und sollte sie beschützen, sie erhalten!
REICHSGRAF:
Du siehst so schwarz, mein Bruder, gräßlich schwarz;
Er wollte herrschen, wollte nicht zerstören,
Er folgte seines Busens mächt'gem Drang,
Der stets ihn höher trieb und immer höher.
Zur Sonne sah sein Adlerblick, er schwang
Sich ihren Strahlen immer näher, näher;
Was Wunder, daß vor dem berauschten Blick
Das Sein der niedern Würmerseelen schwand,
Und daß, umstrahlt vom eignen Glanz und Glück,
Er sich allein auf seiner Höhe fand?
Doch billige ich nicht die Tat, sie ist
Die Augen niedergeschlagen.
Mir bös wie dir, ist ewig mir verhaßt;
Doch sieht man glücklich in des Menschen Antlitz
Nur seinen Geist, nicht seines Geistes Tat.
Und Cäsars Geist war groß, und darum ist's
Mir eine Wonne, ist's ein süßes Grauen,
Solch ein allmächt'ges Antlitz anzuschauen.
MINISTER: Ein Grauen ist's mir, doch ein süßes nicht,
Ein finstres, das die Nerven bang durchzittert,
Schau' ich in diesem Bild den wilden Geist,
Der Tausende dem Abgott seines Ruhms
Geschlachtet. O, wenn jeder kühne Held,
Der nur im Schlachten seine Ruhe findet,

Bedächte, was es heißt, ein Leben opfern,
Wie wär's so ruh'ger, besser auf der Welt!
O Gott, ist der Gedanke eines Mords
Doch jedem gräßlich: nur der Räuber hat,
Der Mörder nur den schrecklich grausen Mut,
Ins Herz des Mannes, der ihn nie gekränkt,
Mit kaltem Blut den Dolch hinabzustoßen,
Und oft auch der nicht einmal! Und ein Fürst,
Ein Fürst, den edel sonst und gut man nennt,
Schaut frohen Blicks herab aufs Schlachtgefild',
Wo seine Krieger blitzen, und bedenkt
Nicht, daß von dieser treu ergebnen Schar
Er Tausende zu morden denkt!
REICHSGRAF: Halt ein!
Sie sterben ja nicht wie von Räuberhand,
So wehrlos, hülflos; denn in ihrer Hand
Blinkt hell die tücht'ge Waffe, und ist lieb
Das Leben ihnen, mögen sie's verteid'gen.
MINISTER: Nun, sterben sie nicht, müssen andre sie
Ermorden, und der armen Gegner Tod
Fällt schwer aufs Haupt des Herrn, der sie gesendet.
REICHSGRAF: Du zählest mehr der Tode wie der Toten;
Denn sieh! nach deiner Ansicht fiel die Schuld
Von beiden Heeren auch auf jedes Fürsten.
MINISTER: Ja, und daß Mörder beide Heere wurden,
Auch das noch, vierfach fällt die Schuld auf ihn;
Zu morden zwang er seinen Untertanen
Den Fremdling, war ihm lieb sein Leben auch.
Ich bin ein Mann, mein Bruder, und nicht weich,
Doch heiße Tränen weint' ich, als der Hof
Den Krieg erklärte, heiße Tränen ich
Nach jeder Schlacht.
REICHSGRAF: Die waren blutig wohl?
MINISTER: O blutig, schrecklich war der Kampf der Heere,
Da fiel sie, unsers Landes schönste Blüte,
Der Jüngling Waldstein, diese schöne Knospe,

Die kaum im Jugendstrahl sich öffnete,
Bei jener alten Festung an der Grenze.

Sie haben sich während dieses Gespräches zum Kamin gewandt. Reichsgräfin und Ministerin treten ein wenig vor.

REICHSGRÄFIN: Seid ruhig, liebe Schwägerin, so leicht
Erkälten sich die jungen Leute nicht.
Das junge Blut ist warm.

MINISTERIN: Ja, grade darum;
Sie lief so viel herum, wollt' alles sehn,
Dann hierhin, dorthin, endlich sich gesetzt,
Ich glaube gar auf eine Rasenbank.

LAURETTE: Nein, liebe Mutter, 's war ein grüner Sitz.

MINISTERIN: Nun, wenn auch, 's lag doch sicher Tau darauf.
Mir wurde bange schon, als diesen Morgen
So schnell ich dich im Garten hüpfen sah;
Ich hätte gern dir zugerufen: »Halt,
Laurette, du verdirbst dich!«, doch ich wagte
Das Fenster nicht zu öffnen, weil so kühl
Die Luft war.

REICHSGRÄFIN *lächelnd:*
Ich bedaure Euch, Frau Schwester,
Daß Ihr die Frühluft nicht vertragen könnt.
Der kennt sie nicht, die Reize der Natur,
Der nicht sie in des Frühlings Strahlen sah,
Der morgenrötlich die Gefilde malt,
Der Braut gleich, wenn aus ihrer Kammer sie
Hervortritt; ihre liebliche Gestalt
Umschwebt der Unschuld holde Röte, doch
Sie lächelt freundlich einem jeden zu,
Und freundlich lächelt alles ihr entgegen.
Ihr habt noch unsern Garten nicht gesehn.

MINISTERIN: Ach nein, auch wird's mir viele Freude sein,
Wenn Ihr hernach die Güte habt, ihn mir
Zu zeigen; doch jetzt bin ich zu besorgt.
Sie war so leicht gekleidet, auch nicht einmal
Den Hut auf. Gelb, zigeunergelb, so wirst
Du werden und noch krank dazu. Du bist

Doch sonst so eitel, warum heute nicht?
Und setzest der Gefahr mich aus, mein Kind,
Den einz'gen teuren Liebling zu verlieren!
LAURETTE *verlegen:* Es war so kühl nicht, und ich hatte ja
Den Schal um.
MINISTERIN: Welchen?
LAURETTE: Meinen, liebe Mutter.
MINISTERIN: Der ist zu dünn bei kalter Morgenluft;
Sie dringt verachtend durch den schwachen Flor.
LAURETTE: Ach liebe Mutter, 's war so warm da draußen,
Es ward mir viel zu schwer, ich mußt' ihn lüften.
MINISTERIN: Da haben wir's, du Unglückskind, was mußt
Du auch den Schal dir lüften? Sicher hast du schon
Ein Fieber dir geholt.
REICHSGRÄFIN: Wenn sie sich nicht
Zuvor erhitzte, schadet's sicher nicht,
Wenn auch die freie Luft sie mal berührte,
Das gibt nur neues Leben ihr.
LAURETTE: Und warm
Schien ja die Sonne.
MINISTERIN: Gelb, zigeunergelb!
LAURETTE:
Was macht's! Ich scheu' die Sonnenstrahlen nicht!
MINISTERIN: Das tust du doch! Du bist so eitel ja,
Wie sonst am Hofe keine, weißt dich nicht
Den ganzen langen Tag genug zu putzen!
Und wenn du deinen Teint so wenig schonst,
So wirst so gelb du, wie die Gräfin Flora,
Die wegen ihrer Häßlichkeit so oft
Von dir verspottet ward, wenn dies auch unrecht.
LAURETTE *verlegen und erzürnt:*
Ich hab' die Gräfin Flora nie verspottet,
Obgleich ich einst gesagt, sie sei sehr häßlich,
Und das sagt jeder wohl, der sie gesehn.
Doch –
MINISTERIN: Du sie nicht verspottet?
LAURETTE *ohne darauf zu merken:* Um zu zeigen,

Daß äußere Schönheit nicht so teuer mir,
Wie meine gute Mutter andern glaubt,
So sollt ihr sehn, wie wenig ich die Glut
Der Sonne achte, wie so kühn ich ihr
Entgegenbieten mein Gesicht will, wenn
Gleich etwas braun sie's färbt, das ist ja nur
Die Farbe der Gesundheit, und auch liegt
Mir wenig dran, ob's braun ist oder weiß.
MINISTERIN: Doch sage, warum wolltest du das tun?
LAURETTE *gelassener scheinend:*
Weil ich die Eitelkeit so innig hasse,
Daß auch ihr kleinster Schein mich tödlich kränkt.
MINISTERIN: Nun gut, wenn du nicht eitel bist; allein
Darum brauchst du den Teint nicht zu verderben.
Du bist so zart, so weiß und rot, ich dachte
Dich als des Hofes Königin zu schauen,
Mit deiner Schönheit alle überstrahlend.
Und nun willst meine Freude du vereiteln,
Willst meines Herzens einz'gen Wunsch zerstören?
Die Reichsgräfin sieht sie scharf an; sie bemerkt es
und fährt verlegen fort.
Zwar ist's nicht ziemlich, daß die Schönheit man
Der eignen Kinder rühmt, auch ist's nicht gut,
In ihrem Beisein sie zu sehr zu loben;
Allein ich weiß, du bist nicht eitel, Kind,
Bescheidner oft, wie es die Tugend fordert,
Drum kann ich kühn es wagen, deinem Blick
Die eignen Reize zu enthüllen, denn
Du bist oft gar zu blöde, anspruchslos. *Kleine Pause.*
Allein jetzt fällt mir wieder ein, nimm doch
Die Tropfen für Verkühlung, die ich mitnahm.
Fast wär' es ganz mir aus dem Sinn gekommen
Vor lauter Angst, daß deine roten Wangen
sie freundlich an die Wangen klopfend
Dir braun du beizest, daß du dich verkühlst.
So wie vorhin im freundlichen Gespräch

sehr höflich gegen die Reichsgräfin
Mit meiner teuren Schwester ich's vergaß.
Zu Lauretten.
Nun geh doch!
LAURETTE: Ach, es ist gewiß nicht nötig,
Doch wenn Ihr's wünscht –
MINISTERIN: Ach ja, ich bitte, Kind,
Nimm doch die Tropfen ein.
LAURETTE: O ja, recht gern;
Zuträglich sind sie der Gesundheit immer.
Geschieht damit Euch ein Gefallen, Mutter,
So kann ich ja die Tropfen leicht verschlucken.
Sie sagt dies letztere sehr freundlich und geht ab.
REICHSGRÄFIN: Ihr seid auch gar zu sorglich, liebe Schwester.
MINISTERIN: Es ist wohl wahr, auch seh ich's selber ein,
Allein bedenk, sie ist doch auch mein letztes,
Mein einz'ges Kind. Auf ihr beruht mein Glück,
Mein ganzes Hoffen. Was die Zukunft mir
noch Schönes, was sie mir noch Freud'ges beut,
Erwart' ich all aus meiner Laura Hand.
Bewegt. Und täuscht mich meine Mutterhoffnung nicht,
So wird sie mir noch manche Freude pflegen;
Darum verzeiht, wenn für ein einz'ges Kind,
So viel der süßen Freuden mir gewährend,
Noch mehr verheißend in der Zukunft Bild,
Ich oft zu übertriebne Sorgfalt trage.
Auch dieser letzte Stern noch möchte schwinden,
Und weh dann meiner armen Lebensfahrt!
REICHSGRÄFIN *bewegt:*
Beruhigt Euch, Geliebte, hell und freudig
Glüht noch aus ihrem jugendlichen Blick
Des Lebens frohe Farbe der Gesundheit.
Wo die so frisch noch auf den Wangen glüht,
Da frommet keine andere Arznei,
Wie der Genuß der freundlichen Natur.
MINISTER *herzukommend:*
Da habt Ihr völlig recht, und wohl mir, wenn

Es Euch gelingt, mein Weib zu überzeugen,
Daß dieses, was verderblich nur sie wähnt,
Die einz'ge Quelle der Gesundheit sei.
Doch wenn in düstern Mauern man nur lebt,
Die Nacht in Tag verwandelnd, Tag in Nacht,
Zerstörend so die Ordnung der Natur,
Das ist verderblich, das zerstört des Lebens
Geheimste Kraft und führt zum frühen Grabe.
Gespenstisch bleich, gleich abgelebten Schatten,
So schleichen in den schönsten Blütenjahren
Des Hofes Weiber, gelb und abgewelkt,
Wenn nicht mit ekler Tünche den Verlust
Der heißbeweinten Jugend sie verbergen.
Willst unsre Laura du so sehn? *Er sieht sich um.*
Allein wo ist sie?
MINISTERIN *verlegen:*
Es war so kühl – sie war so leicht gekleidet
Im Garten – und da dacht' ich, von den Tropfen,
Du weißt, die uns des Königs Leibarzt gab,
Würd' einige zu nehmen ihr nicht schaden.
MINISTER: Ich bitt' Euch, dieses einz'ge bitt' ich Euch,
Verschont das arme Kind mit Euren Tropfen.
MINISTERIN: Mein Gott, Ihr werdet heftig, mein Gemahl;
Ich tat's aus Sorge nur für unsre Laura.
MINISTER: Ich bin nicht heftig, liebes Kind, allein
Ich bat so oft Euch schon, das böse Gift –
MINISTERIN: Es sind die Tropfen von des Königs Leibarzt,
Die edlen, jede Kraft belebenden.
MINISTER: Was für den Kranken heilend Labsal ist,
Ist oft für den Gesunden tödlich Gift,
Und wenn auch nicht, so ist's doch nimmer heilsam,
So schadet doch der häufige Gebrauch.
MINISTERIN: Ihr habt drin Eure eigne Ansicht wohl,
Doch habt Ihr viele Gegner. Mancher Arzt,
Ergraut in seinem ehrenden Berufe
Und rings geachtet, seiner Kenntnis wegen,
Versichert' mich, daß bei dem kleinsten Schein

Der Krankheit schnelle Hilfe dann geleistet
Oft mehr bewirke, wie nach ein'gen Stunden,
Die man gesäumt, die wochenlange Kur.
Und die Erfahrung dieser Männer, welche
Ein halbes Menschenleben zugebracht,
Des Körpers ganzen innern Bau erforschend,
Erspähend jeder Krankheit ersten Keim,
Schien mir, verzeihet, doch wohl wert, daß Ihr
Sie in Betracht bei Eurer Ansicht zöget.
MINISTER: So ist denn Laura krank?
MINISTERIN: Das eben nicht;
Doch hat sie sich erhitzt, wie ich befürchte,
Und drauf erkältet, ist herumgelaufen,
Im Tau sich drauf gelagert, und Ihr wißt –
MINISTER: Jawohl, wenn das ist, das ist ja der Wurm,
Der an so manchem Blütenleben nagt.
REICHSGRÄFIN: Beruhigt Euch, es hat nichts zu bedeuten,
Nur bange Muttersorg' hat die Gefahr
Geschaffen; meine Töchter schwärmen ja
Den ganzen Tag herum im Freien,
Und die Gesundheit glüht von ihren Wangen.
MINISTER: So hat sie sich doch nicht erkältet?
REICHSGRÄFIN: Nein,
Seid ohne Sorge.
MINISTER: Seht, bald hättet Ihr
Mich angesteckt mit Eurer läpp'schen Furcht.

VIERTE SZENE

MINISTER, MINISTERIN, REICHSGRAF, REICHSGRÄFIN, FERDINAND, BERTA, CORDELIA, *hernach* LAURA.

MINISTER: Ei, sieh da, lieber Ferdinand! *Er umarmt ihn.*
FERDINAND: Mein Onkel,
Wie hat mich Eure Güte überrascht!
MINISTER: Dich überrascht? Das ist nicht fein! So hat
Mein Ferdinand denn meiner nie gedacht?
FERDINAND: Ich nicht? wie sollt' ich dessen nicht gedenken,

An den das ganze Land mit Segen denkt?
MINISTER: Woher kam denn der böse Argwohn dir,
Daß ich der fernen Lieben könn' vergessen?
FERDINAND: O das nicht, nein, das gar nicht; denn ich weiß,
Daß teuer Euch auch ferne Freunde sind.
Wie sollte solch ein edel, groß Gemüt
Der Heimat je vergessen und des Tales,
Wo rosig noch und hell des Knaben Sinn
Das Leben lachte. Nein, nicht Eure Güte,
Nicht Eure liebevolle Güte, das Geschenk
Und seine Größe hat mich überrascht.
REICHSGRAF: Was ist das?
FERDINAND: Seht dies helle, blanke Schwert!
Seht nur die prächt'ge Klinge und den Griff
Von klarem Golde, und das hat er mir
Geschenkt, der Onkel. Heut am Morgen erst
Beim Aufstehn fand an meinem Bette ich's,
Ein seidnes Band umschlang's mit meinem Namen.
Froh will ich zu ihm eilen, meinen Dank
Ihm freudig bringen, doch ermüdet von
Der weiten Reise ruht der Teure noch.
Gezwungen, meine Freude zu verschließen –
Denn niemand wachte noch – will einen Ritt
Ich in der Frühe machen, lege an
Den prächt'gen Säbel, da herein nun tritt
Mein Reitknecht mit den Worten: »Schwerenot,
Das ist ein Gaul!« Voll Ehrerbietung dann:
»Eu'r Erlaucht, schon gesattelt ist das Pferd.«
Ich dreh' mich, denk', er soll den Säbel sehn,
Um's ihm doch wenigstens noch zu erzählen.
Allein nicht zu bemerken schien er ihn
Und brummte immer hinterdrein: »Der Teufel!
Das ist ein Tier zum Reiten! Über Gräben,
Zwölf Fuß breit, setzte gar der Gaul, wohl über
Die See, wenn die so breit ist!« Lauter dann:
»Das nenn' ich ein Präsent vom gnäd'gen Onkel.«
»Jawohl«, versetz' ich, denk', er meint das Schwert.

Doch, wie hinaus ich trete – denkt Euch mein
Erstaunen! – wiehert hell entgegen mir
Ein andalusisch Roß, die Farbe braun,
Und weiße Mähnen schüttelt freundlich es
Am stolzen Haupt; ein herrlich, mutig Tier!
Zum Vater. Dagegen, Vater, ist Eu'r Fahler nichts,
Den Ihr vor allen achtet, nehmt's nicht übel –
Allein, wahrhaftig nichts.

REICHSGRAF: Mein Fahler? Nun,
Das wär' doch stark! Allein, wie weißt du denn,
Daß dir's bestimmt war?

FERDINAND: Hoch am Kopfschmuck trug's
Auf goldner Platte meinen Namen und
Der Reichtknecht sprach: – *Verlegen.* Ist's vielleicht auch nicht
Für mich, mein Onkel, dann verzeiht, daß ich –

Er schweigt ängstlich und sieht den Minister an, dieser antwortet nicht und betrachtet ihn lächelnd.

O Gott, verzeiht, mein Onkel, daß ich schnell
Die tör'ge Hoffnung aufgriff, daß bestimmt
Für mich dies edle Roß sei. Leicht ja wohl
Hätt' ich es denken können, solch ein Ding
Sei nicht für einen Jüngling, kaum entwachsen
Dem Knabenalter; dem gereiften Mann,
Dem langverdienten, tät'gen, zieme nur,
Daß solch ein Prachtgebilde er beherrsche.
Vielleicht auch ist das Schwert wohl aus Versehn –

MINISTER: Nein, beides ist das Deine, beides war
Für dich bestimmt, du lieber, kräft'ger Junge.
Zu edel wär' dir solch ein Roß? Es ist
Dir grade recht, um dran den jungen Mut
Zu stählen, deine Jugendkraft zu üben;
Es paßt nicht für den alten Graukopf mehr!
Zwar ist die Hand noch fest, mit Mut die Feder
Zu führen und, so Gott will, für das Recht;
Doch solch ein wildes Tier zu bänd'gen, da
Versagt sie zitternd mir den Dienst.

CORDELIA: Es ist doch wohl

Nicht gar zu wild?
FERDINAND *unwillig:* Ach nein, da kommt sie schon
Mit ihrer Furcht heran! Ein rechtes Roß,
Das macht den rechten Reiter! Solch ein Roß
Und dann ein tücht'ges Schwert noch an der Seite,
Hussa! dann freudig in die weite Welt!
Und hör, legst du die Angst nicht baldig ab,
So soll es unter deinem Fenster hoch
Sich bäumen, daß du recht in Nöten kommest.
REICHSGRÄFIN: Das ist nicht eben hübsch, daß du sie willst
So ängst'gen, weil sie dich so zärtlich liebt.
FERDINAND: Ach je, es ist mir auch 'ne solche Schande,
Daß meine Schwester sich ob jedem Nichts
Entsetzt.
CORDELIA: Das ist kein Nichts, das ist wohl viel,
Sehr viel, wenn du den Hals brichst.
FERDINAND *freundlich:* Meinst es gut;
Bist doch so übel nicht, wenngleich zu furchtsam.
Das ist nun zwar sehr häßlich, doch das wird
Sich auch schon ändern, wenn ich älter bin
Und du recht viel von meinen Taten hörst.
BERTA: Gott gebe, daß du Wort hältst und daß nicht
Der letzte Zweig des Hauses Löwenstein
Durch Feigheit sich entehre. Stolz und hoch,
So blühten stets die Ahnen unsres Hauses
Zu Zeiten Kaiser Karls des Mächtigen,
Des Großen, wo an tapfern Männern gleich
Nicht einer ihnen seines ganzen Heeres.
So sagen die Chroniken jener Zeit.
FERDINAND *zum Vater:*
Ist's wahr, mein Vater, waren damals sie
Die tapfersten?
REICHSGRAF: Ja freilich wohl, mein Sohn;
Doch waren's schlichte Reuterbuben nur.
Als, um zu rächen, seiner Tochter Schmach,
Der Langobardenkönig mit ihm kämpfte,
Da schwur der wilde Desiderius,

Nach Rache schnaubend: »Nicht soll ruhn die Hand
Und ungeschoren soll mein Haar das Haupt
Umwehn, bis ich den stolzen Kaiser Karl
Mann gegen Mann und Aug in Aug bestanden,
Das tück'sche Herz ihm ausgerissen, hoch
Es im Triumph der Tochter dargereicht.
Ha! wenn er röchelnd dann zu Boden sinkt,
Dann will dem Sterbenden ich rufen: ›Sieh
Den Lohn der Untreu', so lohnt Tücke sich!‹
So schwur er, und als im Gefechte Karl
Voran dem Heer und Sieg verbreitend kämpfte,
Da stürzt' gleich einem grimm'gen Tiger er
Hervor, das Schwert hoch ob dem Kaiser schwingend.
Da warf ein mut'ger Reutersknecht, der stets
Dem Kaiser gleich voranfocht, schnell sich vor
Ihn, fing mit seinem Schilde auf den Hieb.
Gespalten in der Mitte ward der Schild,
Allein gerettet war der Kaiser; denn
Schon strömt' herbei sein treues Volk und drängt'
Zurück den Schwarm der Langobarden, und
Es ward gefangen Desiderius,
Der wilde, und voll Schrecken floh sein Heer,
Und als gefesselt ward der Langobarde
Von Römerhand, da brüllte schäumend er:
»Dich hat gerettet dieser junge Löwe,
Feigherz'ger Ehrenräuber, nicht dein Mut!«
Da gab dem Retter seines Lebens Karl
Die feste Burg und diese Grafschaft, die
Sie rings umgibt, zum Erb' und Eigentum,
Im Wappen einen goldnen Löwen, nannt'
Ihn Löwenstein. – Aus solchen edlen Stamme
Bist du, mein Sohn, entsprossen. Sieh, so hat
Dein Ahne sich hinaufgeschwungen, war
Ein Knappe nur, des Kaiserknechtes Knecht,
Und ward ein mächt'ger Ritter. Drum nur kühn,
Mit Mut hinan zum Ziel, mit fester Hand
Gelenkt des Schicksals Zügel; denn es folgt

Dem willig, der mit Kühnheit es ergreift!
Ein hoher Sinn beherrscht der Menschen Geister,
Ihm folgt der Ruhm, er ist des Glückes Meister!

Er gerät während der Rede immer mehr in Affekt; wie er ausgeredet hat, geht er an ein Fenster.

FERDINAND *ihm nachfolgend:*
Ich bitt' Euch, Vater, flehend bitt' ich Euch,
Laßt mich hinaus; mir wird die Burg zu enge,
Und draußen winkt das Leben nur dem Kühnen;
Laßt mich zum Heer des Kaisers, lieber Vater,
Ihm drohet keck und stolz der Feinde Macht.
Ich will ihn ehren, Eures Hauses Ruhm,
Durch Taten ehren seine Größe; nicht
Soll die Gefahr mich schrecken; fest und kühn
Will ich die jugendliche Brust ihr bieten, will
Erneuern unsers Hauses alten Ruhm!
O, wollt Ihr, lieber Vater? Laßt mich fort!

CORDELIA: Ach, lieber Vater, gebt es doch nicht zu!
Dem Kaiser dienen viel der tapfern Männer;
Ob einer mehr, ob minder, das wohl wird
Ihm wenig Nutzen, wenig Schaden bringen.
Und sagt Ihr einmal nur dem Bruder es,
So mahnt er täglich mich an Euer Wort;
Bedenkt, er ist der letzte –

FERDINAND: Sprößling willst
Du sagen, und nun schweig ein wenig. Auch
Davon wirst viel du wissen, ob es auch
Dem Kaiser nutzt, wenn einen tücht'gen Ritter
Er mehr, ob minder hat bei seinem Heer.
Wir wär's dem Kaiser Karl doch wohl ergangen,
Wär' nicht zur Seit' ihm unser Ahn gewesen!
Getötet wär' er und sein Heer geschlagen.
Da siehst du, was ein tücht'ger Mann vermag.
Nicht wahr, mein Vater? Hin zum Heer des Kaisers!
Da will ich stets mich ihm zur Seite halten,
Beschirmen in der Schlacht sein heilig Haupt,
Mich mutig wagen in der Feinde Reihn.

Nun flattern die Helme, die Fähnlein wehn
Hurra! Hurra! drauf und dran!
In der Feldschlacht bewährt sich der deutsche Mann!
Das Schwert in der Rechten, hinein in den Schwarm!
Da wird das Herz ihm so weit und so warm.

REICHSGRAF *mürrisch:*
Du bist ein freier Mann; was willst du sein
Ein Knecht des Kaisers?

FERDINAND: O, das sind wir all.

MINISTER: Und sage, warum willst du ohne Not
Dein blühend Leben in der wüt'gen Schlacht
Preisgeben nicht dem tapfern Schwerthieb nur,
Auch jedem Wurfspieß, jedem Pfeil, den oft
Ein Feiger fern im Hinterhalte schnellt?
Daß dir ein feurig Herz im Busen schlägt,
Daß dich's hinaustreibt in die weite Welt,
Das fass' ich wohl, auch freut's mich, denn es deutet
Auf tät'ges Wirken im gereiften Mann.
Allein, was zieht so mächtig denn dich hin
Zur Feldschlacht? Wenn bedrängt der Kaiser ruft
Des Reichs Vasallen, wenn dem Vaterland
Von Feindes Hand ein Sturm droht, ja, dann ist
Es Pflicht und heil'ge Pflicht dem deutschen Mann,
Zu schirmen, muß es sein, mit seinem Blut
Des Reiches Grenzen; – doch so bloß zur Lust,
Allein nur, weil das heiße Blut ihn drängt,
Ein freudig Leben morden, nenn' ich Frevel.
Sahst nie du eine Schlacht und hörtest nie,
Wie röchelnd sich verhaucht das junge Leben,
Was stark und kraftvoll noch den Morgen sah?
Wehmütig. Wenn du es sähst, du würdest schaudernd dann
Verabscheun die so viel gerühmte Tat;
Und doch noch haßtest du's zur Hälfte nicht,
Das namenlose Elend, das der Krieg
Hineinschwemmt in ein still beglücktes Land.
Siehst nicht der Mutter blasses, starres Antlitz,
Siehst nicht das Weib, in Kummer und in Schmach

Gestürzt durch seinen Tod, der sie ernährt.
O Ferdinand, denk' ich des Unglücks all,
Das schon der Krieg dem armen Land gebracht – –
Gott weiß, daß mein die Schuld nicht ist. Es war
Mein heißes Sehnen stets der Frieden, und
Das tröstet mich. *Er ist in großer Bewegung.*
FERDINAND *kleinlaut:* Allein, wozu mir denn
Die junge Kraft, der kühne, feur'ge Mut,
Wenn ich's dem Gifte gleich verschließen muß?
MINISTER: Wozu die Kraft gebrauchen? O, mein Sohn,
Mein Sohn, wie lacht so hell die Zukunft dir!
Du wähnst so leicht, so nichtig dir die Last
Des Lebens, und sie liegt so drückend schwer
Auf manchen Menschen, wo's dein Blick nicht ahnet.
Und wär' auch glücklicher dein Los, wie je ich's noch
Bei einem Menschen sah, so fehlt's doch nimmer
In Prüfungsstunden dir, wo deine Kraft
Zerrinnt, verlischt gleich einer Lampe Schimmer,
Wild angehaucht vom Sturm der Leidenschaft.
Das ist ein seltner Geist, vielleicht auch nie
Geboren, den nicht eine Stunde fand,
Wo treulos seine Stärke ihn verließ
Und einsam er des Schicksals Streichen stand;
Auf solche Stunden magst den festen Sinn
Du sparen. Ach, nur allzu gerne wähnt
Der wilde Jüngling, daß in blinder Wut
Und tollem Wagen sich der Mut bewähre;
Denn leicht verachtet die Gefahr ein Herz,
Das noch vom Jugendfeuer kocht. Den innern Feind,
Die Macht der Leidenschaften läßt empor
Er furchtbar schießen, ahnend nicht, daß einst,
Ein Sklav', er dienen wird dem strengen Herrn.
Sieh, daran übe dir die junge Kraft,
Besieg ihn, diesen Feind, daß nicht er einst
Dein Herrscher werde, deines Lebens Glück
Zerstörend und – *freundlich* das kannst du ja auch hier.
Glaub mir's, aus einem gärenden Gehirn,

Aus einem wilden, kochenden Gemüt
Ging nie das Große, Schöne noch hervor;
Doch wo ein fester Sinn mit Ruhe wirkt,
Da unter seinen Händen keimt empor
Der Menschheit Glück; doch jenem nur entgeht,
Laut rauschend und in nicht'ge Blasen sich
Gestaltend, nur ein eitler Duft, der Ruhm.
Ferdinand spielt schweigend mit seinem Degen.
O, möge nimmer drängen dich die Not,
Daß aus der Scheide du dies gute Schwert
Mußt reißen für des Reichs Erhaltung und
Des eignen Lebens! Freudig blinke es
Dir an der Seit', ein Ritterschmuck, doch nie
Beflecke eines Menschen Blut es; drum
Umwand ich es mit seidnem Bande, daß
Es spreche meines Herzens Wunsch.
CORDELIA: Laß sehn!
Ein Band? *Er gibt ihr den Degen.* Ein gelbes Band?
MINISTER: Die Gattin gab
Es mir. Am besten zu dem gold'gen Glanz,
So sprach sie, paßt die Farbe.
BERTA: O, das ist
Unseliger Bedeutung! Des Verrats,
Der Falschheit Unglücksfarbe trägt dies Band,
Dem lichten Golde gleich, doch war der Welt
Auch treulos, unglückbringend stets das Gold.
Ein gelbes Band am Degen deutet Mord
Des Freundes.
FERDINAND: Wieder schaut dein trüber Blick
Nur Schreckgestalten in der Zukunft Bild
Und wittert unglücksahnend Blut und Mord.
So einen Unglücksraben, solchen Leichenvogel,
Wie du bist, trägt das Erdrund ferner nicht.
Wenn glühend dein Gehirn Phantome dir
Vorüberführt in gräßlichem Gemisch
Und du mit tiefem Blick und leisem Ton
Es aussprichst, einem körperlosen Geist

Vergleichbar, wunderbar dann wird es mir
Im Busen; säh' ich nicht zugleich
An dir die holde liebliche Gestalt,
Du wärst mir oftmals recht zum Grausen.
MINISTER: Weil
Dein Geist nicht fähig ist, zu fassen ihn,
Den tiefen, ernsten Sinn, der sie beseelt.
Du bist ein guter, braver Junge; doch
Den Schwestern freundlich hold, wie sich's geziemt,
Das bist du gar nicht, und sie sind dir doch
So lieb und gut, so emsig stets besorgt,
Dir zu erfüllen jeden kleinsten Wunsch.
Allein so ist des Knaben wild Gemüt:
Gemächlich nimmt's die kleinen Freuden hin,
Die ihm ein weiblich zarter Sinn bereitet;
Doch nimmer schaut er dankbar hin zur Hand,
Die sie ihm reicht – und sieh, so machst du's mit
Den Schwestern auch.
FERDINAND: Ich denk', sie nehmen's mir
Nicht übel, bin ein wenig rauh ich auch.
Sie wissen's doch, daß sie mir herzlich lieb.
Nicht wahr, Cordelia? Allein du siehst
Mich gar nicht an, du bist doch nicht erzürnt?
CORDELIA: Ach ja, warum nicht gar!
FERDINAND:
So reich die Hand mir her, o Schwester, *sie reicht sie* gib
Mir einen Kuß. *Sie tut es. Leise.*
Willst du mein Pferd auch sehn?
CORDELIA *leise:* Hernach, jetzt darf ich nicht hinaus.
FERDINAND: O weh!
REICHSGRAF *der bis jetzt am Fenster gestanden hat, kommt:*
Was wird Geheimes da verhandelt? Darf
Ich's wissen?
FERDINAND: O, ich möcht' der Schwester gern
Das edle Roß, das mir der Onkel heut –
REICHSGRAF: Schon gut, geh schnell voran und führ es vor,
Ich bin begierig, es zu sehn.

Ferdinand geht schnell hinaus, die andern bereiten sich, ihm zu folgen.

REICHSGRÄFIN *die bis jetzt mit der Ministerin geredet hat:*
Wohin,
Ihr Herrn?
REICHSGRAF: Das Pferd sehn, das mein Bruder heut
Dem Ferdinand geschenkt, dem weit noch soll
An Schönheit nachstehn mein arabisch Roß.
REICHSGRÄFIN und MINISTERIN: Wir gehen mit.

Sie gehen alle bis auf Berta heraus.

FÜNFTE SZENE

BERTA *allein, hernach die* REICHSGRÄFIN. *Berta, die sich anfangs bereitet hat mitzugehn, bleibt zurück.*

BERTA: Auch das nicht mehr! Es kann
Mich meiner Teuren Glück nicht mehr erfreun!
Und war doch sonst so weich, dies arme Herz!
Sonst! Ha, mit Schaudern schau' die schwarze Kluft
Ich zwischen diesem Sonst und Jetzt! Ja sonst,
Da freut' ich mich des Apfels und der Nuß,
Den liebenden Geschwistern dargereicht,
Und jetzt – wie gleitet alles kalt und öde
Vorüber dem erstorbnen Sinn! Getrennt
Von allem, was dies Herz einst warm umfing,
Verlassen! Gott, sie sind so innig ja
Und möchten gern mit heißer Liebesglut
Dies kalte Herz erwärmen! Ha, es brennt
So heiß, dies Herz, allein ihr ahnet's nicht;
Denn eine eis'ge Wand hat trennend sich
Durch unsers Lebens fernern Raum gezogen,
Auf ewig scheidend unser Freud und Leid.
Ich fühl' ihr Starren, wenn oft liebend ihr
Euch an mein Herz zu drängen müht, es lispeln hell
Und zart der Liebe Töne mir, doch nie
Der ferne Hauch erreicht mein Ohr, und so

Steh einsam ich und doch verlassen, doch
Verlassen! – *Sie lehnt den Kopf nachdenkend in ihre Hand.*
REICHSGRÄFIN *kommt zurück, sie bleibt einige Augenblicke stehn und betrachtet Berta.*
REICHSGRÄFIN *für sich:* Schaut ein Bild des Todes nicht
Dies junge Leben? Unglückselig Kind,
Ich sehe deines Geistes innre Tiefen,
Seh, was vielleicht dem eignen Blick noch nicht
Sie klar entfaltet, und es zittert bang
Für deine Ruh' die Mutter! Ach! Und kann
Die schwache Weiberhand vorüber nicht
Das Wetter führen, was dir nahend droht?
BERTA *für sich:* Das ist es! Das nur einzig.
REICHSGRÄFIN: Und was ist
Es denn?
BERTA *fährt erschrocken auf und sieht sich um:*
Seid Ihr es, Mutter?
REICHSGRÄFIN: Und was ist
Es einzig nur?
BERTA: O, gar nichts, liebe Mutter;
Nur, daß nicht wohl mir ist.
REICHSGRÄFIN: Sag, warum gingst
Du nicht hinaus, zu sehn das schöne Roß
Des Bruders? Ist nichts wert dir seine Freude?
BERTA: Ach nein, gewißlich nicht, doch glaubt es mir,
Mir ist nicht wohl! Fühlt, wie die Stirn mich brennt.
REICHSGRÄFIN *für sich:*
Und auch das Herz und auch die ganze Seele!
Laut. Das kommt vom vielen Sitzen! In die Luft
Hinaus, und dann gehüpft durch Wies und Tal,
Das gibt dir leichtes Blut und frohen Sinn!
Doch so allein in deiner Kammer, nur
Von Bildern deiner wilden Phantasie
Umschwebt und denen, die du etwa dir
Gesogen aus den düsteren Legenden
Der alten Fabelzeiten, sieh, das zieht
Hinweg dich aus des Lebens stillem Kreise,

In wilder Schwärmerei dem trunknen Geist
Nur Bilder malend einer fremden Welt,
Der alle Reize schauerlicher Größe
Und holder Anmut deine Phantasie
Verschönernd leiht, doch ihrer Mängel Blöße,
Die schaut in schönerm Wahn das Auge nie.
O wohl dir, könnte dieser süße Traum
Begleiten durch des Lebens Mühen dich;
Doch kalt und schaurig wird die Wirklichkeit
Ihn einst verscheuchen.
BERTA: O, so laßt mir ihn,
Bis ihn das ernste Leben einst zerstört.
Warum die kurzen Stunden meines Glücks
Mir rauben? Wer dem finstern Leben sich
Gesellt, der schafft wohl manches in der Welt,
Doch süße Ruhe im zufriednen Geist –
Die schafft er nicht; denn ruhlos ist das Leben.
Doch wer, des Glückes Liebling, sich vermählt
Der Dichtung hellem Flor, der schauet fern
Und dunkel nur der Menschheit Kummer,
Mit gold'gem Glanze schmückt sich ihm die Lust
Des Daseins. *Feurig*. Und was wär' die Welt, wenn nicht
Der Odem der Begeistrung sie durchwehte?
Was Großes, Schönes nur das Erdrund hält,
Geht aus von ihr, ist der Begeistrung Kind.
Sie hob der Freiheit heiliges Panier,
Ließ nicht des Gegners stolze Macht sich blenden,
Und was der Musen seliges Revier
Uns beut, das ist ein Werk aus ihren Händen.
Der kalte Marmor, das verworrne Reich
Der Töne lebt, berührt von ihrem Hauch,
Und gießt den süßen Tod der Sehnsucht in
Das wunde, treue Herz.
REICHSGRÄFIN: Wohl beut sie uns
Der süßen Freuden viel, die Phantasie,
Und ihre Tochter, die Begeistrung; doch
Zu der verzehrend wilden Flamme, die

Am innern Mark des Lebens zehret, wächst
Die sanfte Neigung, die das Herz belebt,
Wenn nicht ein starker Geist sie treu bewacht,
In ernste Schranken zwängend ihre Macht.
Sie wirkt verschönernd in des Mannes Hand,
Und wirkend bringt das Große sie hervor;
Denn sieh, nicht zu vergleichen ist der Sinn
Des zarten Weibes mit des Mannes Geist,
Der, zwiefach in sich selbst geteilt, so auch
Im Lauf der Dinge herrschend zwiefach wirkt.
Ein innrer Drang treibt mächtig ihn und heiß
Zu großen Taten, zu der Helden Preis,
Wie zu des Bildes Glanz, des Liedes Kraft,
Indes ein ernster Genius ihn stark
Zurückreißt, droht dem Schwindelnden Gefahr,
Und eisig einschließt seine Flammenglut.
So siehst du oft ihn feurig, hoch entflammt
Ob edlen Taten und des Sängers Lied,
Daß mühsam nur dein Geist dem Schwärmer folgt;
Doch plötzlich weilt er in der Rede Strom,
Ruft zum Geschäft das ernste Leben ihn,
Und kalt, als hätt' er Höhres nie gedacht,
Verliert er in der Erde Sorgen dann
Sich ängstlich, treibend des Geschäftes Gang,
Und achtet ferner nicht des Worts, was groß
Nur eben seinem Blick erschien, indes
Vom bloßen Nachhall seiner Kraft du glühst.
BERTA: O Mutter, Eure Farben sind zu stark;
Denn wären so die Männer all, es stürb'
Die Liebe aus auf dieser Welt.
REICHSGRÄFIN: So sind
Sie alle fast, und also muß es sein;
Denn dieses ist es, was die Staaten hält
Und was gewebt der Ordnung heil'ges Band
Und der Gesetze Weisheit; dies nur hob
Der Freiheit helle Fahnen, nicht die Glut
Des Schwärmers taugt, zu führen solch ein Werk.

Vernahmst du, was dein edler Oheim sprach?
Nicht aus des Schwärmers gärendem Gehirn
Und seiner wilden Glut gestalte sich
Das Große, Schöne; doch wo tätig wirkt
Mit festem Sinn und hohem Geist ein Mann,
Da keime unter seiner Hand das Glück
Der Menschheit, und des Ruhmes eitler Dunst
Entsteige jenem –
BERTA *schmerzlich:* O des weisen Mannes,
Der also ordnet seines Lebens Gang!
Wie steht er doch so traurig, einsam da!
Ein hoher Stamm, beschattend rings das Land,
In seinen Ästen freut das Vöglein sich,
Und unter ihm entsprießt der Blumen Volk,
Doch kein Gesträuch, kein Bäumlein schaut er rings,
Er ist allein!
REICHSGRÄFIN: So hebt das stolze Haupt
Ein mächt'ger Herrscher, doch vergleichbar nicht
Ist es der ruhigen Vasallen Sinn.
Vergleiche sie der schattenden Allee,
Wo wohlgeordnet prangt der Bäume Heer,
Also daß jeder einen Nachbar schaut,
Verbunden durch des gleichen Wirkens Band.
BERTA *bitter:* Und keiner doch den nachbarlichen Ast
Berührt; so hat die Vorsicht sie gestellt,
Daß stets ein Raum sie trenne, fern nur sich
Die äußern Spitzen winken; naht vertraut
Ein Ast dem andern, schnell mit ems'ger Hand
Wird dann gekürzt der edle Sproß, daß nicht
Der Ordnung Band zerreiße. O, sie sind
Nicht alle so, die Männer! Nein, gewiß,
Nicht alle. Mancher faßt in voller Brust
Sie noch, die heil'gen Freuden der Natur,
Und gibt mit ganzer Seele sich der Lust,
Die aus dem Schönen ihm entsprießt. Nicht wahr,
Es gibt noch deren, Mutter? Saget ja,
Ich bitt' Euch, sonst – ich kann nicht anders – muß

Ich dies Geschlecht verachten.
REICHSGRÄFIN *unwillig:* Töricht Kind,
Wohl gibt's, bestrahlt von feindlichem Gestirn,
Der Unglückssöhne, denen Weibersinn
Gab die Natur und das Geschlecht versagt,
Der unstet wankend in des Schicksals Hauch
Nicht der Empfindung raschen Strom besiegt,
Daß hin er reißt die schwache Beute, sie
Zerschellt am nächsten Felsen.
BERTA: Also nie
Verbände ein empfindend zart Gemüt
Mit stolzer Kraft sich in des Mannes Brust?
O Mutter, Ihr seid ungerecht! Wohl sah
Ich selbst im kurzen Lebenslaufe schon
Der Männer manche, denen weibisch nie
Das Herz genannt ein Mund und nie die Tat;
Und doch so glühend, doch so weich dies Herz,
Dem Leben jedes zarteren Gefühls
So innig schwärmerisch sich gebend hin,
Der Regung, der es seine Glut geweiht,
So ganz versenkend sich mit Geist und Sinn
In jedem Schönen, was sich dar ihm beut,
Daß nimmer ob den wechselnden Gestalten
Des Lebens es im Busen mag erkalten.
REICHSGRÄFIN *die sie während dieser Rede scharf betrachtet hat, für sich:* Wie ganz verloren in dem teuren Bild
Schwärmt sie im Feuer süßer Raserei;
Wo sie dem Edlen nur zu huld'gen glaubt,
Beugt sie sich glühend vor dem teuren Bilde,
Und bebend zeigt die fieberhafte Hand
Auf ihre Wunden. Armes Kind! und o,
Unselig Weib, die dich gebar!
BERTA: Ihr schweigt?
Ihr sinnt? O, sicher fühlt das Unrecht Ihr,
das Ihr den Männern tatet!
REICHSGRÄFIN: Also nicht!
Nur stellte sich dem Sinne dar, wie doch

Nur dunkel stets der Jugend Auge blickt
Und oft sie nicht die eigne Rede faßt.
Für eine still verständ'ge Jungfrau hielt
Ich dich, und dennoch spricht solch töricht Wort
Dein Mund und fühlst es nicht, daß du den heiß
Geliebten Oheim schmähst?
BERTA: Ich ihn?
REICHSGRÄFIN: So ist's!
Sein ist das Bild, das ich entwarf, so ist
Sein Wirken, ohne Leidenschaft und doch
Voll inn'ger Tätigkeit und Wahrheit, warm
Verehrst du ihn, und voll Verachtung schaust
Du seines Geistes Abdruck; also ist
Voll Widerspruch und Unverstand, was du
Geredet; denn du schmähst den starken Mann;
Doch jener ist ein Schwächling, edel zwar
Sein Herz und hoher Flammen voll sein Geist,
Doch fehlet ihm die innre Kraft, die fest
Verschwinden sieht des letzten Schimmers Rest
Und dennoch mächtig dasteht und die Wunden
Der Brust in neuen Taten kann gesunden.
Solang die Glut der Leidenschaft ihn hebt,
Treibt unaufhaltsam er dem Sturm entgegen,
Doch wo nicht sie die Adern ihm durchbebt,
Da sinkt er vor des Zephirs leisem Regen,
Und matt –
BERTA *bewegt:* O Mutter! Mutter
REICHSGRÄFIN: Wie?
BERTA: Ich seh's,
Ihr faßt mich nimmer, nimmer wird Euch klar
Mein liebliches Idol, vielleicht auch soll
Es nicht –
REICHSGRÄFIN: Was sagst du?
BERTA *sehr bewegt:* Mutter, ach verzeiht,
Doch schonet mein, Ihr wißt es nicht, wie weh,
O Gott, wie bang mir ist – und wüßtet Ihr's,
Gewiß, Ihr quältet mich nicht so, allein,

Es ist – *Sie ist etwas zur Besinnung gekommen und sehr verwirrt; sie steht auf und begibt sich in einen andern Winkel des Zimmers, wo sie einige Augenblicke bleibt.*

REICHSGRÄFIN *für sich:*

Nein, länger duld' ich's nicht! Aus ihrer Brust
Lösch' ich das teuere Phantom, vor ihr
Eröffne das Geheimnis seinen Mund.
Laut. Geh, meine Tochter, in mein Zimmer, hol
Den Schal mir her, im Parke gehn wir dann
Ein wenig; mild und heiter ist die Luft,
Und in dem Freien öffnet sich das Herz
Der Ruhe, und ich spräche gern mit dir
Ein ernstes Wort.

Berta geht hinaus, die Hand vor der Stirn.

Sechste Szene

REICHSGRÄFIN *allein:* Gleich einem Schatten wankt
Sie hin, und weh! ich Ärmste soll ihr Leid
Vergrößern noch? *Sich ermutigend.* Die Mutterpflicht gebeut,
Und willig folgt ihr das gebrochne Herz.
Vor Unglück hüten dieses teure Pfand
Gebeut sie mir, und unheilbringend flammt
In ihrer Brust ein rötlich Meteor.
Die Liebe nimm, des Teuren Gegenwart,
Die Hoffnung ihr, stell' ihr die Pflicht entgegen,
Und sie verlischt; es strahlt das Luftgebild',
Solange nicht der Brennstoff fehlt; doch ist
Verglommen dieser, sinkt's zu Boden hin
Und schnell erstirbt's, berührt vom feuchten Grund.
Schaudernd. Ha! meine graus'ge Ahnung! ausgebrannt
Das Herz und nur im feuchten Grunde Ruh'! –

Sinnt einige Augenblicke mit starrem Blick, dann schlägt sie sich plötzlich vor die Stirn.

Ich schwärme – viel erträgt ein junges Herz,
Und Weib zu sein des edlen Mannes – *erschüttert* Ha!
Des edlen Mannes? Weh dem Bösewicht!

Muß ich dich opfern, du mein Herzenskind,
In des Verbrechens Arme liefern? Gott,
Was sag' ich? wessen zeih' ich ihn mit Recht?
Des Blickes feine Schlauheit und der Schmuck
Der Rede ist entfremdet mir, die lang
Nur finstern Blick und offne Stirnen sah.
Was schmäh' ich um des Hofes Sitte ihn?
Und doch – *nachdenkend*
du bist mir schrecklich, Reihersdorf!
Entsetzlich, unerklärbar schaudernd senkt
Mein Auge vor dem schönen Antlitz sich,
Wenn lieblich lächelt deine Lippe, schlau
Dein Blick und spähend schaut, dem Weihen gleich,
Wenn er nach Beute wittert. Schrecklich ist
Nicht also mir das wilde Angesicht, das schwarze
Des Räubers, dem brandmarkend die Natur
Des Mordes Stempel aufgedrückt,
Aus scheußlich wüt'ger Form die Hölle schaut,
Wie in dem holden Antlitz tief versteckt
Der Bosheit Spuren. Bang und laut klagt an
Die mühsam nur zerrüttete Natur
Den Menschen, der ihr schönstes Werk zerstörte.
Denn stets hat edler Sinn in edler Form
Gewohnt dereinst, und all die Kämpfe, die
Er kämpfte, bis er Tugend niedertrat,
Schau' zitternd ich, und solchem Schreckensbild
Soll hin ich geben diese Unschuldsvolle,
Mein Kind, mein liebstes Kind? – O Adelbert,
Nur bittre Stunden gabst du mir! Du hast
Den Leidenskelch gefüllt mir dargereicht,
Und ohne Murren trank ich ihn, doch schon,
O schone meines zarten Kindes! Ha!
Es ist auch dein Kind, dein Blut! Doch ist, ach!,
Nicht jegliches Gefühl in dir erstorben,
Kann noch Vaterliebe in dir wohnen? *Wild*. Weh!
Zum wüt'gen Tiger habt ihr mich gesellt,
Ihr, die ich Eltern nannte. Kein Erbarmen

In eurer Brust! Endloser Marter gabt
Ihr kalt mich hin! O, hätt' ich lieber doch
Den Tod erduldet! Ach, kein schuldlos Kind
Beklagte dann, daß es ihn Vater nannte.
Hart drücken ihre Tränen eure Gruft
Und zeihen euch der Grausamkeit. *Matt.* Wie ist
Mir? Meine Sinne wirren sich *sie lehnt sich einige Augenblicke an einen Pfeiler und erhebt sich dann – weinend*
– verzeiht,
Verzeiht, ihr, meine armen Eltern, ach!
Ihr war't betrogen, war't getäuscht, ihr wähntet
Nur in des Glückes Arme mich zu führen,
Und euer undankbares Kind häuft Fluch
Auf eure Grube! – Heil'ge fromme, nehmt
niederknieend Der Reue Träne von der blassen Wange;
Mein langes Leiden sühne diesen Fehl.
Verzeihung und Erbarmen mir!
Sie betet eine Weile still.

Siebente Szene

Reichsgräfin, Berta. *Berta kommt zurück. Wie sie ihre Mutter sieht, bleibt sie stehen; sie betet; nach einer Pause.*

berta *bewegt:* Du betest für dein ungeratnes Kind,
Du, meine Mutter, sel'ger, reiner Geist!
Ein süßer Duft ist dein Gebet dem Herrn,
Vielleicht erbetest du die Ruhe mir.
Die Ruhe? – O, im Grabe ruht sich's wohl! *Pause.* –
Verwirrt ist meine Seele, und erschlafft
Ist die Empfindung, nicht zum Himmel dringt
Mein reines Flehen mehr, es drängt, getrübt
Von wilder Glut, verbrecherischem Wahn,
Sich ein unwürd'ges Opfer hin zu Gott.
Wenn nun ich rufe, wenn die Erde mich
Nicht ferner hält, ob heiß und lauter wohl
Sich meine Seele zu ihm drängt, getrennt

Von dem, was sie auf Erden nimmer läßt?
Und ob er wohl der Sünderin verzeiht?
Ich traue deiner Güte, Herr; denn noch
Beseelt ein heißer Durst nach Tugend mich,
Und nur die Kraft gebricht der Armen! *Pause. – Die Reichsgräfin erhebt ihr Haupt zum Himmel.* Ha!
Sie weint! Sie weint um mich!
Ausbrechend. O, meine Mutter!
REICHSGRÄFIN *sieht sich um und streckt ihr die Arme entgegen:* Du meine Tochter!
BERTA *auf sie zueilend:* Mutter, Mutter, o!
Sie liegt in ihrer Mutter Armen. Nach einer stummen Pause. An ihrem Herzen.
Vergebung glühen Eure Küsse. Ja,
Ich fühl's, Ihr grollet meinem Wahnsinn nicht.
O, drückt noch einmal fest mich an Euch, daß
Mich Eure Liebe warm durchdringe, kühn
Mein Herz sich vor Euch öffne.
REICHSGRÄFIN *sich beruhigend:* Heißen Dank
Dem Himmel, daß er dich mir wiedergab.
Doch trockne deine Augen, Kind, komm mit
Hinaus, die andern warten lange wohl,
Vermissend ungern dich bei ihrer Lust.
Komm!
BERTA: Nein, zuvor laßt ganz vor Eurem Blick
Enthüllen mich mein Herz, wie Gott es sieht,
Euch zeige sich sein namenloses Weh,
Dem Richteraug' zur Prüfung dargelegt,
Und Eurem Urteil folg' ich unbedingt,
Und führt' es mich zum Tode.
REICHSGRÄFIN: Fasse dich!
Nicht taugt es, jetzt zu schärfen deinen Schmerz,
Eindringend in sein Tiefstes. Wenn gefaßt
Sich deine Seele, deine Sinne ruhn,
Dann reich' ich dir des Trostes Balsam, wenn
Dein Herz sich ausgießt in der Mutter Brust.
BERTA: Ich bitt' Euch, hört mich, ich vergehe sonst;

Denn zu zersprengen droht die Glut mein Herz.
Wollt Ihr nicht hören Euer reuig Kind,
Nicht Eure Tochter?

REICHSGRÄFIN *beiseite:* Gott, was soll ich tun?

BERTA: O stoßt mich nicht zurück, jetzt liegt vor Euch
Mein Innres, und auf meiner Lippe schwebt
Das schmerzliche Geheimnis. Hat erst kalt
Der Hauch der Erde wieder mich berührt,
So sinkt es trauernd in die Brust zurück,
Und trostlos muß mein Leid ich tragen.

Ein Bedienter kommt herein.

REICHSGRÄFIN: Still,
Ein Domestik!

BEDIENTER: Die alte Katherine
Vom Altenberge harrt seit Stunden schon
Auf ihre Erlaucht die Komtesse Berta.

REICHSGRÄFIN *zum Bedienten:* Laßt sie herein!

Der Bediente geht.

Du siehst, mein Kind du darfst
Das gute Weib nicht länger harren lassen.
Berta schweigt. Nun auf ein andermal! Erheitre dich,
Zeig ihr ein froh Gesicht, sonst grämt sie sich,
Die gute, treue Seele. – *Sie bleibt noch einige Augenblicke traurig stehen. Berta antwortet nicht und die Reichsgräfin entfernt sich. Berta sinkt auf einen Stuhl und legt das Haupt auf einen Tisch.*

ACHTE SZENE

BERTA *allein. Nach einer Weile sich aufrichtend:* Und auch sie
Verläßt mich, meinem Schmerz zur Beute? Sie,
Die Liebevolle? – Von mir selbst verlassen,
Von ihr! Du warst in diesem Sturme mir
Der letzte Anker, Mutterliebe! und
Verschlossen meinem Kummer nun ihr Herz?
Sie wollte mich nicht hören, ja! *Nach einigem Nachdenken.*
Doch wie?

Wenn sie es ahnete! – Nein, zu beklommen war
Ihr Busen, tröstend meinen Gram zu hören;
Nur darum wich sie dem Vertrauen aus.
O, hätt' sie mich gehört, es wär' vielleicht
Ein Strahl von Ruhe in dies Herz gekommen.
Doch nun, nun ist's vorbei! –
KATHARINA *auf sie zueilend:* O meine Gräfin!
Sie, meine liebe Berta!
BERTA *aufblickend:* Ach, du bist
Es, gute Katharina! Seh ich dich
Denn endlich einmal wieder? Dacht' ich doch,
Du hättest mich vergessen!
KATHARINA: Du mein Gott!
Wie könnt Ihr das nur denken! Hab' ich ja
So lieb Euch wie mein eignes Kind. Doch hört,
Das Spulrad mußt' ich drehen, daß das Garn
Zum Weben nimmer fehle meinem Sohn.
Doch nun, da viele feine Leinwand er
Gefertigt, biet' ich aus sie zum Verkauf
In dieser Gegend, und da, dacht' ich, will
Ich meine Gräfin Berta doch besuchen.
BERTA: Du Gute! *Reicht ihr einen Stuhl.*
Setze dich. Wie geht es denn
Zu Hause?
KATHARINA: O ganz schön, ganz gut! Ihr könnt
Nicht denken, wie vergnügt wir sind, seit uns
Der gnäd'ge Graf das neue Haus geschenkt;
Denn mit dem alten war's auch gar nichts mehr.
Es regnet' auf den Kopf uns, und der Rauch –
Es war kein Schornstein dran – hat mir verderbt
Die Augen, daß ich immer schlecht noch sehe.
BERTA: Das tun auch wohl die Jahre; doch erzähl
Von deinen Kindern mir!
KATHARINA: Der Jüngste ist
Jetzt aus dem Hause; in der Lemker Heide
Bewacht er eine Herde Rinder; so
Verdient er etwas; 's ist ein gutes Kind,

Auch ziemlich wohlgestaltet; schade nur, daß er
Ein wenig schielt, sonst ist er fleißig und
Hält strenge Ordnung in der Herde; denn
Noch klagte niemand über Schaden und
Das freut mich herzlich für den Knaben.

BERTA: Dank
Dem Himmel, daß nur Rinder er beherrscht;
Denn sonst, und wär' er auch die Güte selbst,
Sprächst du doch schwerlich wohl ein solches Wort.

KATHARINA: Was meint Ihr?

BERTA: Nichts; ich bitte, redet weiter!
Es ist so wohl mir, wenn dein redlich Herz
Von deinen Lippen fließt; gewiß, es wird
Mir leicht, wenn ich dich höre. Nun, dein Sohn,
Der hütet jetzt die Rinder?

KATHARINA: Freilich wohl;
Der Ältre nun, das hab' ich schon gesagt,
Der webt; das ist Euch gar ein wackrer Bursch',
Ist so verständig, ordentlich, nur fürcht' ich oft,
Daß er's zu eifrig mit der Arbeit treibt.
Er ist erst sechzehn Jahr', und schon ernährt
Er seine alte Mutter und sich selbst.

BERTA: Der brave Junge!

KATHARINA: Und da denk' ich oft,
Es wird ihm schaden, daß so heftig er
Die jungen Glieder anstrengt, schafft er doch
Schon mehr als mancher Mann. *Nach kurzem Nachdenken,*
Ja, hätt' ich noch
Den Ältsten, Gräfin, der zugleich mit Euch
An meiner Brust lag. *Wehmütig.* O, das liebe Kind,
Und starb so elend in den Blattern!

BERTA: Sei
Nicht traurig, gute Mutter; vielem Schmerz
Und einer kargen Lust ist er entgangen.
O, ruhte in der Gruft ich oder auch
An deiner Brust, ein zart unmündig Kind,
Des eignen Tuns mir unbewußt, da wär'

Ich vielem Leid entflohn.
KATHARINA: Da müßt' ich ja
Zum zweitenmal für Euer Leben zittern.
Nein, Gott sei Dank, daß ich Euch vor mir seh,
Ein großes und gesundes Fräulein! Hab'
Ich doch um Euch der Angst und Sorgen viel
Gehabt, da kaum das Leben man in Euch
Gewahrte –
BERTA: Ach, ein schwach, kaum atmend Kind
Sah ich das Licht, und nur voll Trauer schauten
Die Freunde mich; denn nicht, so wähnten sie,
Sei für das Leben ich geboren, nur
Durch schnellen Tod der Eltern kurze Lust
Zu stören; o, ein bang weissagend Bild
Des künft'gen Lebens! Schmerz verbreiten und
Erdulden ist mein Los hienieden.
KATHARINA: Gott!
Was ist Euch? Seid zufrieden doch! Ihr habt
Ja alles, was das Herz verlangt, und nun
Sprecht Ihr so traurig, gleich als wär' der Tod
Am besten Euch zu wünschen. Still davon!
Denn oftmals straft der Himmel solchen Spott
Durch schleunige Erfüllung, und das wär'
Ein großes Herzleid allen uns und auch
Nicht gut für Eure Seele.
BERTA: Du hast recht!
Das ist es auch, was aufrecht mich erhält
In meinem Kummer, daß ihr all mich liebt
Und meine Trauer eure Herzen engt.
Verzeihe, wenn ich dich erzürnt, du liebst
Mich doch, nicht wahr, du bist mir gut, du Treue?
O, mög' es nimmer dich gereun, daß du
Das zarte Leben mir erhalten.
KATHARINA: Du
Mein Gott, wie sollt' es mich gereun! Ihr seid
So fromm ja, seid so engelgut, und auch
Schreibt all mein Glück sich von der Stunde, da

Man meiner Pflege Euch vertraute; denn
Zuvor, da war es elend, kümmerlich.
Denn nichts konnt' ich dem Manne bringen, er
Mir nur ein ärmlich Obdach bieten, voll
Der Schulden, stets sich häufend und verjährt.
Wir mußten uns behelfen; doch es ging
Noch leidlich, bis der Himmel mir den Sohn
Bescherte. Ach, da lebt' ich bange Tage.
Die Arbeit lag, es stockte der Erwerb.
Mit naher Klage droht' der Schuldherr; da,
Da sank der Mut mir; ohne Rettung schien
Mir unsre Lage. Doch da trat herein
Der Pfarrer. »Frau«, so rief er, »Euer Glück
Könnt Ihr jetzt machen!« und er legt' es mir
Jetzt auseinander, wie für Euch gesucht
Würd' eine Amme und wie großes Heil
Dies unsrer Armut bringen könne. Doch
Ich sollte mich von meinem Kinde trennen,
Es Fremden anvertrauen. »Nein, das kann
Ich nicht!« so rief ich. »Doch, wenn mit dem Kinde
Man auf mich nimmt, so bin ich gern bereit.«
Der Pfarrer sagte dies dem Boten. Ich
Ging hin zur Kirche, betete, daß Gott
Mein Schicksal möge lenken, wie es ihm
Zur Ehre, mir zum Heil. Dann ging ich still
Getröstet fort. Vor meiner Hütte hielt
Ein Wagen schon, bereit, mich abzuholen.
Da sah ich Gottes Ratschluß, und hinein
Stieg ich getrost mit meinem Kinde; doch
Wie war zu Mut mir, da ich Euch erblickte:
So schwach und kaum noch lebend! Lieber Gott,
So dacht' ich, wär' ich doch am Altenberge!
Am Leben bleibt das zarte Würmchen nicht,
Und mir dann wird die Schuld wohl beigelegt;
Doch Gott gab Gnade, daß Ihr Euch erholtet
Und eine große, liebe Dame wurdet.

Sie schweigt still und Berta ist nachdenkend.

Doch warum seid so still Ihr denn und sagt
Mir gar nichts, ist nicht wohl Euch?

Man hört während der Zeit unvernehmliche Worte hinter der Szene.

BERTA *auffahrend:* Ach! Das ist
Der Godowesi, Liebe, laß uns gehn,
Daß ich vermeid' sein widerwärtig Antlitz!
Wie Mißton klingt mir seine Stimme schon.

KATHARINA: Wer ist das?

BERTA: O, so komm, er naht sich schon!

Sie führt Katharina mit sich fort.

Neunte Szene

Marco Godowesi, Eduard Felsberg.

EDUARD FELSBERG:
Ihr habt erst kurze Zeit dies Land gesehn,
Und also faßt Ihr seine Schönheit nicht;
Denn nicht dem Auge beut sich's freudig dar
In üpp'ger Fülle prangender Natur;
Und wer im Feenreich Italiens
Erzeugt und von dem aromat'schen Duft
Des blühenden Orangenhains genährt,
Den können Jahre nur, auf deutschem Boden
Verlebt, der deutschen Schönheit Wunder lehren.

MARCO GODOWESI:
Ich weiß, Ihr zürnt dem Fremdling nicht, der fern
Von Süden naht, wenn er sogleich die Lust
Des Nordens nicht erschaut. Hab' ich doch lang
Ergründet schon des Volkes kräft'gen Sinn,
Das es bewohnt, und lange kann ein Land,
Von solchem edlen Stamm bevölkert, nicht
Mir unhold scheinen.

EDUARD FELSBERG: O, da sprecht Ihr recht
Aus meinem Herzen. Manches Land durchstrich
Ich forschend, doch zur Heimat zog's mich stets,

In Welschlands Blütenhimmel wie im Reich
Des Briten.
MARCO GODOWESI: Süße Regung der Natur,
Wann rührtest du mit größerm Recht ein Herz,
Als da zur Heimat diesem Jüngling du
Die Sehnsucht gabst?
EDUARD FELSBERG *unwillig:* Die lebt in jeder Brust,
Und stets mit vollem Recht; denn jedes Land
Hat seinen Vorzug, den das Fremde nie
Uns bieten kann. So ist das meine mir
Auch wert vor allen andern, und wer nicht
Ein gleich Gefühl im Busen trägt und mehr
Den Fremdling rühmt wie seines Landes Sohn
Der scheint ein Unding und ein Bastard mir.
MARCO GODOWESI *betreten, auch verlegen:*
Da habt Ihr recht. Nie kann ein fühlend Herz
Dem Vaterlande sich entfremden. So
Schwebt vor den Blicken stets die Heimat mir,
Beut gleich sich Höhres ihnen dar; und so
Gab nicht Ersatz des Tals der Jugend Euch
Die Ferne.
EDUARD FELSBERG: Doch! In diesen Wäldern wurde
Mir wohl, und fast wie heimatliche Luft
Umweht es mich; ist gleich das Klima ganz
Verschieden, ist doch sein Bewohner gleich
An Unschuld, Freiheitssinn den frommen Hirten
Auf unsern Alpen.
MARCO GODOWESI: Wie, Ihr seid kein Deutscher?
EDUARD FELSBERG: Helvetien hat mich geboren. Wo
Die Aar' um Berns beglückte Mauern rauschet,
Ergötzten mich der Kindheit Spiele. So
Ist von Parteisucht frei mein Urteil, wenn
Germanien ich rühme.
MARCO GODOWESI: Ach, Ihr seid
Ein Schweizer, meiner Heimat nachbarlich;
Das klingt wie Zauberton dem Ohre mir.
Wie ist's erfreulich, in der Ferne, wo

Befremdend jedes Antlitz, jeder Laut,
Selbst die Natur uns kalt und unverwandt,
Den fernsten Laut der Heimat zu vernehmen.
Ihn umarmend.
Kommt an mein Herz, es weiht sich liebend, Euch.
Laßt Euer Freund mich sein, es drängt mich hin
An Euren Busen.
EDUARD FELSBERG *kalt ihn umarmend:*
Herzenseinheit knüpft
Der Freundschaft Bande. Wenn ein gleicher Sinn
Belebt uns beide, willig öffn' ich dann
Die Arme.
MARCO GODOWESI *in seinen Armen:*
Ewig hat verbunden uns
Ein gleicher Sinn, und sympathetisch klopft
An Eurer Brust die meine. O, nun soll
Ein Eden mir erblühn auf ödem Grund
Der moos'gen Heide.
EDUARD FELSBERG: Also tut Verzicht
Darauf Ihr, daß anschaulich einst und klar
Euch werde dieses Landes Sinn – da tut
Ihr wohl daran; denn nimmer paart sich wohl
Mit welscher Feinheit grader, plumper Sinn.
MARCO GODOWESI: Ich schmähe nicht des Landes Sitte, nicht
Den Geist des Manns, der ihn bewohnt. Zwar wird
Ihm nimmer blühn des Ruhmes Prachtgebild',
Doch für den Mittelstand schuf tücht'ger ihn kein Reich.
Wie blüht' im Wohlstand sonst dies Land, so arm
Von der Natur begabt, wenn reger Fleiß
Und eiserne Beharrlichkeit ihr nicht
Die Gaben abzwang, die sie karg versagt?
EDUARD FELSBERG *lächelnd:*
Wie ward Euch, da aus Welschlands Himmel Ihr
Euch ferntet und Euch deutsche Luft berührte?
MARCO GODOWESI *fein lächelnd:*
Ein wenig bang, das könnt Ihr denken; denn,
Welch hohe Reize auch dies Land besitzt,

Noch fass' ich nicht, wo ich sie suchen soll.
Der Sonnenbrand der Heide möchte denn
Begeistern mir das kochende Gehirn,
Daß ich nur ihre Blümlein pflückte, sie
Zergliedernd in der Schönheit Quell mich tauchte.
O, solch ein Land, wo man, im Schnee versenkt,
Des Jahres Hälfte künstlich vor dem Frost
Das Leben schützen muß; und hat sich trüb
Und feucht die Sonne wieder nun genaht,
So kann man vor den armen Strahlen sich
Nicht einmal schützen. Ha! wo ihren Strahl
Sie glühend hinsenkt auf Italien
Und der Zitrone Goldfrucht reift, da schützt
Der Pomeranzenwälder Grün den Sohn
Des Landes. Doch hier sengt er das Gehirn
Auf öder Heide, hier, wo kaum die Saat
Er reift. Des Nordens und des Südens Weh
Hat die erzürnte Gottheit auf dies Land
Gehäuft.
EDUARD FELSBERG: Doch wie ertragt Ihr es denn, hier
Zu weilen? Wie in kalter Totengruft
Muß Euch das Leben scheinen, ist Euch gleich
Den Worten der Gedanke.
MARCO GODOWESI: Nur die Huld
Des Grafen hält an diesem Boden mich.
Auch lab' ich oft mich an dem klaren Born
Der Künstler unsers Landes, die mich her
Begleitet auf der Reise. Glühend beut
Sich dar der Phantasie das ferne Bild,
Schau' auf der Leinwand ich es.
EDUARD FELSBERG: O, wie seid
Ihr glücklich, daß Ihr eigen solch ein Werk
Könnt nennen. Welschlands Meisterstücke muß
Ich schaun, verlangend gleich dem Tantalus,
Und nicht der kleinste Abdruck war mein eigen.
Wie wünscht' ich oft, daß statt der Harmonie
Des Pinsels Gabe mir beschieden!

MARCO GODOWESI *seine Brieftasche öffnend und verschiedene Papiere herauslegend:* Seht
Ein kleines Pröbchen! *Während Felsberg es betrachtet, für sich.*
Du meinst wohl, deinem kalten Spotte sei
Ich dargestellt zum Ziel. Doch hüte dich,
Daß nicht die Rache dich ereilt! *Laut.* Wollt mehr
Ihr schauen, folgt mir in mein Zimmer; viel,
Noch viel der großen Geisteswerke nenn'
Ich mein. *Er steckt seine Sachen wieder in die Brieftasche; sie gehen heraus. Laurette begegnet ihnen in der Tür. Sie machen ihr eine stumme Verbeugung.*

ZEHNTE SZENE

LAURETTE *allein:* Er würdigt mich nicht eines Blicks,
Der Stolze, und so trunken hing noch gestern
Sein Aug' an Bertas dämmernder Gestalt.
Ihr wähnt euch unbemerkt, ihr Sichern. Ha!
Ihr kennt nicht mein durchdringend helles Schaun.
Wer rühmt sich, daß er Stunden nur verbarg
Sein Innres vor Laurettens scharfem Blick?
Und da sein arglos Lob von Cordchens Lippen
Ich preßte, wie da lodernd flammte auf
Dein ganzes Ich! Da senkt' den tiefen Blick
In deine Brust ich, sah darin sein Bild.
Begnüge dich mit deinen Phantasien,
Verrückte Schwärmerin, und überlaß
Gescheitern Leuten dieses Mannes Liebe.
Was red' ich? Lieb' ich ihn? *Nachsinnend.*
Nein, wahrlich nicht!
Ich fühl' es klar, ich lieb' ihn nicht, doch ist's
Verdrießlich mir, daß solch ein stolz Gemüt
Sich fesseln läßt von solcher schwachen Hand.
Was zieht ihn zu der Träumerin? Doch nicht
Das bißchen Larve oder auch der Ton
Der wilden Schwermut und ihr Geisterblick?
Ich denk', vorüber sei die Zeit, wo man

An intressanten Totenköpfen sich
Ergötzte; und ein blühend frisch Gesicht,
Ein schlaues Auge ist den Männern mehr
Als alle Psychen und Uranien.
Spöttisch. Gib willig auf es, du empfindsam Kind,
Mir Nebenbuhlerin zu sein; denn bald
Entführ' ich dir den Trauten, und du klagst,
Ein einsam girrend Täublein. *Sie hat während dieser Zeit heftig auf dem Tisch herumgekramt*. Ei, ein Brief!
An Marco Godowesi, ach, das ist
Der hagre Welsche mit dem Sperberblick.
Laßt sehn? *Sie öffnet ihn und liest:*
»Du weißt, wie große Pflichten dir
Obliegen gegen mich. Errettet hab'
Ich dich aus drohender Gefahr, da floß
Von Dank dein Busen über, nimmer könntest
Du solchen Dienst vergelten, wähntest du.
Da deutet' ahnend ich auf ferne Zeiten,
Wo deiner ich bedürfte, und du schwurest,
Dein Dasein mir zu weihn. Ob treu der Schwur,
Das will ich nun erproben. Sprachst du wahr,
So laß die Heimat, eile her zu mir.
Laß kein Geschäft, so dringend es auch sei,
Verzögern dich; denn größer, dringender
Ist, was dich herruft, und ein höhrer Lohn
Erwartet dich am Ziele. – Adelbert
Von Löwenstein.« – Mein Onkel? Wie, er will
Zu hoher Tat ihn brauchen? Nun, das scheint
Ein saubrer Handel mir! Hab' ich es längst
Geahnet, eine feine Larve sei
Sein niedres Amt, daß nicht die Scheelsucht ihn
Erreiche, da des Grafen Herz er lenkt.
Denn wie zum Phöbus schaut die Sonnenblume,
So hängt an ihm der Blick des Grafen auch.
Dem jungen Schweizer scheint er Freund, das ist
Wohl das Orakel, dem ich spähend mich
Muß nahen. *Heftig nach einer Pause*.

Lieben muß der Stolze mich!
An meinen Busen will ich sanft ihn ziehen,
An meine Wange, blühend jugendlich.
Doch wehe, ist vergeblich mein Bemühen!
Noch nie verschmähte Männerliebe mich.
Der Rachegötter Fackeln wehn und glühen,
In Nattern wandeln meine Blicke sich;
Und könntest Weltenherrscher du bezwingen,
Entgingst doch nimmer du der Rache Schlingen.
Allein, wer naht? *Sie faltet eilends den Brief zusammen und wirft ihn auf den Tisch, worauf sie sich etwas zu tun macht.*

ELFTE SZENE

LAURETTE, MARCO GODOWESI.

MARCO GODOWESI *hereinkommend vor sich:*
Welch böser Dämon trieb mich auch,
Das Portefeuille zu öffnen? Marco, oft
Bist du so vorsichtsvoll, wo es nicht not, und oft –
Er schlägt sich vor die Stirn.
Find' ich es hier nicht, so – *Er eilt mit schnellem Schritte zum Tisch und bebt zurück, wie er Laura sieht.*

LAURETTE *sich schnell fassend und unbefangen:* Es freut
Mich, daß ich Euch erblicke. Dürft' ich Euch
Bemühen, aus des Hauses Bücherschatz
Ein Werk des Genius mir zu vertraun?
Mit Sorgfalt werd' ich es bewahren.

MARCO GODOWESI *der den Brief schnell eingesteckt hat, gefaßt:* Ich
Gehorche freudig Euch. *Vor sich.* Wie könnte auch
So schöne Hand Verderben bringen!
Womit kann ich Euch dienen?

LAURETTE: Dieses sei
Zur eignen Wahl Euch überlassen. Was
Des Schönen nur des Menschen Geist erzeugt,

Die scherzende, die ernste Muse ihm
Geflüstert, sei willkommen mir.
MARCO GODOWESI: Doch wie
Soll ich es wagen, zarten Frauensinn
Zu deuten, was genehm ihm, zu ergründen?
Nicht kennt die rauhe Männerbrust die Wahl
Des Weibes, sie, die feine, zarte, und
Zur Schande wär' es mir, böt' ich Euch dar,
Was Euch empörte.
LAURETTE: Dafür bürgen mir
Eu'r Amt und Euer geistvoll Aug'.
MARCO GODOWESI: Ihr werdet
Hochmütig Euren Diener machen; denn
Man trägt wohl leichter Mannes Tadel, wie
Das Lob von schönen Lippen.
LAURETTE *nach einem Augenblick:* Nun, ich will
Das von der besten Seite nehmen.
MARCO GODOWESI: Wie
Auch könntet Ihr es anders? Wahrlich nicht
War zwiefach mein Gedanke, da ich fühlte
Des Lobes süße Last.
LAURETTE: Es sei, doch darf
Ich meine Bitte wiederholen?
MARCO GODOWESI: Wohl!
Liebt Ihr die Alten, Gräfin?
LAURETTE: O, wer kann,
Daß ihren Schwung er je erreicht, sich rühmen?
MARCO GODOWESI *ein Buch hervorziehend:*
So schaut hier des Homeros' schönsten Sang.
LAURETTE *hastig:* Die Odyssee! Wahrhaftig, wohl habt Ihr
Ergründet meinen Sinn, mein Liebstes mir
Erwählend. *Sie legt das Buch auf den Tisch.*
Viel Beschäftigung wohl gibt
Euch Euer Amt?
MARCO GODOWESI: Ich steh am reichen Quell,
Beschäftigung und Lust zu schöpfen, und
Ich labe stündlich mich aus ihm. Doch was

Mein eigentliches Amt betrifft, da hab'
Der Muße ich genugsam; nur der Graf
Bedient sich meiner, und wenn etwa ihn
Besucht ein Freund; doch selten nur wird mir
So wohl es, daß von schönen Lippen ich
Empfang' Befehle.
LAURETTE: Gräfin Berta liest
Doch gern und viel, wie man mir sagte.
MARCO GODOWESI: Viel
Und mit Empfindung. Dieser Dame ist
Das Höchste nicht zu hoch, und geistvoll schaut
Der Dichter Zartheit wie den ernsten Geist
Des Philosophen und des Helden Kraft
Mit gleicher Klarheit sie. Doch hab' ich nie
Das Glück, von ihrem Munde den Befehl
Zu hören; Felsberg überbringt ihn stets.
LAURETTE: Schon gestern sah ich diesen Felsberg, und
Ein enger Freund des Hauses scheint er mir.
Sah ich hier recht?
MARCO GODOWESI *kalt:* O ja, man ist ihm gut.
LAURETTE: Er weilt wohl nur zur Lust hier, oder hält
Vielleicht ein – Amt an diesem Ort ihn? *Lächelnd.* Ihr
Schaut mich verwundert an, daß also viel
Ob diesem fremden Manne ich erfrage.
Doch wißt, er sei ein Künstler, so vernahm
Ich, und ein Herrscher in des Klanges Reich.
Auch ich bin eine Schülerin der Kunst
Und ehrfurchtsvoll schau' zu dem Wesen ich,
Das sie beherrscht, und große Pläne hab'
Der Lust auf seine Flöte ich gebaut.
Doch eigennützig, nur die süße Lust
Sich selber gönnend, sind nur gar zu oft
Die Herren Virtuosen. Also frag'
Ich Euch, ob man es kühnlich wagen darf,
Mit Bitten ihm zu nahen.
MARCO GODOWESI: O, er wird
Sie freudig Euch gewähren. Das Gebot

Des holden Mundes einer Dame ist
So lieblich, und den Damen ist er doch
Vorzüglich angenehm. Ihm gab, was nur
Es wenigen verliehen, das Geschick
Die Gabe zu gefallen und den Kranz
Der Musen, doch das ist dasselbe, denn
Getrennt besteht es nicht. *Lächelnd.* Wie reichlich doch
Die Musen ihren Diener lohnen! Lust
Und Ruhm und sorgenfrei's Gemüt und Gunst
Des lieblichen Geschlechtes ist sein Preis;
Wie stehn wir andern Adamssöhne doch
So niedrig gegen diese Lieblingskinder
Fortunens!
LAURETTE: Wenn der Künstler uns ergötzt
Und wir ihn suchen, mag er sich darob
Nicht blähn, denn oftmals lieben wir in ihm
Das Werkzeug seines Instrumentes nur,
Und ohne dieses scheint er nichtig uns.
Doch ein erfahrner Geist, ein fester Sinn,
Dem zollen wir der Achtung Opfer, nicht
Vergleichbar jenem, was dem Künstler wird
Zuteil.
MARCO GODOWESI *lächelnd, halb für sich:*
Nun freilich, Achtung dem Verdienst,
Und dem Talente Zutraun, Liebe: das
Ist wohl geteilt, doch allzu ehrlich nicht.
LAURETTE:
Doch zweifl' ich nicht, daß schlecht auf Euren Freund
Ein solches paßt. Wär' einzig nur sein Geist
In seinem Instrumente und nicht auch
Im eignen Ich, es wär' so traulich wohl
Nicht Eu'r Benehmen gegen ihn.
MARCO GODOWESI: Ein Mann
Von seiner Bildung und ein schöner Geist,
Ein Philosoph, ein Musikus und Dichter,
Das alles ist in einem dieser Jüngling,
Und, böt' ihm die Gelegenheit sich dar,

Ein Held noch obendrein; ein Astrolog',
Ein Mathematikus, das ist er auch,
So daß es scheint, als wohnte all der Geist,
Der jenen Künstlern fehlt, vereint in ihm.
LAURETTE: Mein Gott, das ist unmöglich; nimmer reicht,
Um alles dieses gründlich zu erlernen,
Das längste Menschenleben hin.
MARCO GODOWESI *begeistert:* Nicht doch!
Einst hegte gleiche Meinung ich, doch jetzt
Hab' ich gesehn den Talisman, der mich
Geheilt von meiner Blindheit; ihn, das Wunder
Der Welt, den vierundzwanzigjähr'gen Jüngling,
Der Platos Weisheit, Archimedes' Kunst
Und Scipios Kühnheit eint. Ungläubig starrte
Mein Aug' ihn an, doch da ward sichtbar mir
In geist'ger Klarheit seine Schöne, und
Ich senkte demutsvoll vor ihm das Haupt.
LAURETTE *etwas verlegen und zweifelhaft:*
Ihr seid begeistert, aber sagt, wie lohnt
Man also groß Verdienst?
MARCO GODOWESI: Er wird geliebt,
Geehrt wie keiner, das Orakel ist
Des ganzen Hauses er, bei ihm erholt
Sich Rats die Gräfin, den Komtessen liest
Er vor, ergötzt durch Spiel sie und Gesang.
Welch schönres Los kann ihm beschieden sein
Als dieses, was den edlen Frauen ihn
Empfiehlt?
LAURETTE *vor sich:* Ich merk' es, deine Furie ist
Die Eifersucht. *Laut.* Leicht folgt den Künsten wohl
Ein unverdient Geschenk der Menschengunst,
Die doch beschieden einzig dem Verdienst,
Dem wahren, reinen, sollte sein.
MARCO GODOWESI *vor sich:* Willst du
Mich fahn? *Laut.* Wohl ist die Billigkeit nicht stets
Der Menschenhandlung Richter, und es neigt
Zum holden Schönen leichter sich das Herz

Wie zum bescheidnen Nutzen sonder Prunk.
Doch nur ein schwach Gemüt folgt also leicht
Dem leeren Scheine; doch wo freudig sich
Mit tiefem Sinn die holde Muse paart,
Da reißt unwiderstehlich und mit Recht
Sie jedes Herz an sich, wie meinen Freund.
Wer kann ihm widerstehn?

LAURETTE *verdrießlich:* Ihr seid sein Freund?
Ein inn'ger, warmer?

MARCO GODOWESI *herzlich:* Ich bewundere
Und liebe ihn so sehr, daß ich den Preis
Der gräflichen Familie streitig mache,
Und das heißt viel.

LAURETTE: Er ist ein großer Liebling,
Das wußt' ich früher, denn schon heute hat
Sein Lob aus Bertas Munde mir getönt.
Auch diese teilet die Bewunderung
Des ganzen Hauses.

MARCO GODOWESI: O, wer sollte nicht!
Kaum das Jahrhundert zeuget einen Geist
Wie diesen, kraftvoll, innig, tief und rein.
Nur gar zu oft paart des Verstandes Hut
Mit losen Sitten, böser Arglist sich;
Doch arglos, engelrein, und doch so hehr
Wie dieses, sah ich nimmer noch ein Herz!

Der Reichsgraf kommt herein.

REICHSGRAF *zu Laurette:* Da seid Ihr? Eilt zu Eurer Mutter, sie
Sucht angstvoll Euch.

MARCO GODOWESI: Wohl hat die gnäd'ge Gräfin
Vollkommen recht, wenn um solch holdes Kind
Sie stets in Sorge ist.

LAURETTE *vor sich, indem sie auf dem Tisch ihr Schnupftuch sucht:* Mir ist zum Weinen!
Ergründet hab' ich nichts, und ob er mich
Nicht gar ergründet, der verdammte Mensch!
Zu Tode müßt' ich mich ja schämen!

Sie geht mit ihrem Schnupftuch fort.

Zwölfte Szene

Reichsgraf, Marco Godowesi.

REICHSGRAF: Nun,
Was lachst du?
MARCO GODOWESI: Ist's zum Lachen nicht, wenn uns
Ein Weib zu überlisten denkt und sich
Gefangen sieht in eigner Schlinge?
REICHSGRAF: Was
Bedeutet deine Rede?
MARCO GODOWESI: Ach, es ist
Nicht wert des Redens, wenn so Wicht'ges man
Hat zu besprechen; doch wenn Ihr befehlt –
REICHSGRAF: So rede!
MARCO GODOWESI: Denkt, die Gräfin Laura hat
Versucht, mich zu erforschen, denkt Euch das!
Mich zu erforschen! Wie die Weiber doch
Voll Eitelkeit und Hochmut stecken! Doch
Erfahren hat sie nichts, ich speiste sie
Mit glatten Worten, sie war außer sich
Vor Ärger. *Nach der Odyssee greifend.*
Ach, da liegt das gute Buch
Ja noch, mit dem sie das Gespräch begann.
Wo ist denn die Begeistrung hin entflohn,
Mit der sie es ergriff? Ich dachte schon,
Sie würde eilen, mit dem teuren Schatz
Sich zu verschließen. Ja, so sind die Weiber,
Voll Lug und Trug, die schlimmsten Männer sind
Nur die Kopie von ihrer Falschheit. Hätte
Der Himmel ihnen mehr Verstand verliehn,
Sie kehrten um das Weltall.
REICHSGRAF: Aber sprich,
Was wollte sie erforschen?
MARCO GODOWESI: Ach, es brennt
Ihr junges Herz in lichterlohen Flammen
Für Eduard Felsberg schon, zum mindsten scheint
Es also mir.
REICHSGRAF *verächtlich:* Verliebte Grillen! Pah!

MARCO GODOWESI: Nun quält sie Eifersucht um Gräfin Berta;
Sie hat bemerkt, wie oft des Jünglings Blick
An Bertas Reizen hängt, das alles hätt' sie gern
Recht haarklein dann von mir erfahren.
REICHSGRAF: So?
Auch du hast es bemerkt, so ist es wahr?
Mit Berten mein' ich. Hör, das hat mir oft
Der Unruh' viel gemacht.
MARCO GODOWESI: Daß er sie liebt,
Die Gräfin? Nun, das ist wohl klar zu sehn.
Allein, was kümmert's Euch? Die Flamme muß
Erlöschen oder ihn verzehren, nicht
Verdient auch Beßres, wen der Hochmut treibt,
Daß er vergißt des eignen Standes, zu
Der Herrin hebt das frevelhafte Aug'.
Drum laßt ihn immer, seine Strafe wird
Aus eignem Herzen ihm entsprießen *Vor sich*. Schnell
Enteilt die Zeit, und er, er tändelt.
REICHSGRAF: Doch
Erschien es oftmals mir, als kehrte ihm
Zurück ein holder, schöner Liebesblick.
Wenn er ihr glühend Herz sich zugewandt
Durch seiner Flöte süße Tändeleien,
Durch seine hohe Miene! Marco, wenn
Sie ihn zu lieben wagte!
MARCO GODOWESI: Denkt so tief
Von Eurem edlen Fräulein nicht, Herr Graf.
In ihren Adern rollt das edle Blut
Der Löwensteiner, den erhabnen Geist
Gabt Ihr zum Erbteil ihr, und eher schaut
Nach Königskronen wie nach niederm Herd
Ihr glühendes Verlangen.
REICHSGRAF: Ja, sie ist
Mein Liebstes, ist die Krone meines Hauses,
Sie ist die einz'ge, die mir ähnlich ist.
Durch sie wollt' ich den neuerrungnen Thron
Befestigen, doch nun erfüllt mich Sorge

Um sie. Hält Liebe erst ihr Herz befangen,
Wie Schattendunst entflieht der hohe Sinn;
In kleinlich banges, schmachtendes Verlangen
Stirbt ihrer Größe schöne Blüte hin.
Nein, wahrlich nein, so soll mein Kind nicht sinken.
Fort muß der Recke!
MARCO GODOWESI: Mir ist's eben recht;
Ich hass' ihn lange, doch mir war er nicht
Im Wege, darum ließ den seinen ich
Ihn ruhig wandeln, doch da heute ich
Erholen mich von schweren Sorgen will
Und ein Gespräch mit ihm beginne, da
Mit spitzen Worten höhnt er mich, der Freche.
Ob er für also sinnlos mich geachtet,
Daß nicht verständlich seine Weisheit mir?
Vielleicht auch schien ich so verächtlich ihm,
Daß nicht der Müh' es lohnt', ein freundlich Wort
Mir zu vergönnen; denn was kann es wohl
Dem schaden, der der Herrschaft Herzen lenkt,
Wenn ihm der Diener grollt? Doch diesmal hat
Er sich versehn; mit seinem Regiment
Geht's auf die Neige.
REICHSGRAF: Wohl! Doch sprich, wie kann
Mit guter Art man ihn entfernen?
MARCO GODOWESI: Was?
Mit guter Art? Man heißt ihn gehn, das ist
Die beste Art. Hat er nicht lang genug
Auf fremde Kosten sich gepflegt?
REICHSGRAF: Gemach!
Wie bist du doch so heftig! Ist das auch
Gemäß der Vorsicht, die du stets empfiehlst?
Mich dünkt, wo andre nur es Schmerzen kostet,
Da bist du mit der Vorsicht stets zur Hand;
Doch sollst du nur die kleinste Regung dir
Versagen, wär' es zum Verderben dir
Und deinen Freunden, dennoch zähmst du nicht
Den wilden Hang.

MARCO GODOWESI: Ihr tut mir unrecht, Herr.
Wann gab ich Euch Beweise, daß ich nicht
Beherrsche meine Leidenschaften? Hab'
Ich der Verstellung schwere Kunst nicht schon
Sechs Monde lang geübt in diesem Schlosse?
Und wer wohl ahnet, daß ich Wichtigers
Zu hüten hab' als Bücher? Selbst da mich
Verhöhnte dieser Bube, war so sehr
Ich meines Zornes Meister, daß nur hold
Und freundlich meine Worte klangen, da
Im Busen mir der finstre Grimm entbrannte.
Allein was kann uns dieser Knabe schaden,
Der Abenteurer in dem fernen Lande?
Warum die teure Zeit damit verderben,
Daß man ersinnt, wie man solch läst'gen Gast
Sich fortschafft? Heißt ihn gehn; das ist mein Rat.
Das beugt ihm auch den stolzen Hochmut wohl,
Was doch ihm not von Herzen.
REICHSGRAF *sich plötzlich besinnend:* Doch wie wird
Beleid'gen es mein Weib und meine Töchter,
Wenn also schnöd' ihr Liebling wird behandelt!
Erwäg es, nicht die Gräfin Löwenstein,
Nein, deine künft'ge Fürstin wird gekränkt
In ihr – und wer mein Weib nicht ehrt, der ehrt
Mich auch nicht.
Geht mit majestätischem Anstande auf und ab.
MARCO GODOWESI *vor sich:*
Gott, wie sich das Männlein bläht!
Wie wird ihm seine Herrscherwürde schon
So schwer zu tragen, eh er sie erlangt!
Du Zwerg, der Größe heuchelt, was wohl hast
Begonnen du, das ich nicht billigte?
Du bist das Werkzeug meiner Pläne. Hätte
Auf gleiche Höhe mich Geburt gestellt,
Wie würd' ich, armer Schwächling, dich verachten!
Aufstehend und auf den Grafen zugehend.
Allein die Stunden eilen, wollt Ihr nicht

Vernehmen, wie ich Euere Befehle
Verrichtet?
REICHSGRAF: Schnell! Um Kleines haben wir
Versäumt das Wichtige; schon wird man lang
Bei der Gesellschaft mich vermissen.
MARCO GODOWESI: In
Der Hauptstadt fand ich alles gut gestimmt
Für uns, so mein' ich, und dem Fürsten gram,
Ein neu Edikt, daß man die kleinen Kinder
Nicht ferner vor den Häusern setzen soll,
Um sich zu sonnen, ohne alle Aufsicht,
Hat die Gemüter aller aufgereizt.
Sie haben viel mir vorgejammert, wie
Unmöglich sie das Leben fristen können,
Da den Erwerb sie lassen und die Zeit
Verschwenden müssen mit den Kindern. So
Ist töricht, sinnlos ganz des Pöbels Sinn,
Daß sie das Neue hassen, ist es gleich
Sie zu beglücken nur ersonnen; doch
Dem neuen Herrscher sehn sie stets mit Jubel
Entgegen, ist er gleich ein Teufel, selbst
Ein Engel der, den er verdrängt.
REICHSGRAF: Das ist
Das wenigste; eh sich der Pöbel regt
Nach der geschehnen Tat, eh senkt die Last
Des Firmaments auf uns sich nieder, und
Nicht muß er wissen, daß ein neuer Herr
Ihm ward, bevor der alte ausgeatmet;
Den staunt er dann mit offnem Munde an
Und zieht schon nach wie vor im Joch. Doch hast
Du Reihersdorfen auch gesehn? Wie denkt
Am Hofe man?
MARCO GODOWESI: Die alten Freunde lassen
Euch grüßen. Ihre Namen seht Ihr hier. *Ihm eine Liste reichend.* Graf Reihersdorf, den seht in kurzem Ihr
Auf diesem Schlosse. Gräfin Berta ist
Der Preis, den er verlangt.

REICHSGRAF *nachdem er in die Liste gesehen:*
Ich wollt', ich könnt'
Um andern ihn gewinnen; denn es scheint,
Sie liebt ihn nicht, und ungern zwing' ich sie.
MARCO GODOWESI: Vier Jahre sind's, daß sie ihn nicht gesehn;
Indessen ändert sich die Neigung oft.
Auch glaub' ich nimmer, daß dem schönen Mann
Im Ernst ein Körbchen reicht die Gräfin. Tun
Doch oft die Weiber spröde, wenn die Glut
Der Liebe sie durchflammt; so will es ja
Die Sittsamkeit. Auch einen andern Herrn
Bringt mit sich her der Graf; von Leutheim ist
Sein Name.
REICHSGRAF: Still auf fernen Gütern lebte
Sein Vater. Sollte etwa sich der Sohn
Emporgeschwungen haben? Ist mir doch
Durch meine Forscher nichts davon berichtet.
Auf die Liste sehend.
Auch auf der Liste steht er nicht. Was soll
Er dann?
MARCO GODOWESI: Es ist ein heller, feur'ger Kopf,
Und können wir in unsern Bund ihn ziehn,
So sei er, meint der Graf, von Nutzen uns,
Und mehr als er sein Geld noch; denn er ist
Von allen Edlen dieses Landes wohl
Der reichste.
REICHSGRAF: Nun, wir wollen sehn, wie wir
Gewinnen ihn. *Nach einer Pause.* Ich stehe an der Pforte,
Die Herrscherthron und Kerkerdunkel trennt;
Ob das Geschick zum finstern Schreckensorte,
Ob zu des Thrones Glanz es mich ernennt,
Wer wird verkünden mir die ernsten Worte?
Wer ist's, der seine dunkeln Wege kennt?
Umsonst; kein Götterspruch erhellt ihr Grauen,
Der eignen Kraft muß wagend ich vertrauen.
Er faltet die Liste zusammen und geht in den Hintergrund.
Der Vorhang fällt.

Zweiter Aufzug

Erste Szene

Das Theater stellt einen illuminierten Garten vor. Die Gesellschaft nimmt Erfrischungen ein in einem Pavillon; gegenüber steht die Büste des Julius Cäsar.

Der REICHSGRAF, *die* REICHSGRÄFIN, *der* MINISTER, *die* MINISTERIN, GRAF REIHERSDORF, GRAF HELLBRONN, BERTA, CORDELIA, FERDINAND, MARCO GODOWESI, *letzterer nur im Hintergrund als Zuschauer.*

REICHSGRAF *zu Hellbronn:*
Verzeiht, daß diesen frohen Tag ich nicht
Verherrliche durch Gäste sonder Zahl,
Wie es in Städten Sitte. Abgesondert
liegt dieses Schloß von aller Nachbarschaft,
Und Hütten nur umringen es, drum müßt
Vorlieb Ihr mit dem guten Willen nehmen.
HELLBRONN: Ich dank' dem güt'gen Zufall, daß er mich,
Vom Zwange fremder Gegenwart befreit,
Die ersten Sonnenblicke meines Glücks
Genießen läßt. *Zutraulich und leiser zu Cordelia.*
Wie meinst du, Teure, wär'
Dir wohl, wenn statt dem trauten Kreis der Freunde
Dich rings umlagerte mit Späherblick
Ein bunter Haufe?
CORDELIA: Himmel, ich verginge!
Ist mir doch jetzt so ängstlich schon, so bang;
Ich wollt', ich könnte fort, doch grade jetzt,
Da ich es sehnlich wünsche, grade jetzt
Hält man mich fest umlagert und beachtet
Die kleinste Regung, und sonst geh ich frei
Und ungehindert, wenn ich will; das ist
Doch grausam.
HELLBRONN: Holdes Cordchen, trage ihn,
Den einen bangen Tag; ich hoff', es wird
Der einz'ge sein, den meine Liebe dir
Soll kosten.

CORDELIA *seufzt.*

MINISTER *der ihr gegenüber sitzt:*

Ach, das liebe Bräutchen ist
So still! Sei munter, Cordchen, liebes Kind!
Nicht ziemt es sich, solch wackern Mann empfahn
Mit Seufzern, trübem Antlitz.

Cordelia fährt sich mit dem Tuch über das Gesicht.

So, nun laß
Die finstre Laune in dem Tuche all
Und sieh mich freundlich an; sei, wie zuvor,
Das holde, heitre Mädchen wieder.

Nach einer kleinen Pause, währenddem er sie betrachtet hat.

Nicht?
Noch immer traurig? Nun, das wird sich geben,
Weiß ich doch selbst, daß nicht am Traualtare
Oft so beklommen klopft der Busen, wie
Am Tage, wo des Herzens süße Wahl –
Nicht mehr das stille, heilige Geheimnis –
Dem Ohre aller kund wird.

REICHSGRAF: Laß sie nur;
So schauen alle Bräute, trüb und ernst,
Die Augen nieder und betränten Blicks.
Doch tief im Herzen wohnt die süße Lust,
Und litt' die liebe Sitte es, wir sähen
Wohl andres Antlitz.

REICHSGRÄFIN *leise zum Reichsgrafen und Minister:*

Schont sie, mein Gemahl,
Und, lieber Bruder, ehrt die leise Scham
Der zarten Jungfrau.

Minister lehnt sich wieder stillschweigend in seinen Sessel.

REICHSGRAF *zur Reichsgräfin:* Lieblich steht die Röte
Und blöde Schüchternheit dem Mägdlein, doch
Nicht also mehr der edlen Frau, drum muß
Beizeiten man sie des entwöhnen, daß,
Wenn in der Residenz sie anlangt, man
Nicht wittere an ihr die Landluft.

REICHSGRÄFIN: Gott!

So hätte dazu ihre scheue Unschuld
Und fromme Schüchternheit so sorgsam ich
Gepflegt, daß man gewaltsam diesen Schmuck
Durch schnöde Reden ihr entreiße? Doch
Wer wird es wagen, vor dem zücht'gen Ohr
Der edlen Frauen ein empörend Wort
Zu reden?
REICHSGRAF: O, in großen Städten denkt
Man nicht so delikat.
FERDINAND *mit einem vollen Glase sich dem Vater nahend:*
Seht nicht so ernst,
Mein Vater, seht, wie goldig uns der Wein
In heller Flasche schimmert!
REICHSGRAF: Geh, du bist
Berauscht! *Zum Minister.* Gib doch dem Knaben nicht so viel,
Hippolytus, ihm netzt nicht oft der Wein
Die Lippen, und so möcht' es übel ihm
Bekommen.
MINISTER: Nicht doch, Bruder, überschreiten
Werd' ich das rechte Maß nicht, aber gönne
Ihm einmal einen frohen Lebenstag.
Der Bruder hat das erste Recht zur Freude,
Sieht er das zarte Schwesterlein als Braut
Am Arm des wackern Jünglings, der ihm wird
Ein treuer Bruder, des er länger sich
Kann zu erfreuen hoffen, wie des Sohns,
Des neu erworbenen, der graue Vater.
REICHSGRAF: Tust du's, mich zu erfreuen, daß du mir
Des Todes grauses Bild vor Augen stellst?
Ich bin noch kräftig wie vor zwanzig Jahren.
Kein Alter schont das ernste Schicksal auch;
So ist's noch unentschieden, wer von uns
Am längsten sich des Lebens freut, ob ich,
Ob auch mein Sohn.
MINISTER *scharf:* Doch kannst mit Grunde du
Erwarten, daß dein Sohn es sei; dies ist
Dem Vaterherzen süße Hoffnung ja.

REICHSGRAF: Mitnichten; lang und freudig sei sein Leben!
So wünscht das Vaterherz; doch mir auch sei's
Vergönnt, sein Glück zu schauen und das Glück
Der Enkel und des fernen Stamms.
MINISTER: So ist
Ein endlos Leben dein Begehren?
REICHSGRAF: Ach,
Was nützt ein töricht unerfüllbar Wünschen?
Sonst, Bruder, für die fernen Freuden
Der künft'gen Ewigkeit geb' ich die Lust
Nicht hin von einer Stunde.
MINISTER: Adelbert!
REICHSGRAF: Wer bürgt mir für das dunkle Jenseits? Wer
Hat seine Freuden je gekostet?
MINISTER: Bürgt
Dir für die Wahrheit nicht dein eignes Herz,
Aus dunklen Schlüssen wird dir's nimmer klar.
Doch zu bedauern bist du; denn es fehlt
Des Leidens süßer Trost dir, ohne den
Das Leben nur zur Bürde würde.
REICHSGRAF *mit verstellter Heiterkeit:* Pah!
Noch trag' ich ziemlich leicht daran, doch laß
Uns nicht um solches hadern – besser ist's,
Ein jeder denkt das Seine, ohne daß
Vom Nachbar gleichen Grundsatz er verlangt.
Nach einer kleinen Pause.
Du siehst so ernst? Nun wohl, dein Himmel ist
Mir recht gelegen. Soll nach meinem Tode
Ein neues, freudenreiches Dasein mir
Entblühen, nehm' ich's gern vorlieb.
MINISTER *leiser, doch heftig:* Dich hat
Zur Beßrung nicht die Einsamkeit geregt,
Wie ich gehofft; der starre, finstre Mensch
Wie ehmals – doch so ist's: wem aus der Brust
Die Tugend floh, dem wird ein jedes, wird
Die edle Handlung selbst zur Sünde.
Reichsgraf sieht ihn wild an.

MINISTERIN: Ei,
Warum so finster? Ihr entweiht den Tag
Der Freude, nimmer sah ich solch ein Fest.
Denn jeglichem ist die Verbindung recht
Und angenehm, und dennoch seh ich nichts
Als trübe, finster ängstliche Gesichter.
MINISTER:
Wohl hast du recht; auch ich weiß wahrlich nicht,
Welch böser Dämon dieses Fest beherrscht,
Doch still davon! –
Er hebt sein Glas gegen die Gesellschaft.
Hoch lebe unsre Braut!
ALLE: Sie lebe hoch!
MINISTER: Und ihr Verlobter!
ALLE: Hoch!
Die Brautleute danken bei jeder Gesundheit.
REICHSGRAF *der sich indessen gefaßt:* Ein stolzer Stamm
Entsprosse diesem edlen Paar, der fern
Die mächt'gen Äste durch das Reich erstreckt,
Es möge Heldenruhm die Söhne schmücken
Und Kronen Eure Töchter!
Alle stoßen an.
REICHSGRÄFIN *gerührt zum Reichsgrafen:* Immer noch?
REICHSGRAF: Das Wünschen steht ja frei, und träf' es ein,
Ihr würdet drob Euch nicht entsetzen.
REIHERSDORF *zu Berta:* Seht,
Wie traulich Euer holdes Schwesterlein
Sich an den Bräut'gam schmiegt, voll Ahnung, daß
Von ihm sie künftig all ihr Leid und Freud
Wird nehmen, gleich wie auch aus ihrer Hand
Er seines Schicksals Becher, den der Lust
Wie den des Grams, empfangen wird. O, wohl
Dem Manne, dem die ernsten Faten hold
In des geliebten Weines zarten Sinn
Den Spruch, den streng entscheidenden, gelegt.
Wem Ehrsucht füllt die Brust und Ruhmbegier,
Der muß wohl manchen harten Strauß bestehen;

Denn argen Fron begehren Ares und
Athene; doch wem Eros hold, der darf
Mit einer Brust voll Liebe nahn und nicht
Erröten ob der Gabe, sonder Müh'
Errungen. *Nach einer kleinen Pause.*
Denkt ihr gleich mir, oder heischt
Ihr Größres, Gräfin? Über Unbill nicht
Kann jener klagen, den Ihr einst beglückt,
Führt Ihr durch strenge Proben ihn; denn nicht
Vergleichbar sind an Wert Euch andre Weiber.
Doch leichtlich müßte dann ein treues Herz
Entsagen Euch, weil äußrer Hoheit Glanz
Das Glück ihm nicht vergönnt, und Euch entsagen
Heißt sterben.
BERTA *zerstreut:* Ach, was ist der Hoheit Glanz?
Mit ihr erkauft man keinen Funken Liebe.
REIHERSDORF: Ihr denkt mir gleich? O, welche Wollust ist's,
Euch gleich zu denken! Meinem eignen Sinn
Mißtrau' ich leicht, ich fühle seine Schwäche,
Doch billigt meine Red' Ihr, kann ich kühn
Vertraun dem eignen Worte, denn wie kann
Ein Irrtum diesen hellen Geist betören
Und wie dies reine Herz bestechen? Gott,
Wie selig, überselig ist der Mann,
Der einst sein Weib Euch nennt! Das Unglück hat
Für ihn die Kraft verloren; welcher Gram
Kann seinem Leben drohen, den ein Blick,
Ein leiser Händedruck von Euch nicht tilgte?
BERTA *sehr unruhig:* Herr Graf!
REIHERSDORF: Ihr seid erzürnt? Nein, wahrlich nicht,
Ihr könnt nicht zürnen! Ist's Verbrechen, Euch
Zu lieben, so verschließt in Klostermauern
Der Schönheit zartes Licht! Doch nimmer heischt,
Daß ohne Liebe Euch ein Jüngling schaue.
BERTA: Gewidmet ist der Freude dieser Tag;
Laßt mich in Frieden ihn genießen, stört
Durch solche Reden meine Ruhe nicht.

REIHERSDORF: Ihr fordert Ruhe und Ihr nehmt sie mir.
Verschließen soll dies glühende Gefühl
Ich? Ach, ich kann nur Euch gehorchen.
Doch redet, wann, wann darf dies bange Schweigen
Ich brechen? Wollt Ihr ewig mir den Trost
Versagen, meine Leiden Euch zu klagen?

BERTA *steht sehr bewegt auf und begibt sich zu ihrer Mutter:* Schont meiner!

Reihersdorf sieht ihr betroffen nach und schüttelt heftig den Kopf.

MINISTER *etwas berauscht zu Berta:*
Bist du da, mein Kind? Du schaust
Ja recht trübselig. Ist's nicht recht dir, daß
Die jüngre Schwester dir vorangeht? Wie?

BERTA: Ach, lieber Onkel!

MINISTER *nachäffend:* Ach, mein liebes Mühmchen,
Hab' auf den Kopf den Nagel ich getroffen?
Sei ruhig, Kind, solch wackres Mädchen wird
Nicht übrig bleiben, und mich ahnet's, wart'
Ein wenig nur, vielleicht am selben Tag
Vermählt ein Priester beide Schwestern.

BERTA *ernst:* Ihr
Verkennt mich, Oheim.

MINISTER: Nun, nimm's nur nicht übel,
Es ist nur Scherz, beim Weine redet man
Zuweilen wohl ein unbedachtes Wort,
Der Wein erfreut das Herz und löst die Zunge.

FERDINAND *zu ihr kommend:*
Jawohl, ein Schurke, der beim Wein das Wort
Nach Regeln messen kann, ihm trau' ich nicht,
Und schaut sonst gleich er schuldlos wie ein Kind.
Denn wahrlich, wüßt' ich ein Geheimnis jetzt,
Hätt' ich ein Leid, ich müßt' es jedem sagen;
Doch weiß ich wohl, 's ist sonst nicht eben recht,
So gar vertraulich gegen jeden –

MINISTER: Hör
Einmal, ich bin so recht von Herzen froh,

Da stört mich immer nun in meiner Lust
Das große Schreckensbild, das grad genüber
Zum Possen mir dasteht.

FERDINAND: Der Cäsar?

MINISTER: Freilich,
Der eben.

FERDINAND: Ei, den nehm' ich fort, das ist
Ein leichtes.

MINISTER: Nun, das wär' mir lieb.

Ferdinand geht hin, nimmt die Büste von ihrem Postament und setzt sie hinter dasselbe.

Nun ist
Mir erst recht wohl. Wenn ich recht heiter bin
Und stellt sich dann solch eine Larve mir
Entgegen, ist's mir gleich, als gösse man
Mir Wasser in den Wein, doch doppelt froh
Macht mich ein liebes, offnes Auge wie
Das Eure.

Man hört einen leichten Knall und sieht einige Raketen steigen. Im selben Augenblick öffnet sich ein Vorhang, und man sieht eine prächtige Erleuchtung in der Ferne.

MINISTER: Ha, was ist das?

Die Gesellschaft erhebt sich und drückt durch Zeichen und leise Reden ihre Bewunderung aus.

FERDINAND *freudig:* Ist's nicht schön?
Das ist zum Teil von mir erfunden, doch
Das größre Lob gebühret Felsberg.

CORDELIA *die mit Hellbronn und dem Reichsgrafen hervorkommt:* Ach, wie herrlich!

REICHSGRAF: Weil du Schönres nie gesehn;
Doch komm nur in die Residenz, da wirst
Du andres noch erblicken.

CORDELIA *zu Hellbronn:* Ach, so ist's
Gewiß denn? Muß ich in die Residenz?

HELLBRONN *erstaunt:*
Ihr fürchtet, was die Sehnsucht andrer Weiber
So heiß verlangt? Nein, wahrlich müßt Ihr nicht,

Wenn Ihr's nicht wünscht. Viel schöne Burgen sind
Mein Eigentum, Ihr könnt den Wohnort selber
Euch wählen; denn ich folg' Euch überall
Zum stillen Landsitz wie zum Stadtgeräusche;
Wo Cordchen wohnt, da ist für mich der Himmel.

Die ganze Gesellschaft geht nach der Gegend der Illumination ab.

Zweite Szene

EDUARD FELSBERG *tritt hastig herein und sieht sich überall um. Er geht einigemal auf und ab, alsdann bleibt er mit dem Gesicht gegen die Seite gekehrt stehen, wo die Erleuchtung ist. Man sieht in der ersten Zeit die eben fortgegangenen Personen sowohl wie eine Menge Domestiken bei der Beleuchtung in betrachtender Stellung; endlich verlieren sie sich.*

EDUARD FELSBERG: Recht wohl gelungen, wahrlich!

Er setzt sich auf einen Sitz.

Ach, wie ist
Der Kopf mir schwer! Hat doch seit ein'gen Tagen
Die Arbeit zur Beleuchtung mir den Schlaf
Benommen. Doch es ist vortrefflich auch
Gelungen. *Nach einigen Augenblicken kopfschüttelnd.*
Edward, was erfüllt dein Herz
Mit dieser schmerzlich süßen Regung? War's
Der süße, leise Dank, den dir ihr Mund
Gelispelt? Und was trieb so eifrig dich
Zu dieser Arbeit, füllte dein Gemüt
Mit dieser stillen Freude, wenn ein Bild
Gelang und wohlgeordnet ein Prospekt
Dem Auge lachte? War's die Hoffnung nicht,
Daß die Erfüllung ihres Wunsches sie
Mit einem holden Dankesworte lohne?
Gesteh es dir, zu lange nur entzog
Dein pochend Herz sich schon der Rechenschaft.

Bewundrung, Freundschaft nannt' ich dieses Glück.
Bewundrung, Freundschaft! Ach, ihr deckt so viel
Und habt so manches arme Herz getäuscht,
Was sich euch sorglos überließ. Wer nur
Die Holde sah, der fühlt Bewunderung;
Doch wer ihr innres Sein erkannte, wer
Im Spiegel dieser reinen Seele schaute,
Der kann nicht kalt bewundern mehr, der muß
Sein ganzes Ich ihr weihn, sein Dasein nur
Aus ihren Blicken trinken. Die Natur,
Sie selbst, die treue, reine Mutter, hat
In uns den heißen Trieb gelegt und ist
Der Himmelsfunke, den wir Tugend nennen.
Ist's nicht der Trieb, dem Schönen uns zu nahn
Und ganz dem Hohen, Reinen uns zu widmen,
Daß unsern Sinn es läutre von den Schlacken
Der Welt und leite unsern irren Schritt?
Kein Gott kann tadeln mein Gefühl; es fließt
Nur aus der Tugend reiner Silberquelle;
Sie ist's, die diesen Drang mir eingeflößt,
Nur ihrem Wunsch zu leben, voll Vertrauen
Zu ihrer hohen Reinheit aufzuschauen,
In heiße, fromme Liebe aufgelöst.
In Liebe? Ja, das Wort ist ausgesprochen,
Was ich so lang und gern mir selbst verborgen,
Und meine Größe stürzt es in den Staub.
O weg, Philosophie, mit deinen Gründen!
Der innre Richter höhnt den falschen Zeugen,
Du kannst nicht decken meine schwere Schuld.
Doch warum nenn' ich schwer sie? Ist es Sünde,
Das Schöne lieben, sich dem Hohen nahn?
Mit freier Stirne darf ich selbst mir sagen:
Ich liebe Berta, sie, die Reine, Süße,
Dies Götterbild in weiblicher Gestalt!
Ich liebe sie wie Gott und meine Seele,
Und nicht erröten darf ich ob dem Wort.
Ich müßt' es, wär' nicht frei von Eigendünkel

Und kalter Selbstsucht meine Leidenschaft,
Doch klar und lauter naht der Klaren sie,
Und keine Wünsche trüben ihre Reine.
Wehmütig. Ich will ja nur sie lieben, nur sie sehn,
In ihrem Strahl mich sonnen und vergehn.
Wer kann mein süßes Leiden mir mißgönnen?
Ich hoffe nicht, ich wünsche keinen Blick,
Der Liebe ahnet, nur ein freundlich Wort
Für ihren Freund, nie fühle sie den Schmerz
Der Wunde, die in meinem Herzen brennt.
Ich darf der Tugend nicht mein Leiden bergen,
Es ist so still, von jedem Wunsche frei.
Nach einer kleinen Pause, bitter lachend.
Ha, wie der Mensch so gern sich selbst betrügt!
Und sollt' er auch entweihn der Gottheit Namen.
Unglücklicher, du wünschest nicht? Du hast
Nicht Stunden oft auf ihren Blick gelauscht,
Ob nicht ein sanfter Liebesschimmer drin
Sich male? Ha! Verbrecher, jauchzte nicht
Dein Herz, daß sie in banger Schwermut welkt?
Voll Hoffnung, diese Blume schmacht' gesengt
Vom wilden Hauch der Gluten deiner Brust?
Und sprich, was willst du, wenn die Flamme nun
Ihr Herz ergriff, wenn ihre Ruh' entflohn?
Was kannst du bieten dann der Grafentochter?
Du hast ja nichts, als deine arme Liebe,
Nicht einen kleinen Ruhpunkt, eine Hütte,
Ein Halmendach, wo Liebe glücklich wäre.
Was willst du denn? Zerstören? Ha, das ist
Das Törichte der Leidenschaft, daß sie
So zwecklos kann vernichten. Wie das Glück
Mich in die Welt hinausstieß, wie so leicht
Schien mir das Leben und wie reich und hold!
Denn schuldlos war mein Sinn und Jugendkraft
Und frischer Mut und meine Kunst mein Reichtum.
Gelähmt ist meine Jugendkraft, mein Mut
Entschwunden, nur ein Schatten bin ich mehr

Des kräft'gen Jünglings. O mein Jugendtraum!

Er lehnt sich nachdenkend und traurig an seinen Sitz. – Ein junges BAUERNMÄDCHEN *kommt mit einem Körbchen voll Blumen aufs Theater.*

BAUERNMÄDCHEN: Wo mag sie sein? Im Garten bin ich nicht
Der Wege kundig. Dort der junge Herr,
Den könnt' ich fragen, doch ich fürchte mich.

Sie sieht sich überall auf dem Theater um.

Ich muß es doch wohl wagen. *Furchtsam sich Felsberg nähernd.* Lieber Herr!
Er hört nicht. Lieber Herr, könnt Ihr mir sagen,
Wo sich die Gräfin Braut befindet?

FELSBERG *zerstreut:* Dort,
Da drüben.

BAUERNMÄDCHEN: Wo?

FELSBERG *sich fassend:* Was willst du ihr, mein Kind?

BAUERNMÄDCHEN: Ja, seht, weil sie so gut und freundlich ist,
So haben wir aus unserm Garten ihr
Die schönsten Blumen abgepflückt; die soll
Ich ihr nun bringen zum Verlobungsfest.
Seht her, Reseda und Levkojen;
Ein wenig Goldlack auch, sind sie nicht schön?

FELSBERG: Ei freilich, herrlich!

BAUERNMÄDCHEN: Nicht? So denk' ich auch.
Der Vater hat auch immer seine Freude
Gehabt an ihnen, doch da sprach er heut:
»Sie sind wohl schlecht«, bedenkt, er sagte: schlecht.
Sonst sagt er stets, sie sei'n im ganzen Dorf
Die schönsten. Nun, er sprach: »Sie sind wohl schlecht;
Doch weiß ich, auf die Gabe nicht allein,
Sie sieht auch auf das redliche Gemüt,
Das willig ihr sein Liebes opfert.«

FELSBERG *bewegt:* Geh!
Sie wird dir dein Geschenk mit Danke lohnen.
Sie hat des Stolzes Gift nicht angesteckt,
Der oft verachtend schaut auf niedre Gaben,
Die ihm der Arme beut, und fühlt es nicht,

Daß es sein All, sein ganzer Reichtum ist.
Habt ihr die junge Gräfin denn so lieb?
BAUERNMÄDCHEN: Ach ja, von Herzen alle beide. »Sie
Sind wie die Engel«, sagt die Mutter, und
Im vor'gen Jahre lag sie schwer danieder,
Wohl sieben Wochen. Täglich kamen da
Die jungen Fräulein, trösteten die Mutter
Und schickten Brot und Wein und warme Suppe;
Und wie sie nun gesund war, haben sie
Den Arzt bezahlt; *noch inniger* wir haben sie so lieb,
So lieb als alle Heil'ge, und sie sind
Auch heilig, wenn sie sterben, sagt die Mutter.
Habt Ihr sie denn nicht lieb?
FELSBERG *vor sich:* O Gott!
Laut nach einem kleinen Zögern.
Doch weißt
Du auch, daß nun die Gräfin Cordchen fort
Von hier zieht mit dem fremden Herrn?
BAUERNMÄDCHEN: Die Gräfin?
Ach nein, gewiß nicht, davon hat mir ja
Die Mutter nichts gesagt.
FELSBERG: Doch ist es so,
Viel Meilen weit von hier.
BAUERNMÄDCHEN *weinend:* Ach, warum bleibt
Sie nicht bei uns? Es liebt der fremde Herr
Sie doch gewiß so herzlich nicht als wir.
FELSBERG *gutmütig:*
Gib dich zufrieden, Kind, und weine nicht.
Sie bleibt noch lange, noch wohl sieben Monat'.
Und sieh nur, deine Blumen welken schon,
Lauf hin und bring sie ihr! Wie wird sie sich
Nicht freun, wenn sie dich sieht.
Er führt sie gegen den Hintergrund des Theaters.
Da geht sie, sieh!
Lauf schnell, daß du sie einholst!
Das Mädchen läuft fort, nachdem sie sich die Augen abgetrocknet.

FELSBERG *ihr nachspähend:* Wie sie hüpft!
Getrocknet sind die Tränen und verschwunden
das Leid aus ihrem Sinn. Nun steht sie still,
Der Bogen Glanz bewundernd. Glücklich Kind!
Des Festes freust du dich und weißt es nicht,
Daß es auf Trennung von der Teuren deutet.
Das ist es ja, das hochgerühmte Glück
Der Kinderwelt, sowie des niedern Standes,
Daß ganz die nahe Freude sie genießen,
Dem fernen Leid das Auge schließen und
Mit Jubelton der Welle Chortanz schaun,
Der langsam ihren Glücksbau untergräbt.
Auch ist's fürwahr zu rühmen: in ein Leid,
Und wär's auch noch so drückend, noch so schwer,
In ein Geschick, bestimmt und hoffnungslos,
Fügt still und wehrlos sich der Mensch, und die
Geduld erleichtert seine Leiden. Doch
Dies Beben, Ringen, dies vergebne Kämpfen
Mit seiner Macht, die stumme Todesangst,
Sehn wir es nahn und können nicht entfliehn,
Dies ist des Unglücks höchster Grad, dies ist
Das wahre Leid, der innre Wurm, der still
Am Mark des Lebens zehrt. Glückselig, wer
Die Freude rein und ungetrübt genießt
Und nicht am warmen Sommertag die Wolke,
Die schwarze, wetterschwangre, ahnet, die
Des Tages Hitze sammelt.

Ein Trupp DOMESTIKEN *eilt aufs Theater, um die Beleuchtung zu sehen. Einer geht ein wenig voraus, indem er in den von der Beleuchtung strahlenden Vordergrund tritt.*

DER VORDERE: Kommt geschwind,
Hier kann man's recht bemerken!
ALLE *herzuströmend, durcheinander:* O, wie herrlich!
EINE KAMMERJUNGFER *zu einem Bedienten:*
Was sind das dort für hohe Dinger?
DER ZWEITE: Wart,
Ich kann's nicht sehn!

EIN BEDIENTER: Das sind so Säulen, fast
Wie an dem Bogengang an unserm Schlosse,
Die haben wir recht prächtig ausstaffiert,
Ich und Herr Felsberg.
EIN ANDERER: Nun, du hast wohl nicht
Das meiste dran getan.
DER ERSTE BEDIENTE: Je nun, wir beide.
DER ANDERE BEDIENTE:
Du dünkst dich wieder was und hast doch wohl
Das Öl nur in die Lampen eingegossen.
EIN MÄDCHEN:
Ach je, wie kann der Herr das doch! Das hat
Er in den fremden Städten wohl gelernt.
Zu einem anderen Mädchen.
Hast du schon wohl gehört, wenn er des Abends
So schön auf seiner Flöte bläst?
EIN ANDERES MÄDCHEN: Ja, freilich!
Der gute Herr! *Nach einer Pause leiser.*
Ich glaube gar, da sitzt er.
DIE ANDEREN MÄDCHEN *sehen hin:*
Wahrhaftig!
Sie laufen kichernd fort in einen Gang des Gartens; die Männer folgen ihnen.
FELSBERG *lächelnd:* Wahrlich, eitel sollte mich
Das Lob so vieler Lippen machen und
Zumal so hübscher Kinder. *Kopfschüttelnd.* Edward, wie?
Du willst noch scherzen, und es ist dir doch,
Als wühlte scharfer Dolch in deiner Brust.
Du hast dich selbst zum besten, armer Narr!
EIN ALTER BEDIENTER *kommt nach:*
Wo sind die andern denn?
FELSBERG: Wen sucht Ihr, Alter?
DER ALTE *nimmt seinen Hut ab:*
Ich wollte mit dem jungen Volk hinaus,
Ihr' Gnaden, die Beleuchtung zu besehn,
Allein sie sind vorausgeschwärmt. Mich freut's,
Daß Euer Gnaden ich so einsam treffe.

Ich hätte ein Begehren wohl an Euch.
Auch weiß ich, Ihr erfüllt es sicherlich;
Der Herr Papa –
FELSBERG: Ihr irrt Euch, alter Mann,
Wahrscheinlich haltet Ihr mich für den Grafen.
DER ALTE: Ach ja, verzeiht, Herr Felsberg, wahrlich ich
Hielt Euch für unsern Grafen Ferdinand.
Ich bin schon zweiundachtzig Jahr' und bald
Ist's aus mit meinen Augen.
Felsberg seufzt in Gedanken.
Wie, Ihr seufzt
An dem Verlobungstage unsrer Gräfin?
Ach Gott, ich kann mich auch so herzlich nicht
Erfreuen wie die andern. Ich bin alt,
Gezählt sind meine Tage; ist sie fort,
Ich seh sie schwerlich wieder.
FELSBERG *gerührt seine Hand ergreifend:* Guter Mann!
Je nun, man kann nicht stets zusammen bleiben.
DER ALTE: Zudem, der Herr ist gut und brav, der sie
Hinwegführt, und soll ich sie missen denn,
So gönn' ich diesem sie am liebsten doch.
Der andre Herr, Graf Reihersdorf, das scheint
Ein schlimmer Kamerad.
FELSBERG: Mißfällt er Euch?
DER ALTE: Es sieht ihm aus den Augen ja.
FELSBERG: Was denn?
DER ALTE: Das kann ich selbst nicht sagen, doch gewiß
Nichts Gutes; doch was geht der Herr mich an?
So dacht' ich immer. Doch da schwänzelt er
Um unsre Gräfin Berta stets; ach, Herr,
in Tränen ausbrechend
Ich möchte mit den Händen wohl ein Grab
Mir kratzen, um das Leid nicht zu erleben,
Daß diesen lieben Engel er –
FELSBERG *erschrocken:* Ihr glaubt –
DER ALTE: Ja, freilich glaub' ich, und ich sollt' es nur
So laut nicht rufen, daß er mir mißfällt.

Das ist ein Leben mit dem gnäd'gen Herrn!
Fast unzertrennlich! Lieber Reihersdorf!
Mein lieber Freund! – und neulich gar – mein Sohn!
Ich meint', ich sollte in die Erde sinken
Vor Kummer und Bestürzung.

Er geht traurig ab.

FELSBERG *der eine Zeitlang voll Bestürzung ihm nachgesehen hat:* Wie, er glaubt?
Wie sprach er doch? Mir schwindelt das Gehirn.
O weh, nun wird mir's klar; des Grafen Weib?
So sprach er. Wie, des falschen, list'gen Schurken?
Die Teure, Reine? Wahrlich nicht! Er soll
Sie nicht besitzen! Mit den Händen will
Ich ihn ermorden. Tor, was faselst du?
Sie ist sein eigen. Sahst du nicht den Blick
Des Grafen, seine Huld? Er nannt' ihn Sohn,
Sie ist sein ewig Eigentum, und dir
Bleibt nur der Hölle Schrecken.

Er legt den Kopf auf den Tisch.

DRITTE SZENE

FELSBERG, LAURETTE.

LAURETTE *sich nahend, vor sich:* Wo er sein mag?
Vergebens hab' ich schon den Park durchstrichen;
Es birgt dem Auge sich das holde Bild.

Sie nähert sich etwas.

Wer schlummert dort? *Sie sieht scharf hin.*
Er ist's, er ist es selbst!
Ja, schlummre nur, indessen tändelt süß
Ein andrer um dein Liebchen. *Felsberg regt sich.*
Nein, er wacht!
Er hebt das Haupt! O, wär' der Lichter Glanz
Doch all versammelt um dies edle Antlitz,
Daß seine Schöne sich mir zeigte. Ha!
Nun fällt ein Lichtstrahl in sein Auge. Wie,
Es schimmert eine Träne drin? Wem weinst

Du diese Träne, schöner Jüngling? Ist
Der lieben, blassen Berta sie geweiht,
So sei's die letzte; diesen Todesengel
Ersetze dir ein reizvoll blühend Weib.

Sie naht sich ihm; laut.

Auf allen Pfaden schwärmt die laute Freude,
Und Euer Werk bewundert jeder Mund,
Doch Ihr nur scheint versenkt in stillem Leide,
und Euer Auge macht nur Kummer kund.
Was macht Euch freudlos an dem Jubeltage?
Erfreut das Werk den eignen Meister nicht?

FELSBERG *verwirrt aufstehend:*
Nicht Sorge trieb mich aus dem muntern Kreis,
Gewiß nicht, doch ich bin ermüdet.

LAURETTE: Wie,
Ermüdet?

FELSBERG: Gnäd'ge Gräfin, dieser Tag
Hat mir den Schlummer mancher Nacht gekostet,
Darum verzeiht –

Er macht eine Verbeugung und will sich entfernen.

LAURETTE: Was soll das sein, Ihr flieht,
Wenn Frauen Eure Unterhaltung wünschen?
Mitnichten sei es, also bleibt! – doch geht,
Wenn Ihr nicht anders wollt.

FELSBERG: Ich müßte schlecht
Die Ehre Eurer Unterhaltung schätzen,
Böt' ich mich jetzt ihr dar; den Müden flieht
Die Folge der Gedanken.

Er will sich wieder entfernen.

LAURETTE: Weilet noch!
Nicht steht es wohl dem Manne, wenn er sich
Ermüdet klagt wie ein unmündig Kind,
Zumal in holder Frauen Gegenwart.
So weilt nun und vernehmet meine Bitte;
Darf ich Gewährung hoffen?

FELSBERG: Edler Fraun
Begehrend Wort ist mir Befehl.

LAURETTE: Ihr seid
Der Tonkunst Meister; dies vernahm ich so
Durch andre wie mein eignes Ohr, obgleich
Nur ferne Laute es erreichten; doch
Lag mir im Tone hohe Zauberkraft.
Drum zürnt der unbescheidnen Bitte nicht,
Die oft schon auf der Lippe lag, bereit
Ihr zu entschlüpfen: Laßt ein Lied mich hören
Auf Eurer Flöte.
FELSBERG: Grollt dem Kühnen nicht,
Der Euch um Ändrung Eures Willens fleht,
Was ich nicht leisten kann, begehrt Ihr nicht,
Und nähmt mit Schlechtrem wohl vorlieb; allein
Der Flöte Ton durchhallt den ganzen Park,
Und bald versammelt säh' ich wohl um mich
Ein zahlreich Auditorium, wo nicht
Ein jeder Eure Nachsicht fühlte. Schlecht
Beständ' ich, und mit Schande offenbar
Würd' meine Unkund', meine Schwäche.
LAURETTE *nach einigem Bedenken:* Wohl,
Sei's Schüchternheit, sei's Widerwillen auch,
Durch freundliche Gewährung des Verlangten
Mich zu verbinden – –
FELSBERG: Gräfin!
LAURETTE: Dennoch seid
Entbunden Eures Worts Ihr, aber mir
Sei's vorbehalten, zu gelegner Zeit,
Wenn fremde Augen nicht uns rings umgaffen,
Euch dran zu mahnen.
FELSBERG: Und Ihr werdet stets
Gehorsam Eurem Wort mich finden.
LAURETTE: Stets?
FELSBERG *betroffen:* Wie meint Ihr?
LAURETTE: Folgsam, sagt Ihr, werd' ich stets
Euch jedem meiner Winke finden, darf
Erfüllung jeglichen Verlangens heischen;
Nicht also?

FELSBERG *verlegen:* Also sprach ich, doch es scheint,
Daß meiner Rede Ihr mißtraut. Wer darf
Dem schuldigen Gehorsam sich entziehn,
Den edlen Frauen willig das Geschlecht
Der Männer leistet?
LAURETTE *sich neben ihn setzend:* Nun, so sagt mir frei
Und unverhohlen, warum seh ich oft
In Euren Zügen tiefsten Harm? Es drückt
Euch eine schwere Last; Ihr tragt sie still
Und stark, wie's Männern ziemt, doch nimmer könnt
Ihr ganz es bergen.
FELSBERG *angstvoll:* Fräulein, Euer Mitleid
Und Euer weiches Herz hat Euch getäuscht.
Ich bin zufrieden mit Fortunens Gaben,
Sie gab Gesundheit mir und frohen Sinn;
Der Töne weiten Himmel schloß sie auf
Und lehrt' mich ihre Zauberkräfte üben.
Was frommte Größres mir? Und Undank wär's,
Wollt' all die Freuden meines jungen Lebens
Ich achtlos übersehn, in Harm versenkt
Um kleine Leiden, die ich überstanden.
LAURETTE *mit Wärme und Empfindung:*
Ihr wollt mir nicht vertraun? Ich tadl' Euch nicht,
Daß Ihr dem fremden Weibe Euch verbergt.
Wer bürgt Euch, ob nicht niedre Neugier mich
Des Mitleids Larve borgen hieß? Doch wißt,
Ich bin Euch eine Fremde, unbeachtet
Und ungekannt, allein dies seid Ihr nicht
Für mich; ich sah Euch leiden, sah, wie oft,
Wenn Ihr im heiter wechselnden Gespräch
So ruhig schient, wie dann, wenn sich der Blick
Des Sprechers wandte, gleich dem Wetterstrahl
Am hellen Tag ein düstres Feuer schnell
Wie lang verhaltner Schmerz das Antlitz Euch
Umflammte und entschwand; ich sah voll Mitleid,
Was still Euch quälte, und Ihr wart mir nicht
Ein Fremder mehr. *Schwärmerisch.* Wer selbst auf Dornen lag,

Der hält sie auch bei anderen für Rosen,
Und gleiches Unglück bindet fester uns
An andre, wie der Brudername; darum
Verschmäht der Freundschaft kleine Gabe nicht,
Die anspruchslos und sonder Arglist sich
Euch bietet.

FELSBERG *bewegt:* O Ihr seid so freundlich, Gräfin,
So mild, und Eure Güte sollte ich
Vergelten durch vergebne Klagen, die
Nur Eure edle Seele trüben? Laßt
Allein mich tragen.

LAURETTE: Redet also nicht!
Der Wunde Balsam ist die laute Klage;
Durch sie verhaucht des Schmerzens schärfste Kraft.
Allein der Unglücksel'ge kennt sie nicht,
Er dient in stummer Trauer seinem Leide
Und baut in eigner Brust ihm einen Thron;
Mit tausend Jubelstimmen ruft die Freude,
Das Schweigen ist des Unglücks starrer Sohn;
Verlaßt dies bange Schweigen, nährt nicht mehr
Freiwillig Euern Gram, vertraut Euch mir,
Vielleicht weiß ich ein Wort des Trostes.

FELSBERG: Ha!
Ein Wort des Trostes! Ja, dann wär' ich nicht
So mutlos, so zerdrückt, wenn es für mich
Ein Wort des Trostes gäbe.

LAURETTE: Armer Jüngling!
Ließ selbst die Hoffnung keinen Schimmer dir?

FELSBERG *schüttelt langsam mit dem Kopfe:*
Auf ewig unersetzlich.

LAURETTE: Unersetzlich? Bedenket Eure Worte!

FELSBERG *auffahrend:* O, es ist
Schon Sünde, nur Ersatz zu denken.

Er lehnt sich wieder auf den Tisch.

LAURETTE *vor sich:* Wie?
So hat dir das Gespenst den Sinn verrückt?
Ich muß ihn zum Geständnis bringen, dann

Klagt täglich mir er seine Leiden vor,
Bis aus der Freundin die Geliebte wird.
Seine Hand ergreifend und traulich, laut.
Ihr liebt!
FELSBERG *erblaßt und sieht sie starr an.*
LAURETTE: Ihr liebt, Unglücklicher, Ihr liebt.
Dies kündet laut die Blässe Eurer Wangen.
FELSBERG *sehr gefaßt:* Ihr habt ergründet, Gräfin, was ich still
Im Busen hegte; ja, ich sag' es frei:
Ich liebe, liebe hoffnungslos; denn sie,
Die ich verehrte, ist nicht mehr.
LAURETTE *vor sich, voll Ingrimm:* Du willst
Mich täuschen, falsche Schlange.
FELSBERG: Gräfin, nun
Kennt meinen Gram Ihr, und Ihr seht, daß hier
Ein jedes Wort des Trostes Spott nur schiene.
LAURETTE *aufstehend:* Ich seh es und bereue, daß ich Euch
Belästigte mit unbescheidnen Fragen;
Doch schreibt's nicht frecher Neugier zu und gönnt
Mir Euer Zutraun für die Zukunft auch.
Lebt wohl.
Sie geht gegen die Mitte der Szene und bleibt stehen.
Dort naht Graf Reihersdorf mit Berta,
Ein schönes Pärchen! Meint Ihr nicht? Ich hoffe,
Bald feiern wir ein neu Verlobungsfest.
Dann sorgt Ihr doch für die Erleuchtung auch,
Wie heute?
FELSBERG *mit dumpfer Stimme:* Ist die Gräfin Berta Braut?
LAURETTE: Noch nicht, wie ich vermute, doch gewiß
In wenig Tagen. Seht, da sind sie schon.
Wie zärtlich sich umschlingend, *boshaft* bannet nun
Die Träumereien; denn ein liebend Paar
Haßt solche Dinge. *Sie geht den Ankommenden entgegen.*

Vierte Szene

Felsberg, Reihersdorf, Laurette, Berta.

LAURETTE *die den Ankommenden sich genähert hat, lächelnd:* Nun, da sieht man's ja.
Herr Graf, Ihr seid auf gutem Wege.
REIHERSDORF *verdrießlich, doch es verbergend:* Ach,
Ich wollt', Ihr sprächet wahr, doch scheint es fast,
Als wäre dieses Geistes Feuerquell,
Der in so üpp'ger Fülle sich ergießt,
Für mich allein versiegt, denn ich vernehme
Auf viele Fragen kaum ein dürftig Wort.
Zu Felsberg, der anfangs hat fortgehen wollen, bei den letzten Worten aber stehen geblieben ist und sich sichtlich erheitert.
Verlaßt uns nicht; vielleicht vermag die Kunst,
Die Himmelstochter, was ich Erdensohn
Umsonst versuchte, dieses geist'ge Bild
Mit Leben zu durchströmen. Habt Ihr nicht
Die Flöte hier?
FELSBERG *erheitert:* Es ist mir leid.
REIHERSDORF: Ihr seid
Auch im Gesang vollkommen, wie ich hörte,
Obgleich durch andre nur; doch lüstet mich,
Es selber zu vernehmen. *Er reicht ihm die Laute.* Somit seid
Gebeten.
BERTA *vor sich:* Wie gering er nicht den Mann
Behandelt, dessen Schatten er zu sein
Sich glücklich preisen sollte! *Sehr freundlich zu Felsberg.*
Wollt Ihr uns
Ein Körbchen geben?
FELSBERG *errötend:* Kann ich anders als
Gehorchen? *Er spielt das Ritornell auf der Laute.*
LAURETTE *vor sich:* Weh, das sollst du schwer mir büßen.
FELSBERG *singt:*

Eh am Himmel der Nachtstern blinkt,
Wenn in die schäumende Flut

Hernieder die glühende Sonne sinkt
Und auf dem Gebirg' das Abendrot ruht,
Dann legt sich das Wirken der regen Natur,
Es schweigen die Vöglein, es feiert die Flur,
Die Dämmrung senkt ihr graues Gefieder
Leis in die dampfenden Täler nieder.

Wenn am Himmel der Vollmond glüht,
Wenn durch die ruhige Au
Der weiße, wogende Nebel zieht
Und leise sich senket der nächtliche Tau:
Dann hallt's aus der Ferne mit klagendem Laut,
Als weinte den Jüngling die liebende Braut,
Und tönt mit bangen, heißen Gefühlen
Und kann nur der Nacht seine Trauer enthüllen.

Was scheust du, Vöglein, des Tages Pracht,
Wo jeglicher fördert sein Tun?
Was klagt dein Liedlein in dumpfer Nacht,
Wenn all die andern Vögelein ruhn? –
»Ich töne den Sternen mein süßes Leiden,
Der Liebe Schmerzen, der Liebe Freuden,
Und bei der Nächte verborgenem Schweigen
Vernehmen es trauernd die stummen Zeugen.«

Wenn die Sonne strahlenumkränzt
Sich hebt aus dem brausenden Meer,
Schimmernd dann das Gebirg' erglänzt
Und der Wald und die Täler rings umher,
Dann erwachen die Vöglein wieder,
Singen jubelnd die lieblichen Lieder,
Des heitern Tages fröhliche Söhne;
Doch ach, verhallt sind die süßen Töne.

Was sitzest so stumm du, Vögelein?
Was verhallte dein süßer Gesang? –
»Mich scheuchet das muntere, fröhliche Sein
Und der Freude lauter, jubelnder Klang.
Mag nicht mit den Sängern des Tages mich messen,

Ich möchte mein süßes Leid dann vergessen,
Mag nicht des Tages freudiges Rauschen
Um meine teuren Leiden mir tauschen.«

O Liebe, seliger Morgentraum
In der Jugend rosichten Stunden,
Es fühlt die zitternde Seele dich kaum
Und hegt schon die teuren Wunden;
Und bei dem Jubel der nächtlichen Freude
Da flieht sie zu ihrem süßen Leide;
Denn nur, was der Geist im Verborgenen schafft,
Das bewahrt seine heilige, innere Kraft.

Drum bergen so tief wir das bange Glück
In unserer pochenden Brust,
Und hüten's vor jeglichem fremden Blick,
Es pflegend mit süßer, mit trauriger Lust,
Und fühlen tief die glühenden Wunden
Und Sehnsucht nach vergangenen Stunden,
Und doch – so tief, so heiß im Herzen –
Was wären wir ohne die süßen Schmerzen? –

REIHERSDORF *nickt vornehm mit dem Kopf, alsdann wendet er sich gegen Berta:*
Was scheint von diesem Lied Euch, Gräfin Berta?
BERTA *vor sich:* Der Übermüt'ge!
Laut zu Felsberg. Nehmt den schuld'gen Dank
Für Eure Güte! *Zum Grafen, der sich in die Lippen beißt.*
Was beliebte Euch,
Herr Graf?
REIHERSDORF *einige Augenblicke stockend, dann gefaßt:*
Was Euch von diesem Liede scheint,
Begehrte ich zu wissen.
BERTA *zerstreut:* Dieses Lied?
Es ist ein banges, schmerzlich heißes Lied,
Es tut nicht wohl.
REIHERSDORF: Mißfällt es Euch?
BERTA: Nicht doch.
Allein – *Sie schweigt.*

REIHERSDORF *ergänzend:*
Allein es schmerzt Euch, daß den Träumereien
Der Morgendämmerung, den leichten, schnell
Entfliehnden, es der Liebe Glück vergleicht.
So schwärmt in dem Gefühle seiner Kraft
So mancher Sänger, dem ihr Heiligtum
Verschlossen blieb. Die Menge jauchzt ihm zu
Und nennt den Eingeweihten ihn; ein tief
Und rein Gemüt nur sieht in ihm den Schüler,
Und den ... Doch ich rede so
Beleid'gend unbewußt geliebte Namen.
Zu Felsberg. Vielleicht kennt Ihr den Dichter?
FELSBERG: Nein.
REIHERSDORF *verwundert ausbrechend:* So seid
Ihr nicht es selber?
FELSBERG scharf: Glaubtet Ihr's?
REIHERSDORF: Ihr dichtet
Zuweilen doch, nicht wahr, mein Freundchen?
FELSBERG: Nein.
REIHERSDORF: So seid Ihr aller sieben schönen Künste
Geweihter Priester nicht, wie ich geglaubt?
Felsberg antwortet ihm nicht.
Ihr seid so stumm ja, kann Euch dieses
Denn gar nicht reizen? Habt Ihr nie geliebt?
FELSBERG: Hätt' ich es jemals, würd' ich schwerlich doch
Zur Schau es tragen.
REIHERSDORF: Wenn Ihr hättet! Also,
Ihr habt es nie?
FELSBERG: Ich trüg' es ja zur Schau,
Gäb' ich Euch Antwort.
REIHERSDORF: Also liebt Ihr?
FELSBERG *verdrießlich:* Ach!
Er steht auf und will fortgehen.
REIHERSDORF: Wohin?
FELSBERG *im Abgehen:* Ich hab' Geschäfte.
REIHERSDORF *ihm spottend nachrufend:* Wie, so trägt
Der Musensohn der Erde Lasten auch?

Er sieht ihm lächelnd nach.

BERTA *zu Laurette:* Ich bitte dich, ich kann die Albernheit
Nicht mehr ertragen, laß uns gehn.

LAURETTE *boshaft:* Ich bin's
Zufrieden.

Sie stehen schnell auf und gehen nach einer andern Seite ab.

REIHERSDORF: Sehr empfindlich und gar leicht
Zu reizen scheint dies Herrlein mir.

Er sieht sich um. Wo sind
Sie denn geblieben? Fort? Wahrhaftig, fort!
Das ist zu arg!

Er staunt eine Weile nach dem Gebüsch hin, indem kommt der Reichsgraf.

Fünfte Szene

Reihersdorf, *der* Reichsgraf, Marco Godowesi.

REICHSGRAF *mit Godowesi hervorkommend:*
Herr Graf, so in Gedanken? Hört Ihr nicht?
Ich muß wohl reden, wie Ihr's gerne hört!

Ihm lächelnd von hinten auf die Schulter klopfend.

Herr Sohn!

REIHERSDORF *spöttisch lächelnd:* So? Wahrlich? So?

REICHSGRAF: Das lautet ja
Beinah, als wär' der Name Euch nicht lieb; *zutraulich*
Tut doch so spröde nicht, man weiß ja wohl;

Betrachtet ihn; hitzig.

Ihr braucht so höhnisch nicht zu schaun, mein Kind.
Ist Euer Stamm denn wohl von größrem Wert?
Was ist an ihr zu tadeln?

REIHERSDORF *höhnisch:* Wahrlich nichts!
Doch ich bin ungenügsam, und ein Herz
Für meine Liebe fordr' ich, nicht die Hand
Allein; es war nicht freundlich, daß Ihr mich
Nicht warntet.

REICHSGRAF *ängstlich, doch es unter einer freundlichen Miene verbergend:* Ach, nun merk' ich's. Macht Euch doch

Nicht solche Grillen! Glaubt mir, glaubt mir nur,
Sie ist Euch wahrlich gut.
REIHERSDORF *einfallend:* Wo schon das Herz
Sich einen Götzen schaffte, ist's vielleicht
Auch nur ein Krippenreuter, ein Fortunensritter,
Der, nimmt ihn nicht ein Tor mitleidig auf,
laut lachend
Am Hungertuche nagt und sich sein Brot
Von Tür zur Tür zusammenpfeift.
MARCO GODOWESI: Herr Graf!
REIHERSDORF: Ich dränge mich nicht gerne auf.
MARCO GODOWESI *boshaft zum Reichsgrafen:* Herr Graf,
Da haben wir's!
REICHSGRAF: O schweig! *Vor sich.* Welch Unheil stiftet
Der eine Mensch in diesem Hause doch!
Es sei das letzte Pröbchen seiner Kunst.
MARCO GODOWESI *auf ihn zugehend:*
Ihr seid erzürnet, Graf, wie möget nun
Vom Falschen Ihr das Wahre sondern?
REIHERSDORF: Ich
Erzürnt? Gewiß, das lohnte sich der Müh',
Um eines Weibes willen!
REICHSGRAF: Nun, so sagt,
Was war denn? Was geschah? Ich hoffe nicht,
Daß meine Tochter –
REIHERSDORF: Mir nicht wohl begegnet?
O nein, sie war so höflich, daß sie Stunden
Mich sonder Antwort reden ließ.
Da ihn der Graf unterbrechen will. Nur still,
Ihr werdet doch ob ihrer Artigkeit
Sie nicht entschuld'gen? Nun, da sieht man's doch,
Ihr seid kein Weltmann; gröblich hieß es ja
Am feinen Tone sich versünd'gen, den
Erzähler unterbrechen, und daß mir
Nicht Antwort ward, das war der Liebe Glut,
Die ihre Zunge band mit holder Scham –
Heftig. Und daß sie plötzlich mich verließ und gleich

Dem ausgezischten Bühnenhelden ich
Dastand, verachtet und beschämt, das war
Wohl Sittsamkeit? O redet doch, Ihr könnt
So schön ja alles deuten, redet doch!
REICHSGRAF *verlegen:* Mein lieber Sohn – *noch verlegener, er hustet* Herr Graf, ich weiß nicht – seht,
Es quält die Liebe gern sich selbst, gewiß
Sind's wieder Grillen, o, ich kann es Euch
Nicht so erklären; *Reihersdorf lacht* denn Ihr würdet mir
Nicht glauben, da – ich seh recht wohl es ein –
Gewiß, recht wohl – das ist ein sonderbares
Mädchen, die Berta.
REIHERSDORF: Schweigt still! Ihr werdet albern.
REICHSGRAF *auffahrend:* Wie? *Sanfter.* Ihr seid mein Freund
Und einst noch mehr als das; drum duld' ich jetzt,
Was sonst mir ungestraft kein König böte. *Sich erhebend.*
Für wahr nicht; doch als hab' ich's nicht gehört,
So will ich's richten; *verlegen* daß Ihr unrecht sie
Beurteilt, seht Ihr bald wohl ein. Nicht leicht
Verrät sie, was ihr Innres fühlt, und schwer
Eröffnet dem Vertrauen sie die Brust.
REIHERSDORF: Nun desto schlimmer! Welch ein glühnder Haß
Muß sie beseelen, daß ein jeder Blick
So unverhohlen mir ihn kündet!
REICHSGRAF *nach einer kleinen Pause:* Hört!
Seid Ihr zufrieden, wenn in wenig Tagen
In Eurem Arm sie, Eure Gattin, ruht?
REIHERSDORF *nach einigem Nachdenken:*
Das bin ich, ja. *Heftig.* Doch sonder Zwang und List
Und sonder Überredung; freud'gen Sinnes,
Ein willig Opfer eigner Leidenschaft.
Könnt Ihr das halten?
REICHSGRAF *ernst:* Ja, ich kann's und will's.
REIHERSDORF: Ihr könnt es n i c h t.
MARCO GODOWESI: Das ist ein wahres Wort.
Des Zirkels Rundung gleicht der Weiber Sinn;
In tausend kleine Winkel teilt er sich,

Doch mag das schärfste Aug' sie nicht erkunden.
Wie wolltet Ihr es?
REICHSGRAF *zu Reihersdorf:* O, ich kenne sie
Und ihren hohen Geist. Sie wird Euch lieben.
Sie liebt Euch schon.
MARCO GODOWESI *fortfahrend:* Und wer ihr künft'ges Tun
Vorhersehn will, der gleicht dem Wetterkünd'ger,
Der aus dem heitern Morgen im April
Den Abend deuten will.
REICHSGRAF *verdrießlich:* Spart Euren Witz!
Zu eifrig trachtet Ihr ihn anzubringen.
Mit Gutem ist man so verschwendrisch nicht.
Sehr gefaßt zu Reihersdorf.
Jetzt laßt mich offen zu Euch reden, Graf.
REIHERSDORF: Das wünscht' ich lange.
MARCO GODOWESI *spottend für sich:* Offen? Ei, das bin
Begierig ich zu hören.
REICHSGRAF *zutraulich Reihersdorfs Hand fassend:*
Lieber Freund,
Ihr seht verwirrt mich, stockend in der Rede,
Und glaubtet es ein Zeichen meiner Schuld,
Als hab' ich Euch getäuscht mit falschen Worten
Und Liebe Euch verheißen, welche schon
Ein anderer als Eigentum besitzt.
So ist es nicht, doch fürchtete ich, Euch
Zu kränken und des Argwohns bösen Samen,
Das größre Übel, ließ ich unklug keinem,
Um kleinres zu vermeiden, aber nun –
Einen Augenblick stockend.
Doch, wollt Ihr mich gelassen hören?
REIHERSDORF: Was
Es immer sei, ich will's.
REICHSGRAF: Ihr seid ein Mann,
Erfahren, Weiberherzen zu bekriegen,
Und manches stolze, kecke Fräulein gab
Errötend Eures Sieges Zeugnis Euch:
Doch mit des Hofes Cyprien vergleicht

Des Landes zarte Psyche nicht; denn was
Den Adler freut, verscheucht die zarte Taube.
Das wilde Feuer Eures Auges schreckt
Des Mägdleins Schüchternheit und Eures Witzes
Oft allzufreies Spiel. Nicht kann das Weib
Zum Geist des Mannes sich erheben, darum
Muß er zu ihr sich neigen. Auch daß Ihr
So ohne Scheu, so dringend Eure Liebe
Gesteht, beleidiget ihr Zartgefühl;
Ihr kennt das törichte Geschlecht, das öfters
Die Sache minder wie der Name rührt.
Versteckt in Achtung Euch, und das Kapitel
Der Liebe führt der Freundschaft Überschrift.
Nach einer kurzen Pause.
Ihr sinnt?
REIHERSDORF: Doch wenn ein andrer schon zuvor
Durch dies Arkanum ihrer Neigung sich
Bemächtiget –? *schneller* und, daß ich klar es sage,
Der Flötenspieler Felsberg scheint mit ihr
Sich herrlich zu verstehen.
MARCO GODOWESI *auf und ab gehend, bleibt stehen:*
Hört doch, hört!
REICHSGRAF *ernst:* Bedenket, was Ihr sagt, Herr Graf, sie ist
vom Stamme Löwenstein.
REIHERSDORF: In Gottes Namen
Vom Kaiserstamm! Glaubt Ihr, dies schütze
Vor gleichem Eindruck sie? *heftig* Und kurz, bevor
Ich diesen Sänger und Romanenhelden
Nicht viele Meilen weiß von diesem Schloß,
Gibt's keine Ruh' für mich.
MARCO GODOWESI *zum Reichsgrafen, bleibt stehen:*
Seht Ihr es, Herr,
Das ist ein Unglücksvogel für uns alle,
Drum rat' ich treulich, macht's wie ich gesagt.
REIHERSDORF *aufmerksam:* Wie sagtet Ihr denn?
REICHSGRAF *zu Godowesi:* Weil er deinem Stolz
Nicht frönen konnte, bist du feindlich ihm

Und opferst deiner Eigenrache gern
Und unbesonnen stets das Ganze auf.
MARCO GODOWESI *bleibt eine Weile stehen:*
Das Ganze? Ei, was soll das hier? Er stört
Die Ruhe Eures Freundes, darum muß
Er fort, sonst ist's ein unbedeutend Bürschlein,
Der weder hier noch andrer Orten uns
Kann Schaden tun am Ganzen, mein' ich doch.
Da dieses Herren rascher Feuersinn
in Liebesbanden Gräfin Berta hält
Und der Gesell uns Unruh' macht, so wär's
Genehm, so dachte ich, vom Halse sich
Den unbequemen Gast zu schaffen, weil's
Ein schweres Leid soll sein dem Liebenden,
Sich andre vorgezogen wähnen, denn
Ich selber hab', gottlob! es nie erfahren.
REICHSGRAF *spottend:*
Vermutlich, weil noch keine deinem Reiz
Zu widerstehn vermochte.
MARCO GODOWESI: Lacht nur, lacht!
Ich weiß es, daß die holde Göttin mich
Gar schlecht versehn mit ihren Gaben und
Ich schwerlich eines Weibes Lieb' erränge;
Jedoch verlangt mich's nicht danach, wenn nur
Sich Männer zutraunvoll mir nahn, und freue
Mich täglich meiner häßlichen Gestalt;
Denn wär' ich schön und reizend, käme mir
Der Liebe Sieg so überall entgegen,
Wer weiß, ob ich mich nicht verlocken ließe
Und meine teure Zeit vertändelte
Mit den verliebten Dingen – doch nun schützt
Vor jedem Angriff meine Larve mich,
Und ich behalte meine Zeit und Ruh'.
REIHERSDORF *der etwas ungeduldig zugehört hat:*
Doch was zuvor Ihr sagtet, davon seid
Ihr gänzlich abgewichen, wie man sich
Befreien könne von dem Läst'gen.

MARCO GODOWESI: Gut,
Daß Ihr mich dran erinnert; nun, ich meine,
Man heißt ihn gehn.
REICHSGRAF *kleinlaut:* Das ist nicht ratsam.
REIHERSDORF: Nein,
Das darf nicht sein, das ist zu hart. Wenn Ihr
Nichts Beßres wißt! So gut hätt' ich es mir
Wohl selber ausgedacht.
MARCO GODOWESI: Und warum soll's
Nicht sein?
REIHERSDORF: Es bringt die Gräfin auf, es macht
Uns tausend böse Händel und entfremdet
Wohl gar die Liebe, Süße gänzlich mir.
MARCO GODOWESI:
Warum nicht gar! Sie muß es nicht erfahren,
Daß Ihr es seid, der ihn vertreibt; ich will
Es auf mich nehmen, wenn Ihr's wünscht; da wird's
Zwar reichlich mürr'sche Blicke setzen, doch
Was kümmert's mich! Der Liebe hab' ich längst
Entsagt und Weiberfeindschaft acht' ich nicht.
Da er eine Weile geschwiegen hat und niemand redet.
Zudem, ich will's nicht leugnen, wär' es mir
Wohl eine kleine Freude, säh' ich ihn
Mit langem Antlitz abziehn; denn mir war's
Nicht so bequem in meiner Jugendzeit,
Wo ich mit Schreiben, Zeichnen und noch sonst
Mit allerhand erlaubten freien Künsten
Das Leben fristete, drum wird's mir stets
So warm, wenn so ein Bürschchen sonder Müh'
Mit baren, schönen Worten, eitlem Wind
Sich einschleicht, weiche Seelen rührt und so
Auf andrer Kosten lebt und sie beherrscht.
Er geht wieder auf und ab.
REIHERSDORF *zum Reichsgrafen:*
Vielleicht doch – wenn man's klug begänn' und schonend.
Nachdenkend.
Zwar für Euch selber will sich's nicht geziemen,

Allein ein dritter, ein Offiziant –
Zum Godowesi. Zum Beispiel Ihr, wenn Ihr es übernähmet
Und redetet von häufigen Besuchen,
Von schweren Kosten, bösen Zeiten, doch
Nicht also, daß er's merkt – ist sein Gefühl
So zart und fein, dann wirklich wird er bald
Euch zu beläst'gen wähnen – und sich gar
Aus freier Wahl entfernen. *Schnell zum Reichsgrafen.*
Meint Ihr nicht?
REICHSGRAF *besorgt:* Er ist mir allzu schlau, zu delikat;
Gar fein begonnen müßt' es werden, gar
Unendlich fein, und Marco ist nicht eben
Hierzu der Rechte.
MARCO GODOWESI *phlegmatisch, von weitem:*
Warum nicht? Ich kann
Recht fein, sehr fein zuweilen sein, wenn die
Gelegenheit es fordert.
REIHERSDORF *lächelnd zum Grafen:* Ei, davon
Gibt dieses Selbstlob den Beweis nicht.
REICHSGRAF *leiser zum Reihersdorf, wie Marco unten ist:*
Doch,
Daß er es kann, bedarf nicht des Beweises.
Ich habe davon manche, wie Ihr auch
Erfahren sollt; drum übergeh' ich auch
So manches Wort, was nicht dem Diener ziemt,
Dieweil ich schwer ihn mißte; aber ihm
Gebricht anjetzt der gute Wille.
MARCO GODOWESI *der wieder bei ihnen ist:* Herr,
Wie könnt Ihr das behaupten?
REICHSGRAF *lauter:* Wer dich nur
Ein wenig kennt, der sieht wohl klar, daß du
Doch schwerlich wagen würdest, dem Gehaßten
Mit schonend sanften Worten dich zu nahn.
Allein daß töricht deiner Hand das Werkzeug
Wir reichten, ihn recht tief zu kränken und
Verwunden, wo's am tiefsten schmerzt, das wär'
Dir eben recht.

MARCO GODOWESI: Mich brauchen? – Nein, das war
Nicht meine Absicht. Scheint Euch tauglicher
Hierzu ein andrer, immerhin ich bin
Erfreut, solch läst'gen Auftrag los zu sein.
REICHSGRAF *verlegen:*
An Schlauheit fehlt dir's nicht, wär' ich nur fest
Von deinem guten Willen überzeugt.
MARCO GODOWESI *geht wieder auf und ab:*
Ihr seid es nicht? Das ist nicht meine Schuld;
Denn an Beweisen ließ ich nimmer es
Ermangeln.
REICHSGRAF *mit ihm gehend:* Nun, so gib mir diesen noch;
Du weißt, wie wichtig dieser Auftrag ist
Und daß er zart behandelt werde! Denn *leiser*
Durch Bertas Liebe Reihersdorfs Besitz;
Das ist das Ziel, erworben und verscherzt
Durch ihn.
MARCO GODOWESI: Schon gut, Ihr sollt Euch nicht beklagen.
Zu Reihersdorf.
In wenigen Tagen ist der Bube fort
Und sonder großen Lärm, seid Ihr zufrieden?
REIHERSDORF: Ich bin's.
REICHSGRAF: So laß dich nun umarmen, Sohn,
Nun erst mein Sohn, da heiteren Gesichts
Du dich mir nahst und *auf seine Stirn die Hand legend* keine Grillen uns
Zu trennen ferner drohn. Wär's nicht 'ne Schande,
Zwei Männer, beide edel, hohen Geistes
Und mächt'gen Armes, denen nicht ein Thron
Zu hoch schien, ihn durch Selbstkraft zu erringen,
Getrennt durch eines Buben Hand, getrennt
Um eines Mägdleins willen?
MARCO GODOWESI *vor sich:* 's wär' doch nur
'ne Schande ganz im stillen.
REIHERSDORF *nachdem er den Reichsgrafen errötend umarmt hat:* Ob ich's gleich

Für keine Schande halten kann, so wär'
Es doch ein Übel.
REICHSGRAF: Auch 'ne Schande, Freund.
Gereifte Männer sollte nicht entzwein
Die Laune eines Mägdleins; ihren Plan,
Den hohen, herrlichen, dem sie nicht scheun
Zu folgen durch den engen Raum, wo sich
Das Grab zu ihren Füßen dehnt, den darf
Nicht eines spröden Auges stolzer Blick
Zertrümmern, nein, ein solches darf nicht mehr
Ein böses Wort uns kosten.
REIHERSDORF: Nun, ich denke,
Ihr werdet dafür sorgen.
MARCO GODOWESI *ungeduldig, doch phlegmatisch:*
Gott sei Dank,
Daß ihr vereinigt seid; nun kann man doch
Auch anderes zur Sprache bringen. Darf
Man fragen, was das Schreiben denn, das Euch
Der Unterhändler Nesselkraut gereicht,
Enthält?
REICHSGRAF: Hast du's bemerkt?
MARCO GODOWESI: Wie sollt' ich nicht?
Er stand verkleidet in dem dichten Haufen
Des Landvolks, und hätt' ich noch vieles gern
Mit ihm geredet, doch da Euch den Brief
Er eingehändigt, war er schnell verschwunden.
REICHSGRAF: Er fürchtete die Blicke meines Bruders.
REIHERSDORF: Kennt der Minister ihn?
REICHSGRAF: Ein paarmal ist
In den Gefängnissen des Staates schon
Ein Plätzchen als Spion ihm eingeräumt.
MARCO GODOWESI: Das muß ein fixer Kerl sein, daß er nicht
Schon längst am Galgen modert; doch was hat
Er überbracht?
REICHSGRAF: Vom Marschall ein Billett.
Noch hat bisher die läst'ge Gegenwart
Der übrigen Gesellschaft mir die Zeit

Versagt zm Lesen. *Er hat in den Taschen gesucht.*
Ei, wo ist es denn?
REIHERSDORF: Ihr zittert, Ihr erblaßt! Was soll das sein?
Ihr habt es doch nicht gar verloren?
REICHSGRAF *sich erholend und ein Papier herauslangend:*
Nein,
Dem Himmel Dank, hier ist es! Hab' ich mich
Doch recht entsetzt. *Sich setzend.* O wär' ich doch am Ziel!
Und wär' es auch statt Fürstenthron der Schoß
Der kalten Gruft; denn diese ew'ge Angst,
Dies Zittern, daß die Mauern nicht an uns,
Die blauen Lüfte nicht Verräter werden,
Das ist des Todes Schauer zwiefach. *Zu Marco.* Nehmt
Und öffnet.
MARCO GODOWESI *den Brief öffnend, vor sich:*
Armer Wurm, wie du dich krümmst
Vor Todesangst – und dennoch möcht' er gern
Den Löwen spielen. *Laut nach einer kleinen Pause.*
Soll ich lesen?
REICHSGRAF: Ja?
Es ist doch niemand in der Nähe?
REIHERSDORF *zusehend:* Nein,
Doch ist's nicht ratsam, solch ein tief Geheimnis
Dem Schalle anvertraun. Wenn Ihr den Brief
Durchsehn, so reicht ihn uns.
MARCO GODOWESI *lesend:* Das ist nicht gut.
REICHSGRAF *auffahrend:* O Himmel!
REIHERSDORF *hastig:* Was enthält das Schreiben?
MARCO GODOWESI *dem Grafen den Brief reichend:* Nehmt!
So geht es, wenn man guten Rat verschmäht.
Wie oft, wie dringend bat ich Euch, doch nicht
In solche Hände Euer Glück zu legen
Und Euch des Pöbels Hefe zu vertraun!
REICHSGRAF *verstört:* Gefangen Rulsen! Er, der alles weiß,
Durch dessen Hände alles ging! Wir sind – *die Hände ringend* Wir sind verloren! Er verrät uns!
REIHERSDORF *das Gesicht verhüllend:* Gott!

MARCO GODOWESI:
Wie! Ihr verliert den Mut? O, schämt Euch doch,
So lest doch, lest, weshalb er eingezogen.
Lesend. Als Vagabund, verschiedner Räubereien
Bezichtigt. Von verdächtigen Papieren
Steht nicht ein Wörtchen hier. Als Vagabund,
Als ganz gemeinen Dieb betrachtet man
Ihn vor Gericht. Was wird es nutzen, noch
Die Liste seiner eignen Sünden zu
Vergrößern?
REIHERSDORF: O, er wird die Freiheit sich
Erkaufen durch Verrat.
MARCO GODOWESI *nachdenkend:* O nimmermehr!
Er weiß zu gut, daß das Gefängnis wir
Ihm zehnfach zahlen mit gewicht'gem Golde.
Schon dreimal hat, so schreibt der Marschall, das
Verhör er überstanden, doch noch nie
Entschlüpfte ihm ein Wort, was mit Gefahr
Uns drohte, und das kann es wahrlich auch
In seiner Lage dem Verrückten nur.
Auch ist ein solches Werk, wie wir beginnen,
Von solchem kleinen Unglück nimmer frei.
Wo so viel Menschen wirken, sollte da
Beschieden jedem gleiche Klugheit sein?
Allein in solchen Fällen zeigt es sich,
Ob wahre Größe wohnt im Geiste, der
Das Ganze lenkt, ob er mit kluger Hand
Zerrißne Fäden wieder knüpft und schlau
An der Gefahr vorüberschlüpft und ob
Er zitternd seine Kleinheit offenbart,
Ein Held im Glück, ein Weichling in Gefahr.
REICHSGRAF *sich erhebend:* Ich zittre nicht.
MARCO GODOWESI *fährt fort, ohne es zu bemerken:*
Durchschaut der Zeiten Raum,
Die Reiche der Geschichte. Ward wohl je
Ein Thron errungen ohn Gefahr und Müh'?
Und Euer Vorbild Cäsar, mußt' er nicht

Durch Blut und Tod, durch Schwerter und Gefahr
Zur Weltbeherrschung bahnen sich den Pfad?
Doch wer nicht Kraft im Busen fühlt, der mag
Nicht solche hohen Dinge unternehmen.
Er lebe ruhig, baue seinen Acker,
Ein stiller Landmann.

REICHSGRAF *aufspringend:* Du beleidigst mich!
Noch hab' ich keinen Kleinmut dir gezeigt
Und sollst auch nimmer ihn an mir erproben.
Thron oder Grab! – Und was dazwischen liegt,
Das kennen meine Wünsche nicht. Du sollst
Mich stärken, Cäsar, Held! An dich will ich
Gedenken, wenn auf meinen Mut es stürmt,
Dein Name sei mein Talisman!

Er wendet sich gegen die Seite, wo der Cäsar steht, und bleibt erschrocken stehen.

REIHERSDORF *hinschauend, verwundert:* Wo ist
Die Büste hingekommen?

MARCO GODOWESI *lacht:* Seht, der macht's
Wie alle Geister, wenn man sie zitiert,
Er macht sich unsichtbar.

Der Reichsgraf kehrt sehr blaß wieder zurück und lehnt sich auf den Tisch.

MARCO GODOWESI *ihn genau betrachtend:*
Ihr seid doch nicht –
Ich glaube gar, das Nichts hat Euch erschreckt;
Ist's möglich? Eine Büste?

REICHSGRAF *gefaßter:* Nicht erschreckt!
Doch rasch kann ein Moment im Leben uns
Ergreifen, den ein Zufall, unbedeutend
Und klein in andrer Augen, wichtig uns
Erscheinen läßt, wie daß die Büste, die
Seit Jahren ihren Platz behauptet, daß
Im Augenblick, da ich zum Zeugen ihn,
Zum Schutzgeist meiner Taten rief, daß sie
Verschwunden – ich begreife nicht, wohin.
Es hat mich tief ergriffen, und noch weiß

Ich's nicht zu deuten, ist es ein Gesicht?
Ist's Wahrheit?
MARCO GODOWESI. Seht Ihr Geister? Ei, Herr Graf,
Seid doch nicht so phantastisch! 's ist ein Scherz,
Ein loser Spaß vermutlich, den von der
Gesellschaft jemand sich erlaubt. Es ist
Ja heut ein Freudentag; vermutlich ist
Die Büste in der Nähe. *Er steht auf und geht zum Postament, wohinter er den Cäsar hervornimmt.* Seht, da steht
Sie auf dem Boden demutsvoll. *Er setzt sie auf ihre Stelle.*
Es ist
Auch gar kein Festtagsantlitz. – So – da steht
Sie schon an vor'ger Stelle.

SECHSTE SZENE

REICHSGRAF, MARCO GODOWESI, REIHERSDORF, MINISTER.

MINISTER *herankommend:* Setzt Ihr wieder
Den alten Herrn in seine Rechte ein?
REICHSGRAF *verdrießlich:*
Hast du dies Späßchen ausgedacht?
MINISTER: So sieh
Mich drob nicht mit so mürr'schen Augen an.
Jovialisch. Es war mir mal 'ne Lust, den großen Tiger,
Den blutigen Tyrannen, wenn auch nur
Im Bild ein wenig zu entthronen.
REICHSGRAF: Kannst
Du sonder Schmähung keinen großen Geist
In deiner Nähe dulden?
MINISTER: Großen Geist?
In jedem Falle ist es nur ein Bild,
Nicht wert, daß Brüder drob ein böses Wort
Sich raunen. Laß den großen Geist doch selbst
Sein Recht verfechten. Übel muß es mit
Dem Weltbeherrscher stehn, tut es ihm not,
Daß sein des kleinen Grafen schwacher Arm
Sich annimmt.
REICHSGRAF *auffahrend:* Kamst du, mich zu kränken nur,

Den Mangel einer fürstlichen Geburt
Mir vorzuhalten?

MINISTER: Adelbert, du bist
Von Sinnen.

REICHSGRAF: Könnte deine Kleinlichkeit
Die Tiefen meiner Seele fassen, ja,
Du würdest staunend sehn, wie königlich,
Wie stolz und eines Szepters würdig sie
Von der Natur gebildet. Doch das magst
Du nicht ergründen. Längst an Knechtschaft und
An niedern Staub gewöhnt, ein Höfling, der
In tiefer Demut eines eitlen Fürsten
Durchlaucht'ge Füße küßt.

MINISTER: Halt ein! Nicht länger
Kann deine Frechheit ich ertragen. Wie,
Ist das der Lohn, daß dreißig Jahre ich
Des Landes Last, ein zweiter Atlas, trug,
Daß diese Locken zwanzig Jahr zu früh
Des Alters Reif beschlich?

REIHERSDORF *beruhigend:* Nehmt's nicht so hoch.

MINISTER: Das tu' ich nicht! da wär' ich wohl ein Narr,
Wollt' ich um jedes Wort mich grämen, das
Ein Lästerer von frecher Zunge schnellt.
Mich wird es wenig kränken, was von mir
Solch ein vertrocknet, ausgestorben Herz –

REIHERSDORF: Ich bitt' Euch!

MINISTER: Rinnt mir dankbar eine Träne
Vom Aug' des Niedrigsten im Volke, fleht
Für mich nur eine fromme Stimme täglich
Im stillen Dankgebet, so will ich groß
Mich schätzen, reich und glücklich, und nicht soll
Mir den Triumph der schwer erfüllten Pflicht
Die Zunge des Verleumders rauben. Ob
Er einen Knecht und Toren mich mag achten,
Mich kümmert's nicht, ich kann ihn nur verachten.

Er geht in den Hintergrund des Theaters, wo Marco auch steht. Der Reichsgraf geht voll Zorn in ein Nebenzimmer.

REIHERSDORF *ihm nachfolgend:*
Wie nehmt Ihr doch so hoch von Bruderlippen
Ein loses Wort! Wollt Ihr den Frieden selbst,
Den oft – gesteht es – schwer erhaltnen, brechen?
Auf Eures Hierseins kurze Tage nur
Des Zankes und der Zwietracht Stempel drücken?
Nicht also, Graf!
MINISTER: Ihr wißt nicht, wie es tut,
Für gute Dienste Hohn und gift'gen Spott
Zu ernten.
REIHERSDORF: Schwer habt Ihr ihn beleidigt.
MINISTER: Weiß er die freche Zunge nicht im Zaum
Zu halten, darf er sich nicht wundern, wenn
Zum Lohn die Wahrheit oft recht derb und hart
Vor seinen Ohren schallt. Gerechte Rüge
Für gift'ge Lügen, das ist doch nur halb
Und sehr gelind bezahlt.
MARCO GODOWESI: Er nannt' Euch Höfling.
Ihr einen Lügner und Verleumder ihn.
Auf wessen Seite ist die größte Schuld?
MINISTER: Ein Höfling, der gebeugt des eitlen Fürsten
Durchlaucht'ge Füße küßt.
REIHERSDORF: Nicht doch, das hat
Er nicht gesagt.
MINISTER: Das hat er nicht gesagt?
REIHERSDORF: Gewiß, ich hab' es nicht gehört. Euch hielt
Der Zorn umnebelt, daß Ihr nicht den Sinn
Der Worte unterschiedet und, was nie
Aus Eures Bruders Munde kam, gehört
Und zu vernehmen glaubtet.
MINISTER: O, ich war
Noch gar nicht aufgebracht, wie er begann,
Und hab's recht wohl vernommen: »Längst an Staub
Gewöhnt und niedre Knechtschaft.« Still, ich darf
Daran nicht denken.
REIHERSDORF: Das ist noch ein Wort,
Wie's sich geziemt. Denkt ferner nicht daran.

Dem Zürnenden steht nimmer zu Gebot
Die Zunge, ungebändigt, zügellos
Ergießt sie sich in schnöden Reden, die
Das Herz nicht kennt und die der Redner nie,
Daß er sie ausgesprochen, zugesteht
Und selber glaubt; drum achtet' nimmer ich,
Was in des Eifers Glut ein Freund noch sprach.
Schien mir beleid'gend seine Rede, ruhig
Ließ ich den Tag verstreichen, stellte dann
Mich bei des nächsten Morgens Glühn vor ihn
Und fordert' Rechenschaft, doch nimmer ward
Mit kaltem Blut die Rede wiederholt.
Nie sei davon ihm ein Gedanke in
Den Sinn gekommen, hieß es; aber hielt
Ihm selbst sein allzu treu Gedächtnis vor,
Was er gesprochen, sanft und freundlich dann
Sucht' er sich zu entschuld'gen, und nicht war
Verschlossen seinem Liebeswort mein Ohr,
Und keiner war in Zukunft also treu,
Zu jedem Freundesdienste fertig, wie
Den ich mit der Verzeihung süßer Schuld
Belud.
MARCO GODOWESI. Was wendet Ihr Euch von uns, gönnt
Uns keine Antwort? Weil Ihr selber seht,
Wie wahr Graf Reihersdorf geredet, doch
Euch nimmer überwinden könnt, es zu
Gestehn.
MINISTER: Des hab' ich nimmer mich gescheut,
Und freudig eil' ich ihm entgegen, reicht
Er liebend mir die brüderliche Hand.
Doch daß ich schmeichelnd, untertänig soll
Ertragen seine Härte, nein, das kann
Kein Bill'ger fordern. Unrecht wär' es auch,
In Demut seinen Launen frönen; denn
Das macht' ihn täglich unverträglicher.
Er möge freundlich sich mir nahen, ihm
Gebührt das erste Wort; denn er begann

Den Streit. Laßt sehn, ob sich dazu sein Stolz
Bequemen wird.
MARCO GODOWESI: Das ist der leid'ge Stein
Des Ärgernisses, dran sich jeder stößt;
Gar leicht bereut den Zorn ein edles Herz
Und folgt der alten Liebe schönem Trieb,
Allein, allein, das erste Wort! – dazu
Kann keiner sich entschließen, gleich als hing'
Die Last der Welten an dem leichten Hauch.
REIHERSDORF:
Wohl wahr! Schon sah ich manchen blut'gen Streit
Entglommen durch ein unbedachtsam Wort,
Wo Freund und Freund im wilden Zweikampf sich
Begegneten mit tränenvollem Blick,
Zerrißnem Herzen. Willig hätt' sein Leben
Ein jeder für den andern hingegeben.
Doch der Versöhnung erstes, holdes Wort
Zu sprechen, dieses Opfer schien zu groß
Den Stolzgeblendeten. Ich hab' mich nie
Geschämt, zuerst mein Unrecht einzusehn.
Vielleicht sonst trüg' ich längst im Herzen schon
Der Reue und Verzweiflung schwarze Wunde,
Läg' selbst vielleicht auch mit gespaltnem Schädel
In feuchter Gruft.
MINISTER *lächelnd:* Das wär' das Schlimmste wohl
Und ist auch Eurer Sanftmut wahrer Grund.
MARCO GODOWESI *lachend:*
Das lautet ja nicht gut, Herr Graf.
REIHERSDORF *nach einigen Augenblicken:* Ich könnt'
Es übel deuten, wenn ich wollte, doch
Ich fühl' es, Eure Galle gilt viel mehr
Dem kleinen Wortstreit, der vorhin begann;
Sonst lauten Eure Reden sehr verdächtig.
MARCO GODOWESI: Beinah, als fehlt' es Euch an Mut.
REIHERSDORF: Still,
Ich wollt' es nicht erörtert haben. Nehmt
An mir ein Beispiel, lieber Graf, wie man

Beleidigungen trägt, von denen man
Vorher kann sehn, sie werden bald bereut
Und kommen nicht von Herzen. Niemand würd'
Es mir verargen, säh' man tobend jetzt
Und schäumend mich vor Wut; denn was ist wohl
Entehrender für einen Rittersmann,
Als zeiht man ihn der Feigheit und der Schwäche?
Auch würd' es sicher höchlich mir zum Schimpf
Gerechnet, säh' ein vierter, daß ich still
Ertrüge solche Unbild; aber da
Gottlob! kein Fremder hier zugegen ist,
Riskier' ich meine Ehre einmal dran
Und scheu' sogar nicht, wie Ihr selber seht,
Das böse, viel besprochne, erste Wort.

MARCO GODOWESI:
Das ist noch brav gedacht, doch hoff' ich auch,
Daß nicht vergebens mit so schönem Beispiel
Ihr vorgegangen seid.

REIHERSDORF: Gewiß nicht. Ist's
Nicht also, lieber Graf? Schickt diese Stunde
Mit bösem Zwist beladen nicht hinab
Zu ihren Schwestern, gebt ihr auf den Weg
Noch der Versöhnung linden Balsam mit.

MINISTER: Fast könntet Ihr mich überreden.

REIHERSDORF: Geht
Zu Eurem Bruder, bietet ihm die Hand,
Vergeltet durch die Nachsicht seiner Schwächen
Die Liebe, die er zu Euch hegt.

MINISTER: Herr Graf,
Sucht andre Gründe, dieser geht nicht mit.

REIHERSDORF: An seiner Liebe zweifelt Ihr? Wie seid
Ihr ungerecht!

MINISTER: Das bin ich nicht, fürwahr!
Glaubt nur, der Freundschaft liebend Vorurteil
Kann mit so blendend hellem Lichte nicht
Umgeben des Geliebten Tugend, mit
So dichtem Flor verhüllen seine Schwächen,

Wie Bruderliebe; doch die kennt er nicht!
Die süßen kleinen, häuslich stillen Freuden
Verachtet er, sucht ängstlich sie zu meiden,
Drängt sich gewaltsam die Natur ihm auf.
Wie sollt' es sich für solchen Mann geziemen,
Sich sanften Trieben hinzugeben, weich
Dahin zu schmelzen? Pfui! Doch das ist
Für niedre Seelen, die noch viel zu knechtisch
Gesinnt, um sich der Herrschaft der Natur
Gewaltsam zu entreißen.

REIHERSDORF: Fast doch scheint's,
Als hättet Ihr der süßen Knechtschaft selbst
Euch ganz und gar entzogen.

MINISTER: Nimmer wird
Er fühlen es und zugestehn, daß nur
Mich Liebe zu ihm trieb, daß ich es nicht
Ertragen könnte, zürnend ihn zu denken;
Und nur entfremdet angeborne Schande
Und innere Gemeinheit, die, stellt sich
Ihr innere Hoheit dar, sich unwillkürlich
Vor ihr als ihrem Herrn und Meister beugt,
So wird ihm meine Güte scheinen bald.
Wenn nur ein Wort den leicht Gereizten kränkt,
Schallt mir aus seinem Mund als Vorwurf dann
Die Rüge meiner Nachsicht.

REIHERSDORF: Sucht Ihr nicht
Mit Absicht Eure Galle aufzuregen,
Daß Euer Herz den Ton der Liebe nicht
Vernehme? Setzt den Fall, Ihr hättet recht.
Ist's besser nicht, die kleine Kränkung tragen,
Wie in der Brust den Vorwurf, daß Ihr selbst
Der Zwietracht Fackel nährtet und aus Stolz –
Verzeiht, ich kann's nicht anders nennen – selbst
Des eignen Herzens Stimme überhörtet?

MINISTER: Das glaubt Ihr wirklich, Stolz hab' Euren Bitten
Zu widerstehen mich verleitet?

REIHERSDORF: Kann

Ich anders? Seht, ich folge treu dem Bild,
Was Ihr von Eurer Lage selbst entwarft,
Und Eure selbst gewählten Gründe kann
Ich zeugen lassen gegen Euch.
MARCO GODOWESI. Und wißt
Ihr, wer von Eurem Zwist den wahren Schaden
Muß tragen? Ihr nicht, Euer Bruder nicht,
Trotz Eurem Ärger. Die Komtessen und
Der junge Graf, die Gräfin allermeist,
Das sind die ew'gen Opferlämmer, die
Des ganzen Volkes Schulden tragen und
Der üblen Laune Erstlinge genießen.
MINISTER: Wahrhaftig? O, die armen Tauben, die
Des Geiers Hut im Grimm ein Gott vertraut!
Mir hat es längst geschienen; doch er hält
In meiner Gegenwart in Schranken noch
Der Härte wild Beginnen. O, die armen,
Geliebten Wesen! Wie verletzend muß
Den zarten Seelen seine Rauheit sein!
Doch still, ich sollte ja nicht grollen.
REIHERSDORF: Laßt
Ein freundlich Bild den teuren Freunden von
Den kurzen Stunden Eures Aufenthalts!
Wollt Ihr, daß sie der Ruhe Tage von
Der Stunde zählen, da Ihr sie verlassen?
MINISTER *gerührt:* Ich kann's mir denken: »Endlich ist er fort,
Der Unruhstifter. Nun ist Fried', und man
Kann doch ein wenig freier atmen.« Nein,
Wahrhaftig, ich ertrüg' es nicht.
REIHERSDORF: Es ist
Ein schrecklicher Gedanke, auf zerrißne
Und schon gedrückte Herzen neue Lasten
Zu wälzen. Meidet diesen Vorwurf, Graf,
Verhärtet nicht durch Strenge Eures Bruders
Gemüt, erweicht's durch sanfte Freundlichkeit!
Ihr könnt es, seid ein holder Friedensbote;
Seid Ihr's, von dem er ruh'gen Gleichmut lerne!

Von Eurem Hiersein rede man entzückt;
Ein sanfter Genius, in lichter Ferne,
Werd' Euer Bild mit Lieb und Dank erblickt!
Wollt Ihr so schönen Preis verscherzen?

MINISTER: Graf,
Wo ist mein Bruder?

REIHERSDORF: Kommt, wir wollen ihn
Schon wiederfinden. *Er führt ihn schnell ab.*

MINISTER: Fänd' ich doch sein Herz,
Das alte, lang verlorne wieder!

MARCO GODOWESI *allein:* Geh,
Da kannst du lange suchen, frommes Schaf!
Eh fändest du ein Sandkorn tausend Klafter
Versteckt im Schnee der Alpen, als ein Herz,
Wo keines ist, in jedem Sinn des Wortes.
Zu bessern denkt er ihn – wahrhaftig, nein,
So töricht hätt' ich nimmer ihn geglaubt.
Muß sich der alte Fuchs nicht schämen? Er,
Der dreißig Jahr' das Steuerruder führte,
Er kann von seinem eignen Bruder nicht
Ein richtig Urteil fällen, weiß noch nicht,
Daß eh des Rheines Wogen all zum Quell
Zurück sich leiten lassen, wie ein Sünder,
Ein alter achtundfünfzigjähr'ger Wicht
Zur Unschuld seiner Kinderzeit! So geht's:
Wer an dem Hof mit Maulwurfssinnen kreucht,
Dem kann selbst diese hohe Schule nicht
Des Falken Auge geben; denn ihm fehlt
Der Sonne Sehkraft. Drum die Bildung will
Den klugen Mann nicht machen. Schade wär's
Auch um so manches herrliche Talent . . .

Ledwina

Der Strom zog still seinen Weg und konnte keine der Blumen und Zweige auf seinem Spiegel mitnehmen; nur eine Gestalt, wie die einer jungen Silberlinde, schwamm langsam seine Fluten hinauf. Es war das schöne bleiche Bild Ledwinens, die von einem weiten Spaziergange an seinen Ufern heimkehrte. Wenn sie zuweilen halb ermüdet, halb sinkend still stand, dann konnte er keine Strahlen stehlen, auch keine hellen oder milderen Farbenspiele von ihrer jungen Gestalt, denn sie war so farblos wie eine Schneeblume, und selbst ihre lieben Augen waren wie ein paar verblichne Vergißmeinnicht, denen nur Treue geblieben, aber kein Glanz.

»Müde, müde«, sagte sie leise und ließ sich langsam nieder in das hohe, frischgrüne Ufergras, daß es sie nun umstand, wie die grüne Einfassung ein Lilienbeet. Eine angenehme Frische zog durch alle ihre Glieder, daß sie die Augen vor Lust schloß, als ein krampfhafter Schmerz sie auftrieb. Im Nu stand sie aufrecht, die eine Hand fest auf die kranke Brust gepreßt, und schüttelte unwillig ob [ihrer Schwäche] sich das blonde Haupt, wandte sich rasch wie zum Fortgehn und kehrte dann fast wie trotzend zurück; sie trat dicht an das Ufer und schaute anfangs hell, dann träumend in den Strom.

Ein großer, aus dem Flusse ragender Stein sprühte bunte Tropfen um sich, und die Wellchen strömten und brachen sich so zierlich, daß das Wasser hier wie mit einem Netze überzogen schien und die Blätter der am Ufer neigenden Zweige im Spiegel wie grüne Schmetterlinge davonflatterten. Ledwinens Augen aber ruhten aus auf ihrer eignen Gestalt, wie die Locken von ihrem Haupte fielen und forttrieben, ihr Gewand zerriß und die weißen Finger sich ablösten und verschwammen, und wie der Krampf wieder sich leise zu lösen begann, da wurde es ihr, als ob sie wie tot sei und wie die Verwesung lösend durch ihre Glieder fresse und jedes Element das Seinige mit sich fortreiße.

»Dummes Zeug!« sagte sie, sich schnell besinnend, und bog mit einem scharfen Zug in den milden Mienen auf die dicht am Flusse hinlaufende Heerstraße, indem sie das Auge durch das weite, leere Feld nach heitern Gegenständen aussandte. Ein wiederholtes Pfeifen vom Strome her blieb ihr unbemerkt, und als daher bald darauf ein großer schwarzer Hund mit vorgestrecktem Kopfe quer über den Anger grade auf sie einrannte, flüchtete sie, von einem Schrecken ergriffen, mit einem Schrei auf den Strom zu und, da das Tier ihr auf der Ferse folgte, mit ebnen Füßen hinein. »Pst, Sultan!« rief es neben ihr, und zugleich fühlte sie sich von zwei unzarten Händen gefaßt und ans Ufer gesetzt. Sie wandte sich noch ganz betäubt und verschreckt um. Vor ihr stand ein großer vierschrötiger Mann, den sie an einem Hammel, der ihm wie ein Palatin um den Hals hing, als einen Fleischer erkannte. Beide betrachteten sich eine Weile, indem das Gesicht des Mannes in die offenbarste, mit Verdruß gemischte Ironie überging.

»Was springt Sie denn so?« stieß er endlich heraus.

»Ach Gott«, sagte Ledwina ganz beschämt, »ich dachte, das Tier wäre toll.«

»Wer? mein Hund?« sagte der Kerl beleidigt, »der ist ja nicht mal bös, der hat niemals keinen gebissen.«

Ledwina sah auf den Hund, der nun ganz verständig wie ein Sphinx neben seinem Herrn saß und zuhörte.

»Ist Sie nun recht naß?« fing der Fleischer an.

»Nicht sehr«, erwiderte Ledwina, indes der Mann mit seinem Stabe die Tiefe des Wassers neben dem großen Steine maß, auf den Ledwina bei ihrer Wasserreise geraten. »Aber ganz miserabel ist Ihr, das sehe ich wohl«, sagte er dann, »ich will nur sehen, daß ich Sie in das Haus dort bringe.«

In der Tat hatte Ledwina seines Beistandes sehr nötig, und sie erreichte nur mühsam das etwa hundert Schritte vom Flusse entlegene Bauernhaus, indes ihr Führer sie beständig von den Kennzeichen der tollen Hunde unterhielt.

Die alte Bäurin schob schnell ihren Rocken zurück, als Ledwina mit den Worten: »Macht Feuer, Lisbeth, ich habe mich erkältet und erschreckt« in die Tür trat. Der Fleischer hob sogleich die Geschichte des Abenteuers an.

»Macht Feuer!« wiederholte Ledwina, »ich habe mir im Sandloche nasse Füße geholt.«

Der Retter wollte die Sache mit der Mamsell gefährlicher machen.

»Es ist unser gnädiges Fräulein«, sagte die Alte beruhigt, legte Holz zum Feuer, stellte einen Stuhl daneben, rückte ein Kissen darauf zurecht und ging, um in dem Keller ein Glas frischer Milch zu holen.

Der Fleischer, in seiner besten Rede verlassen, rief ihr verdrießlich nach: »Einen Schnaps, Wirtin!« – »Wir verschenken keinen Schnaps«, sagte die Frau in der Kellertür; »ein Glas Milch könnt Ihr für einmal umsonst kriegen.«

»Mamsell«, hub der Fleischer von neuem an, »ich sage aber, sie hätte wohl vertrinken können.« Ledwina mußte doch lächeln. »Wenn ich mich auf den Mund gelegt hätte«, antwortete sie vor sich hin und suchte in ihrem Körbchen nach der Börse. »Sie ist auch nicht besonders bei Kräften«, erwiderte er, und über Ledwinens Gesicht flog ein bittrer Zug, indem sie ihm ein Trinkgeld reichte.

»Gott bewahre«, erhub er seine Stimme, »einem Menschen das Leben retten, das ist nicht zu bezahlen«, wobei er beinah tat, als wollte er das Dargebotene etwas weniges abwehren. »Ihr habt mich ja auch hieher geleitet«, sprach Ledwina fast verdrießlich. »Ja, wenn Sie das meint«, sagte der Retter und faßte geschwind zu, denn da Ledwina sich nach ihrem Körbchen neigte, meinte er, sie gedächte das Gebotne wieder einzustecken.

Die Bäurin brachte die Milch. Der Fleischer brummte: »Wenn es noch ein gut Glas Bier wäre.« Er nahm jedoch vorlieb, sprach gegen die Wirtin noch allerhand von bezahlen und gut bezahlen können und zog endlich ab.

»So geht es oft den ganzen Tag«, sprach die Bäurin zu Ledwina, der es ganz behaglich am Feuer wurde, »wenn wir allerhand Leute im Hause leiden wollten, der Zulauf wäre groß genug für das beste Wirtshaus. Die Leute denken: Geld regiert die Welt. Unser Klemens muß oft des Nachts aus dem Bette und führen die Reisenden beim Grafenloche vorbei. Das ist ihm auch nicht zu gut, aber man mag die Leute doch nicht so ins Wasser stürzen lassen.« – »Jawohl«, sagte Ledwina, schon halb im Schlummer. »Die gnädige Fräulein ist schläfrig«, sprach die Alte lächelnd, »ich will noch ein Küssen holen.« – »Bewahre«, rief Ledwina schnell, aus ihrem Stuhle auffahrend, aber schon war die alte Lisbeth wieder da mit zwei Küssen, deren eines sie auf den Sims neben den Herd legte, das andre auf die Stuhllehne. Ledwine, die sich aus einer Art Krankentrotzes selten etwas zugute tat, lachte ordentlich vor Vergnügen, da es ihr so bequem wurde. »Erzählt mir etwas von vorigen Zeiten, da Ihr auf dem Schlosse wohntet«, sagte sie freundlich, und die Frau hub an zu erzählen von dem seligen Großpapa, und wie der Turm noch gestanden, der vor vielen Jahren niedergebrannt, und immer tiefer neigte sich Ledwinens Haupt, und nur deutlicher gestaltete sich, was sie noch jezuweilen von den Worten der Erzählenden vernahm, daß sie den Großvater sah wie ein kleines, graues Männchen, gar freundlich, tot war er freilich, aber er schoß doch noch mit seiner Vogelflinte nach den Raben im altem Turme, es knallte gar nicht, aber sie fielen recht gut – und nur leiser und leiser wurden die Laute der Alten, die von Zeit zu Zeit ihr Fräulein hinter dem Rocken hervor betrachtete, bis sie endlich auch ganz einschliefen. Dann stand sie sachte auf, trippelte auf den Zehen zu Ledwina und beugte sich langsam über sie, ihren Schlummer zu prüfen. Das war rührend zu sehn, wie das ernste, alte Gesicht der Bäurin, über dem jungen, bleichen der Herrin stand, das eine in stiller Traumeswehmut, das andre in den Tiefen des unabwendbaren nahen Vergehens für beide, die reife, lebenssatte Ähre über der zarten, sonnenversengten Blüte. Dann hob sie sich, holte still Flachs aus einem Wandschranke und begann ihn sehr leise zu bürsten; aber ihre Züge waren ernster wie vorhin und doch sehr weich.

So dauerte es eine Weile, als die Tür ziemlich unsanft geöffnet ward und mit den Worten: »Mutter, hier bring' ich Euch einen neuen Stuhl«, ihr Sohn mit ein'gem polternden Anstande einen im geheimen für sie verfertigten Spinnstuhl hereinbrachte; »der andre ist Euch ja doch zu hoch«, fuhr er fort. Die Mutter winkte unwillig mit der Hand, indem sie auf

Ledwina deutete, aber diese war schon erwacht und sah ganz hell und erquickt um sich. »Ja, so wollt' ich dich –!« fuhr die Alte heraus. »Ich habe sehr sanft geschlafen bei Eurem Feuer«, sagte das Fräulein sehr freundlich, »es ist aber doch gut, daß ich geweckt bin, sonst hätt' ich nachtwandeln müssen; ich meine«, fuhr sie lächelnd fort, da die beiden sie fragend anblickten, »wenn ich bei Tage ruhe, so habe ich in der Nacht keinen Schlaf; da stehe ich dann wohl zuweilen auf und gehe in meiner Stube umher; es ist nicht zum besten, aber was soll man mit der langen Nacht machen? Es wird bald fünf sein, nun wird's meine Zeit zu gehn«, und wie sie durch die Tür ging: »Den Stuhl hat wohl Euer Sohn gemacht, der ist doch recht geschickt.« – »Auch bisweilen recht ungeschickt«, sprach die Alte, der der Ärger noch nicht aus den Gliedern wollte, aber schon war Ledwine wie eine Gazelle den Fluß hinauf, denn sie dachte nur dann an ihre arme kranke Brust, wenn heftige Schmerzen sie daran erinnerten, und dann war ihr dieses traurige Hüten, dieses erbärmliche, sorgfältige Leben, wo der Körper den Geist regiert, bis er siech und armselig wird wie er selber, so verhaßt, daß sie gern diese ganze in Funken zu verglimmende Lebenskraft in einem einzigen recht lohhellen Tage hätte ausflammen lassen. Ihr frommes Gemüt behielt auch hier die Oberhand über den furchtbar durchbrennenden Geist, aber noch nie hat wohl ein Märtyrer Gott sein Leben reiner und schmerzlicher geopfert wie Ledwina den schöneren Tod in der eignen Geistesflamme.

Im hellen Wohnzimmer mußte es etwas anders sein wie immer, da Ledwina eintrat, denn sie ward gar nicht gescholten, die gewöhnliche bittre Frucht der ihr so süßen, aber zerrüttenden Streifereien. Schwester Therese hatte freilich genug nach einer entfallenen Nähnadel zu fischen, aber auch die Mutter sagte nichts, strickte still fort und winkte stark mit den Augenlidern; das war immer ein besonderes Zeichen, dann war sie erzürnt oder gerührt oder gar verlegen, denn diese kluge Frau, der ein allgemein beachtetes und oft verwickeltes Leben eine völlige Herrschaft über alle unpassende

Ausbrüche innerer Bewegungen in Handlungen und Worten gesichert hatte, wußte selbst nicht, wie dünn der Schleier ihres Antlitzes über die Seele hing, und es bedurfte für gesunde, ob auch noch ungeübte Augen nur sehr geringer Bekanntschaft, um sie oft besser zu verstehen, als sie sich selbst in ihrer vielfachen Zerstreuung durch Haus und Kinder. Ledwina hätte sich gern ganz still der Gesellschaft eingeflickt, aber ihre Arbeit lag in der Schublade des Tisches, vor dem die Mutter saß. Das war schlimm; sie setzte sich indes ganz sachte in den Sofa, der an der Schattenseite des Zimmers stand, und sagte kein Wort. Die kleine Marie lief hinein und mit einem lauten, etwas albernen Gelächter auf Ledwina los: »Ledwine, weißt du schon die ganz berühmte Neuigkeit?« Ledwine verfärbte sich wie erschreckt in unnatürlich gespannter Erwartung, und die Mutter sagte rasch: »Marie, hol mir mein Schnupftuch, ich habe es im Garten bei den Tannen liegen lassen!« Marie drehte sich auf dem Fuße um, sagte aber noch: »Wenn ich wiederkomme, weißt du es längst, denn Theresen springt das Herz, wenn sie es nicht sagt.« Sie lachte laut auf und rannte etwas tölpisch hinaus.

»Ihr müßt euch mit dem Kinde in acht nehmen«, sagte die Mutter ernst, »Kinderohren sind bekanntlich die schärfsten und wir Erwachsnen oft wahrhaft ruchlos in dieser Hinsicht; bei Marien ist es zum Glück nur Impertinenz, kein erwachendes vorlautes Gefühl, was im besten Falle die Seele leerbrennt. – Karl«, sie wandte sich zu Ledwinen, »hat heute Briefe erhalten, woraus unter andrem erhellt, daß einer seiner Universitätsbekannten ihn vielleicht durchreisend besuchen wird; du hast ihn wohl nennen hören, Römfeld, der sogenannte schöne Graf. Karl hat zuweilen allerhand von ihm erzählt, was ganz romantisch lautete, und ihr seid unvorsichtig genug gewesen, euch mit ihm zu necken; ich lasse so etwas passieren, obgleich es überall nicht viel heißt. Ich denke, wenn das Böse nur ausbleibt, so muß man sich zuweilen in das Unnütze in Gottes Namen schicken. Ich muß gestehn, daß ich alsdann so wenig an Marien gedacht habe wie ihr, aber vorausgesetzt, daß dergleichen dunkle Dinge ihrem noch höchst kindlichen Gemüte keinen weiteren Eindruck hinterlassen, wie soll man ihr beibringen, daß sie derlei Gespräche nicht wiederholen dürfe, ohne eben diese gleichen Eindrücke fast gewaltsam zu befördern, denn ihr wißt, sie wäre kindisch und lebhaft genug, den Grafen mit seiner eignen Biographie zu regalieren.«

»Man muß ihr sagen«, versetzte Karl, der immer die Stube auf und ab maß, »daß sie überhaupt nichts weiter bringt; das Klatschen ist an und für sich garstig genug.« – »Weißt du das einem so lebhaften Kinde ohne Arg beizubringen?« erwiderte die Mutter scharf. »Wir haben doch nicht geklatscht, wie wir klein waren«, sagte Karl. Die Mutter stockte einen Augenblick und sagte dann mit schonender Stimme, wie ungern: »Sie ist vielleicht auch lebhafter wie ihr alle.« Karl ward rot und sagte halb vor sich hin: »Auch ziemlich unartig bisweilen.« – »Etwas unartig sind alle Kinder in dem Alter«, versetzte die Mutter streng, »und zudem gehorcht sie mir aufs Wort; ist es mit andren nicht so, so mag die Schuld auf beiden Seiten stehn.«

Beide schwiegen verstimmt, und eine drückende Pause entstand. »Von wem hast du Briefe?« hub Ledwina leise und ängstlich an. »Es ist nur einer«, sagte Karl, »von Steinheim; er hat eine gute Anstellung bekommen zu Dresden und wird bei seiner Hinreise hier vorsprechen, da er über Göttingen reist, um dem Studentenleben noch einmal ein ewiges, lustiges Valet zu bringen, und Römfeld, der aus Dresden ist, eben von dort abgeht, so reisen sie zusammen. Steinheim scheint der ungebetene Gast schon auf dem Herzen zu liegen.«

Dies letztere sagte er halb zu der Mutter gewandt, die mit der möglichsten und angenehmsten Gastfreiheit sich jedoch das Recht der Einladung immer völlig vorbehielt.

»Wir kennen ihn ja schon«, sagte diese und dann schnell, ehe Karl seine Antwort, daß diese Angst nicht Steinheim selbst, sondern Römfelden meine, anbringen konnte, »Ledwina, wo bist du diesen Nachmittag gewesen?«

»Am Flusse hinunter«, entgegnete Ledwina.

»Du bist lange geblieben«, versetzte die Mutter.

»Ich habe lange«, erwiderte Ledwina, »bei der alten Lisbeth zugebracht; ich bin sehr gern dort.«

»Es sind auch gute Leute«, sagte die Mutter; »etwas stolz, aber das schadet nicht in ihrem Stande, es erhält sie ehrlich in jeder Hinsicht.«

»Es hat mich recht geschmerzt«, sprach Karl, »unser altes Domestikeninventarium fast ganz zerstört zu finden.«

»Mich auch«, sagte die Mutter lebhaft, »ich wollte sie gern aus dem Grabe heben, und wenn ich statt dessen ihren Sarg mit Golde füllen müßte. Wir haben sie so oft in freilich harmlosem Spotte das Fideikommiß genannt, aber wahrlich, solche Leute sind nicht sowohl unserer Treue von Gott vertraut wie wir der ihrigen, und nächst dem Schutzengel gibt es keine frömmeren Hüter und nächst der Elternliebe keine reinere Neigung als die stille und innige Glut solcher alten Getreuen gegen den Stamm, auf den sie einmal geimpft, worin alle andren Wünsche und Neigungen, selbst die für und zu den eignen Angehörigen haben zerschmelzen müssen.«

Die Frau von Brenkfeld war gegen das Ende ihrer Worte sehr gerührt. Ihre Stimme war fest, aber das leise Spiel der schönsten Gefühle in ihren ernsten Zügen gab ihnen eine unbeschreibliche Anmut. Ledwina hatte währenddem ihre Mutter unablässig betrachtet und war bleich geworden, als Zeichen, daß ein Gedanke sie ergriff.

»Ja«, sagte sie nun sehr langsam, als würden ihre Sinne erst allmählich unter dem Reden geboren, »das ist wahr, wir sind doch Geschwister, aber ich bin leider gewiß, daß wir uns nicht mit dem raschen, unerschütterlichen Entschlusse, der keine Wahl kennt, füreinander aufzuopfern vermöchten, wie das Leben getreuer Diener uns so unzählige Beispiele gibt.«

Karl sah etwas quer nach ihr hinüber, und die liebe Therese reichte ihr versichernd die Hand, und beider Augen blickten sanft ineinander. Ledwina sagte fest: »Ja, Therese, es ist doch so, aber wir sind darum nicht schlechter; die Alten sind nur besser.«

»Dafür ist es auch Dienertreue«, hub Karl an, »und eine ganze besondere Sorte, ohngefähr wie die Liebe gegen das

Königshaus, dem sich auch jeder freudig opfert, ob auch die Äste gegen den schönen, alten Stamme zuweilen recht dürr oder siech abstehen; mir sind indes alte Leute immer merkwürdig, und ich rede vor allem gern mit ihnen. Es ist mir seltsam, eine ganze in ihren Handlungen meistens unbedeutende Generation lange nach ihrem schon vergeßnen Tode in ihrer oft so bedeutenden Persönlichkeit noch in diesen paar grauen verfallenden Denkmalen fortleben zu sehn, nicht zu gedenken, wenn man so glücklich ist, das lebende Monument irgendeines großen Geistes vergangener Zeit anzutreffen. Mir sind solche kleine Gemälde aus freier Hand immer lieber wie die schönste Galerie berühmter Biographien.«

»Mir scheint auch«, sagte Therese, »als ob die Lieblingsfehler der alten Leute fast wie die der Kinder zwar oft belästigend, aber doch im Grunde milder oder gleichsam oberflächlicher wären wie die der Jugend. Mangel an Rücksicht auf die Bequemlichkeit anderer ist das erste, was Alte, durch allgemeine Sorgfalt und die bittre Vergleichung eigner Schwäche mit der Jugendkraft der Umgebung verleitet, annehmen, die Wurzel alles Fatalen, eine kleine Sünde, aber ein großes Leid für andere.«

»Das letztere ist wahr«, erwiderte Karl, »ohne das erstere zu begründen. Ich hingegen habe oft manche Jugendfehler im Alter in einer Steigerung und vorzüglich wahrhaft unförmlicher Versteinerung wiedergefunden, die für mich bei dieser Nähe des Grabes eine der greulichsten Erscheinungen bleibt.«

Die Frau von Brenkfeld, noch aus der guten Zeit, wo man nicht nur die Eltern, sondern auch das Alter ehrte, eine Zeit, jetzt von dieser Ansicht fast so spurlos verschwunden wie die antediluvianische, rückte mit dem Stuhle.

Karl fuhr arglos deklamierend fort: »Bei den Vornehmen Ehrgeiz, dem man so leicht um des Großen willen das etwa nicht Gute vergibt, als die empörendste, ruchloseste Ehrsucht, bei dem Mittelstande die halb belachte, halb belobte Sparsamkeit als der greuliche Geiz, über dem man nicht weiß, ob man mit Demokrit lachen oder mit Heraklit weinen soll, der bei den Geringen oft angenehme Leichtsinn als die entsetzlichste Gefühllosigkeit und Nichtachtung des sonst Nächsten und Liebsten, und oft alles zusammen in allen Ständen; und wie sie überhaupt selten kindlich und gewöhnlich nur kindisch reden, so sind sie auch zuweilen kindisch und gemein vor lauter Maliziösität.«

Er fing wieder an, heftiger auf und ab zu gehen.

»Alte Leute sind gut«, sagte Marie, die wieder neben der Mutter saß und ganz ordentlich strickte, und Frau von Brenkfeld mußte mitten aus ihrem gereizten Gefühle beinahe lachen, da nach der vorzeitigen Berechnungsart der Kinder diese Verteidigung ihr galt. »Ihr könnt euch freuen«, sagte sie, »nicht vor dreißig Jahren jung gewesen zu sein, da wurden die Leute im Verhältnis zu ihren Eltern nie groß. Widerspruch von der einen Seite gab es in der Ordnung gar nicht, und nur selten dargelegte Gründe von der andren.«

»Es ist schlimm genug«, sagte Karl mit weicher Stimme, »daß es nun im Durchschnitt anders ist. Der Gehorsam gegen die Eltern ist ein Naturgesetz und beinah so kostbar als das Gewissen. Ich bin überzeugt, daß die Wurzel fast aller jetzt grassierenden moralischen Übel in der Vernachlässigung desselben steht. Der Mensch ist zu vielem fähig und geneigt, sobald er es auch noch so anständig mit Füßen tritt. Es ist etwas Seltsames und Rührendes um ein Naturgesetz.«

»Und zudem«, sagte Therese, »gehorchen muß der Mensch noch irgend jemanden außer Gott, geistlich oder weltlich, das erhält ihn weich und christlich.« – »Ich glaube«, fügte Ledwina hinzu, »daß, wenn das, was Karl vorhin über die Alten sagte, einigen Grund hat, er gewiß in dem gänzlichen Mangel an einem Gegenstande des Gehorsams zu suchen ist; den gegen den Regenten üben sie, aber ohne ihn zu fühlen, da man ihnen gewöhnlich alle Geschäfte abnimmt.« – »Großenteils wahr«, versetzte Karl, »doch ist hier die Ehrsucht auszunehmen« – und dann schnell: »Nota bene, der alte Franz ist ja tot; wie ist der zu Tode gekommen?« – »An einem Brustfieber«, entgegnete Therese, und Ledwina, deren Gesicht wieder ein weißer Flor überzog, setzte mit leiser

Stimme hinzu: »Er hat sich erkältet, da er mir im vorigen Winter eine Bahn durch den Schnee fegen wollte.«

Sie stand auf und trat an eine im Schatten stehende Kommode, als ob sie etwas suche, denn sie fühlte, daß die Tropfen, die so leicht in ihre Augen traten, ihnen diesmal zu schwer würden.

»Da wolltest du hundert Jahr alt werden«, lachte Marie, »denk mal, Karl, Ledwina meinte, sie wollte hundert Jahr alt werden, wenn sie alle Tage spazierenging; das hat der alte Nobst aus dem Kinderfreunde auch getan.«

Die Mutter sagte, als habe sie Ledwinens Worte nicht bemerkt: »Er war durch den Schnee nach Emdorf gewesen.«

»Er ist alt genug geworden«, sagte Karl, »ich glaube, er war schon über achtzig, so alt werd' ich nicht.«

Ledwina beugte indes tief verletzt über eine geöffnete Lade. Es war, als wolle man ihr das herzzerreißende, aber teure Geschenk dieses geopferten Lebens entreißen, und sie hielt es fest an sich gepreßt. In Wahrheit ließ die tödliche Krankheit dieses treuen Mannes, des Gatten der alten Lisbeth, viele Gründe zu, wie dies bei dem Ableben sehr alter Leute fast immer der Fall, und deshalb suchte die Frau von Brenkfeld mit jener beliebten, aber falschen Schonung, die das Herz verletzt, statt es zu heilen, und empört, statt es zu rühren, jenem wahrscheinlichsten Grunde seine eigentliche Heiligkeit zu stehlen und ihm nur die Glorie des letzten Zeichens der Anhänglichkeit zu lassen.

Marie war indes zu Ledwinen hingelaufen und quälte sie durch die unter Lachen immer wiederholte Frage: »Ledwina, du bist wohl recht bange vor dem Tode? Wie alt möchtest du wohl werden, Ledwina?«

Ledwina, die sich in ihrer Rührung noch beachteter glaubte, wie sie war, wollte gern antworten, aber sie fürchtete den zitternden Laut ihrer Stimme; sie beugte sich von einer Seite zur andren, indes das unter ihren Armen durchgeschlüpfte und nun vor ihr an die Lade gepreßte Kind unter ewiger Wiederholung seiner Fragen und lauten Kichern ihr immer in die Augen sah. Endlich sagte sie ziemlich gefaßt und in der Anstrengung lauter wie gewöhnlich: »Ich fürchte mich etwas vor dem Tode, wie ich glaube, daß fast alle Menschen es tun; denn das Gegenteil ist gegen oder über die Natur. Im ersten Falle möcht' ich mir es nicht wünschen, und im zweiten ist es nur in einem sehr langen oder sehr frommen Leben zu erreichen.« Die Kleine kroch wieder durch und sprang lachend zu ihrem Stuhle.

Auch Ledwina hatte sich unter dem Reden ermutigt und kehrte ziemlich frei zu ihrem Sofa. Karl, für den, sobald er seine verlangte Auskunft hatte, das übrige Gespräch meistens tot war, indem er für sich fortspann, stand nun still und sagte: »Der alte Kerl war ordentlich ein Philosoph; er hätte unsren Gelehrten können zu schaffen machen. Ich habe nun drei Jahre studiert, und unsere Professoren laufen doch den ganzen Tag wie Diogenes mit der Laterne nach unnützen Fragen, aber so spitzfindige sind mir noch selten vorgekommen, wie das alte Genie aus den Ecken zu bringen wußte. Er hatte auch von sich selbst die Klarinette spielen gelernt.« – »Die hat er geblasen, da er noch jung war«, fiel Marie ein. Karl drehte die Pfeife ungeduldig in den Händen und fuhr dann schnell fort: »Was aber lächerlich war, so wußte er auch auf alles Antworten, und die waren ihm immer gut genug, obgleich der Scharfsinn der Antwort nie im Verhältnis zu dem der Frage stand. Der Hochmut legt doch seine Eier in alle Nester.«

»Der alte Franz war deinem seligen Vater sehr lieb«, sagte Frau von Brenkfeld sanft, aber ernst. Karl antwortete ganz arglos: »Ja, er ist ja, den Unterricht abgerechnet, fast mit ihm erzogen, das hat ihm auch den Schwung gegeben.« Dann fuhr er von selbst erwacht und mit einem seltnen, zarten Ausdrucke in den Mienen fort: »Wenn er so erzählte, wie sie zusammen heimlich das Rauchen trieben aus gehöhlten Kastanien und sich treulich beistanden in Schuld und Strafe, dann ist mir immer ganz wunderlich gewesen; wahrhaftig, es ist mir manche liebe Stunde in dem Manne gestorben.«

»Mir auch«, sagte die Mutter und winkte die Tränen heftig zurück, »die alte Lisbeth ist auch seitdem ganz kümmerlich geworden.«

»Es ist überhaupt etwas Kurioses und meist Unangenehmes um die Witwen«, versetzte Karl, wieder abgeleitet, »besonders, solange die Kinder minorenn sind.« – »Was ist das, minorenn?« fiel Marie ein: »Meistens fehlt ihnen die Kraft, und auf allen Fall nehmen ihnen die Augen der Welt, denen sie immer ein Splitter sind, die Macht und die Herrlichkeit; man sieht sie die an Verbrechen grenzendsten Härten gegen Schuldner ausüben, alles per Pflicht. Das geht nun wohl nicht anders, aber es läßt gewöhnlich einige Verhärtungen. Das Regieren tut überall keinem Weibe gut.«

»Witwen sind gut«, sagte Marie beleidigt, und Karl, der die Beziehung nicht faßte, fuhr auf: »Kinder auch, wenn sie das Maul halten«, und fuhr dann mit einem Blick auf seine Mutter im doppelten Schrecken zusammen. Frau von Brenkfeld kämpfte gewaltsam gegen eine mehr wehmütige als erzürnte Empfindung, die sie für Unrecht hielt, da Karl im ganzen recht und gewiß arglos geredet hatte, aber daß sie das Grelle jenes Verhältnisses, dem sie, bei den durch die Gutmütigkeit ihres verstorbenen Gatten verwirrten Vermögensumständen, unter den härtesten äußeren und inneren Kämpfen acht Jahre ihres Lebens ihre ganze Gesundheit und oft ihre heiligste Empfindung hatte opfern müssen, eben von jenem so scharf und wie verurteilend mußte auffassen hören, für den sie vor allem freudig geopfert hatte, das warf eine Wolke von Trauer und Verlassenheit in ihre Seele, die sie durch alle Strahlen des Gehorsams und der Liebe ihrer Kinder nicht zu zerstreuen vermochte. Eben ihr war der Witwenschleier aus einem Trauerflor zu einem Bleimantel geworden, der fast sogar die Ehre niedergebeugt hätte, da ihr Gatte durch unverhältnismäßige Schuldbeträge die Leute nach seinem Tode zugrunde richtete, denen er bei seinem Leben gern helfen wollte. Er hatte den Segen mit sich genommen und ließ der Vormundschaft und seiner bedrängten Witwe den Fluch. Zudem hing ihr sonst starkes Herz seit ein'ger Zeit mit großer Schwäche an Marien, dem einzigen ihrer Kinder, dem sie alles in allem war, indes die Herzen der übrigen sich stark an die fremden Götzen zu hängen begannen. Im Verhältnis zu ihren Töchtern war dies Gefühl minder stechend gewesen, da eine vielseitige und gewandte Weltkenntnis von seiten der Mutter und ein unbedingter Gehorsam von seiten der Kinder ausglichen, was Ledwina an Tiefsinn und Zartheit und Therese an klarer und besonnener Auffassung voraushaben mochten, aber die Zurückkunft Karls, den ihr die Universität nach seiner persönlichen Empfänglichkeit völlig ausgebildet, aber außerdem oder vielleicht deshalb etwas überreif und überfrei wiedergab, war ihr aus einem Jubiläum der Witwenherrschaft zu der beklemmten Leichenfeier derselben geworden, obschon nur in der inneren Überzeugung, da Karl jetzt aus Pflicht und Vorsatz das zu sein strebte, wozu ihn früher die scheuste Ehrfurcht gemacht hatte; aber eben dieses immer durchscheinende Streben, dies öftere Mißlingen durch Mißverstehn, weil die scharfe angstvolle Beachtung des Kindes fehlte, dies seitdem offenbare Zusammenhalten und Einanderaushelfen der Geschwister sagte ihr deutlich, wie locker die Krone auf ihrem Haupte stehe, nur gehalten durch ein einsicht-, aber pflichtvolles Ministerium. Karln hatte sie als eine üppige, aber zarte Treibhauspflanze unter Tränen, Sorgen und Segen in die freie Luft gesendet, und sie konnte sich nicht bergen, daß, so sie ihn jetzt ohne eins von allen entließ, er nur den letzteren vermissen würde, und auch dies nur in Überlegung und Religiosität, nicht in jenem scheuen frommen Gefühle, was sich in der Welt ohne den mütterlichen Segen wie zwischen reißenden Tieren dünkt. Marien duldete er offenbar nur in Rücksicht ihrer, und sein gereiztes Gemüt mußte gerade bei einer Veranlassung hervorbrechen, wo sie ihr fast wie das einzige ihrige Kind erschien, und doch konnte sie eben hier ohne die äußerste Taktlosigkeit nichts sagen. Karl begriff ihre Gefühle auch jetzt nur so im groben in der ersten Entstehung und folgte ihnen gar nicht; er ging auf und ab, rauchte und war noch etwas verdutzt, aber völlig ruhig. Ledwina hätte wohl alles dieses am empfindlichsten aufgefaßt, aber eine früherhin schmerzlich berührte Saite klang so hell nach, daß sie noch jeden andern Laut übertönte. Sie konnte überhaupt sehr lange an einem Gedanken zehren und nahm noch oft das Frühstück ein, wenn die andern schon ein wichtiges Mittagsmahl, einen unbedeutenden Tee nebst einer Menge amüsanter Konditorwaren verzehrt hatten und sich nun zur Abendtafel setzten. Nur Therese, die immer wie der Engel mit dem flammenden Schwerte vor und mit dem Ölzweige über den Ihrigen stand, mußte die ganze Last dieses Augenblicks tragen und suchte angstvoll nach einer klug beschwichtigenden Rede.

»Warum wählst du immer den verdrießlichen Weg am Flusse, Ledwina?« begann die Frau von Brenkfeld gesammelt, da die Stille kein Ende nahm.

»Ich habe den Weg einmal sehr lieb«, versetzte Ledwina, »ich glaube, das Wasser tut viel dazu.«

»Den Fluß hast du ja auch unter deinem Fenster«, sagte die Mutter, »aber es ist so ein bequemer Gedankenschlender, deshalb geht man auch leicht weiter, wie man sollte.«

»Ich muß gestehn«, sprach Karl, »daß mir die Gegend hier besonders jetzt recht erbärmlich vorkömmt. Man spaziert wie auf dem Tische, die Gegend vor uns wie hinter uns, oder vielmehr gar keine. Der Himmel über uns und der Sand unter uns.«

»Die Gegend könnte noch viel malerisch schlechter sein, wie sie ist«, sagte Ledwina, »und mir bliebe sie doch lieb; von den Erinnerungen, die in jedem Baume wohnen, will ich gar nicht reden, denn so kann nichts mit ihr verglichen werden, aber so, wie sie da steht und überall, wär' sie mir höchst ansprechend und wert.«

»Chacun à son goût«, versetzte Karl, »nach deinen eben gemachten Ausnahmen weiß ich nicht, was dich reizt: das stachlichte Heidekraut oder die langweiligen Weidenbäume oder die goldnen Berge, die uns in einer Stunde ein zauberischer Wind schenkt.«

»Die Weiden zum Beispiel«, versetzte Ledwina, und in ihr Gesicht goß sich ein trübes, aber bewegliches Leben, »haben für mich etwas Rührendes, eine sonderbare Verwechslung in der Natur: die Zweige farbicht, die Blätter grau, sie kommen mir vor wie schöne, aber schwächliche Kinder, denen der Schrecken in einer Nacht das Haar gebleicht. Und überhaupt die tiefe Ruhe auf manchen Flächen dieser Landschaft: keine Arbeit, kein Hirt, nur allerhand größre Vögel und das einsam weidende Vieh, daß man nicht weiß, ist man in einer Wildnis oder in einem Lande ohne Trug, wo die Güter keinen Hüter kennen als Gott und das allgemeine Gewissen.«

»Es ist nicht schwer«, versetzte Karl lächelnd, »einer Sache, die so viel liebe Seiten hat, auch eine schöne abzugewinnen, aber ich versichere dich, man darf keine zwanzig Meilen reisen, sonst fallen die schönen romantischen Läppchen ab, und was nackt übrig bleibt, ist eine halbe Wüste.«

»Die Wüste«, versetzte Ledwina, gleichfalls lächelnd und wie träumend, »die Wüste mag vielleicht große und furchtbare Reize haben.«

»Kind, du rappelst«, sagte Karl und lachte laut auf.

Ledwina fuhr langsam fort: »So plötzlich hineinversetzt, ohne ähnliche und doch völlig ungleiche Umgebungen zu kennen und hauptsächlich ohne früher von ihnen gelitten zu haben, und nun weithin nichts als die gelbe glimmernde Sandfläche, keine Begrenzung als den Himmel, der niedersteigen muß, um die Unendlichkeit zu hemmen, und nun flammend über ihr steht; statt der Wolken die himmelhohen, wandelnden Glutsäulen, statt der Blumen die farbicht brennenden Schlangen, statt der grünen Bäume die furchtbaren Naturkräfte der Löwen und Tiger, die durch die rauschenden Sandwogen schießen wie die Delphine durch die schäumenden Fluten – überhaupt muß es dem Ozean gleichen.«

Karl war vor Verwundrung stillgestanden, dann sagte er mit einem närrischen Gesichte: »Und wenn nun die wandelnden Glutsäulen uns Visite machen oder die Blumen der Wüste uns umkränzen oder die furchtbaren Naturkräfte sich an uns probieren wollen?«

Ledwina fühlte sich widrig erkältet. Sie beugte, ohne zu antworten, nieder, um ein Garnknäul vom Boden aufzuheben.

»Aber mein Gott«, rief Frau von Brenkfeld, der durch diese rasche Bewegung ihre noch nicht völlig getrockneten Schuhe sichtbar geworden waren, »du bist ja ganz naß!« – »Ich bin etwas naß«, versetzte Ledwina, ganz herunter von widrigen Empfindungen. »Und das schon die ganze Zeit«, versetzte die Mutter verweisend, »leg dich augenblicklich nieder, du weißt es ja in Gottes Namen auch selbst wohl, wie wenig du vertragen kannst.« – »Ja«, sagte Ledwina kurz und stand auf, um in ihrer Empfindlichkeit allen weitern Reden zu entgehn. »Daß du dich aber ja niederlegst, und trinke Tee«, rief ihr die Mutter nach. Sie wendete sich in der Tür um und sagte mit gewaltsamer Freundlichkeit: »Ja, gewiß.« Therese folgte ihr.

»Du hast noch nicht getrunken«, sprach Therese sanft verweisend, da sie nach einer Viertelstunde mit einem Glase Wasser von neuem in die Kammer trat und die weislich vor dem Fortgehn eingeschenkte Tasse noch unberührt sah; »wenn nun die Mutter käme«, fuhr sie fort, »du weißt, wie sie auf ihr Wort hält.«

»Ach Gott, ich habe noch nicht getrunken? Wenn nun die Mutter käm'!« wiederholte Ledwina, aus tiefem Sinnen auffahrend, und im Nu reichte sie Theresen die geleerte Tasse; »mir ist so heiß«, sagte sie dann, warf unruhig die weißen Gardinen weit zurück und legte die brennenden Hände in der Schwester Schoß.

»Du trinkst zu schnell«, sagte diese. – »Ich wollte, ich dürfte das Glas Wasser trinken«, versetzte Ledwina. »Trink du deinen Tee, der bekömmt dir viel besser«, antwortete Therese mitleidig, »das kannst du deiner Gesundheit wohl opfern, es ist ja nur ein kleiner Wunsch.« – »O, er kömmt auch nur oben vom Herzen«, lächelte Ledwina, »und dann setz' dich doch recht zu mir und sprich mir etwas vor. Das Bettliegen ist so fatal; es ist noch lange nicht dunkel, und dann die lange Nacht!«

Therese setzte sich auf den Rand des Bettes und seufzte unwillkürlich recht tief. Ledwina lächelte von neuem und sehr freundlich, fast freudig. »Der heutige Tag«, sagte Therese dann tiefsinnig, »ist äußerlich so unbedeutend gewesen und doch innerlich so reich; es ist so viel durchgedacht und auch wohl ausgesprochen worden, was in Jahren nicht hat zu der Klarheit kommen können, wie der Brennpunkt einer langen Zeit.« – »Jawohl, allerhand«, versetzte Ledwina erwartend, der in diesem Augenblicke nur eins still bewegend im Sinn lag. »Ich wollte«, sprach Therese weiter, »der Kerl säh' etwas weniger imposant aus, damit er etwas minder geehrt würde. Alles wendet sich an ihn, und die Mutter wird jedesmal rot, wenn er mit der gefälligen Miene sagt: ›Tragt das meiner Mutter vor!‹«

Ledwina hatte, wie vorhin gesagt, den Teil des vorigen Gesprächs, auf den sich dieses bezog, völlig überhört, und auch jetzt hielt ihr Geist eine andere Richtung fest. So faßte sie es gar nicht in seinem tiefen Schmerze. »Ja«, sagte sie, noch immer still träumend, »es wurde so vielerlei gesprochen, daß man das erste über dem letzten vergaß. Mich soll wundern, ob Steinheim sich auch verändert hat.« Therese ward feuerrot. »Ich möchte es gar nicht«, fuhr sie fort, »mir scheint immer, er könnte dabei nur verlieren.«

Therese schenkte etwas mühsam eine neue Tasse ein. »Mich dünkt, ich sehe ihn«, hub Ledwina wieder an, »wie er gefragt wird und dann das liebe treue Gesicht so freundlich eine Antwort weiß; es wird einem ganz ruhig, wenn man eine Zeitlang darauf weilt.« – »Das geht wohl an«, sagte Therese in der Angst. Ledwina sah hoch auf. »Meinst du nicht?« fragte sie ernst. »O nein«, sagte Therese verwirrter und brach sehr unpassend ab. Aber Ledwina hatte sich aufgerichtet und ihre Hände krampfhaft gefaßt. »Bitte, bitte«, sagte sie in strenger Angst, »schweig, aber lüg nicht«, und mit einem leisen Ton der tiefsten Wehmut lag Therese an ihrer Brust und weinte und zitterte, daß die Gardinen bebten. Ledwina hielt sie fest an sich, und ihr Gesicht war aufgegangen wie ein Mond, der leuchtend über die Schwester wachte. Beide ließen sich nach einer langen lebensreichen Pause und suchten ihre verlorene Fassung, die eine auf der seidenen Bettdecke, die andere an dem Bande des Teetopfes, was sie losknüpfte, statt es fester zu heften, denn es ist eben den besten und herrlichsten Menschen eigen, daß sie sich schämen, wenn ein unbewachter Augenblick verraten hat, wie weich sie sind, indes die Armen im Geiste von jener Art, der nicht der Himmel verheißen ist, es in Ewigkeit nicht vergessen können, wenn sie einmal einen rührenden Gedanken gefunden haben, wie das blinde Huhn die Erbse.

»Ich bin mir oft recht lächerlich und eitel vorgekommen«, fing Therese endlich an, »dir auch?« – Ledwina mußte lachen und sah sie fragend an. Therese fuhr fort: »Allen dunkel und mir allein hell; es ist betrübt, Ledwina, so etwas ganz allein zu merken, man wird ganz irr. Ich habe immer innerlich glühn müssen, wenn ich diese oder jene unserer Bekanntinnen mit geträumten Eroberungen prunken sah. Es ist so häßlich und so allgemein. Die Bescheidenheit schützt heutzutage gar nicht mehr, und für mich wär' es so traurig. Ach, Ledwina, soll ich es mir wohl nur einbilden? Ich kann ja auf nichts bauen als auf meinen innigsten Glauben.«

»Baue du dein Haus nur«, sagte Ledwina bewegt, »du hast einen guten Grund, einen verborgenen, aber festen, der nicht unter dir einsinken wird.« – »Er hat mir nie etwas Derartiges gesagt«, versetzte Therese, indes ihre Augen wie in den Boden brennen wollten. – Ledwina sagte nachsinnend und lieblich: »Für einen anderen nichts, für ihn alles. Wär's ein anderer, so hättest du auch den Glauben nicht. Ach, Therese, du wirst sehr glücklich sein; das sage ich frei und schäme mich nicht. Wir suchen doch alle einmal, wenn schon meistens inkognito, aber ich habe aufgehört, denn ich weiß, daß ich nicht finde.« – Therese entgegnete demütig: »Ich darf auch nicht so viel verlangen wie du.« – »Das heißt nun nichts«, versetzte Ledwina sanft vorwerfend, »das kannst du selbst nicht glauben; du bist Gott und Menschen angenehmer, das weiß ich wohl.« Therese erschrak ordentlich und wollte einfallen, aber Ledwina winkte ernst mit der schmalen weißen Hand und fuhr fort: »Doch mein loses törichtes Gemüt hat so viele scharfe Spitzen und dunkle Winkel, das müßte eine wunderlich gestaltete Seele sein, die da so ganz hineinpaßte.« – Therese faßte erschüttert ihre beiden Hände und sagte, indem sie das Gesicht wie scheu umherwandte, um die Zeichen der höchsten Bewegung zu verbergen: »Ach Ledwina, ich mag jetzt gar nicht davon reden, wie lieb dich viele Menschen haben, aber auch du wirst finden, was dir einzig lieb bleibt. Gott wird ein so reines und leises Flehn nicht überhören.«

Ledwine, der das Gespräch zu angreifend wurde, sagte wie leichtsinnig: »Jawohl, man sagt ja, es gibt keinen so schlechten Topf, daß sich nicht ein Deckel dazu fände, aber Gott weiß, wo mein Erwählter lebt; vielleicht ist er in diesem Augenblick auf der Tigerjagd, es ist doch grade die Zeit, und dann, du meinst, Steinheims Liebe sei unbemerkt geblieben? Glaub das ja nicht! Hab' ich dir je früherhin ein Wort gesagt? Und doch ist mir alles seit einem Jahr die höchste Gewißheit, und ich kann euch gar nicht mehr in Gedanken trennen. Aber wie kannst du glauben, daß unsre Mutter auf einen bloßen, auch noch so getreuen Schein sich über eine so zarte Sache äußern sollte, oder Karl, dem die Ehre und der Anstand fast zu viel sind? Ich habe oft und heimlich lachend den Kampf beider gesehn, wenn sie weder absichtlich störend noch nachlässig erscheinen wollten. Glaub mir, könnte Steinheim dich vergessen oder übergehn, so würden beide schweigen und sich fassen, aber ihr Glaube an die Menschen wär' dahin, so gut wie der deinige.«

»Aber auch heute, wo die Entscheidung so gar nahe gestellt ist«, versetzte Therese beklemmt, »nicht das kleinste Zeichen in Miene oder Worten.«

»O Therese«, sagte Ledwina lächelnd, »ich sehe wohl, die Liebe macht die Leute dumm. Ist dir dies Vermeiden seines Namens, dies behutsame, verräterische Umgehen des ganzen Besuches, der doch bei weitem das Hauptsächlichste im Briefe war, nichts? Ich sage dir, Therese, ich wußte von nichts, da ich in die Stube trat, aber ich bin zusammengefahren und habe in der höchsten Spannung geharrt und geglaubt, jeder Laut werde das Geheimnis gebären, besonders im Gesichte unsrer Mutter wogte ja die ganze offene See der Empfindungen.«

Therese hatte nach und nach das Haupt erhoben und sah nun peinlich hoffend auf Ledwina, wie ein Kind auf den Vater, wenn es merkt, daß er ihm etwas schenken will. »Nun, ich will es so denken, und ich kann auch nicht gut anderst«, sagte sie verschämt, »aber bitte, bitte, nun nicht mehr davon reden!« Nach ein'gen Augenblicken fuhr sie wieder trübe fort: »Man muß sich nicht so in eine Hoffnung eingraben, das Glück ist gar zu kugelrund.« Dann schwieg sie und faßte die Schale und Teetopf, als wolle sie einschenken, sagte dann: »Ich komme gleich wieder« und ging hinaus, denn sie zitterte so sehr, daß sie den Topf nicht hatte heben können.

Nach einer langen Weile trat sie wieder mit leisen Schritten herein und blickte weit vorgebeugt mit angestrengter Sehkraft nach der Schwester hinüber, weil sie gedachte, sie möchte schlummern, und es nicht wagte, ihr zu nahen um der frischen Abendluft willen, die aus ihren Kleidern duftete, denn sie war im Freien gewesen, tief, tief im Gebüsche und hatte sich einmal recht satt geweint und gesehnt, und nun war sie wieder still und sorgsam wie vorher, denn diese süße, überteure Seele lebte ein doppeltes Leben, eins für sich, eins für andre, wovon das erstere nur zum Kampf für das letztere vortrat, nur daß es statt des Schwertes die Leidenspalme führte. So stand sie eine Weile, kein Vorhang rauschte, aber ein tiefer, schwerer Atem zog hinüber und gab ihr mit der Gewißheit des Schlummers zugleich eine wehmütige Sorge. Sie setzte sich ganz still in ein Fenster. Die Sonne ging unter, und ihre letzten Strahlen standen auf einem Weidenbaum am jenseitigen Ufer. Der Abendwind regte seine Zweige, und so traten sie aus dem Glanz und erschienen in ihrer natürlichen Farbe, dann bogen sie sich wieder in die Goldglut zurück. Für Ledwinens krankes, überreiztes Gemüt hätte dies flimmernde Naturspiel leicht zu einem finstern Bilde des Gefesseltseins in der sengenden Flamme, der man immer vergeblich zu entrinnen strebt, da der Fuß in dem qualvollen

Boden wurzelt, ausarten können, aber Therese war es unbeschreiblich wohl geworden in Betrachtung des reinen wallenden Himmelsgoldes und überhaupt der lieblichen gefärbten Landschaft, ihre Gedanken waren ein leises und brünstiges Gebet geworden, und ihre Augen waren scharf auf den Abendglanz gerichtet, als sei hier die Scheidewand zwischen Himmel und Erde dünner; es war ihr auch, als zögen die Strahlen ihrer Seufzer mit hinauf, und sie legte das glühende Antlitz dicht an die Scheibe, aber wie die Sonne nun ganz dahin war und auch der Abendhimmel begann, ihre Farbe zu verleugnen, da sanken auch ihre Flügel, und sie ward wieder trüber und wußte nicht, warum. Das Vieh zog langsam und brummend in den Hofraum, und zugleich stieg das Abendrot höher, und ein frischer Wind trieb die rosenfarbne Herde auch nach dem Schlosse hinüber. »Nun wird es gut«, sagte sie ziemlich laut, das Wetter meinend, und erschrak, daß sie der Schlummernden vergessen hatte, aber eine unbeschreibliche Zuversicht umfing sie gleich, und diese unwillkürlichen, ausgesprochnen Worte waren ihr wie durch Gottes Eingebung. Sie war von nun an völlig ruhig und blieb es bis zu der Stunde, die ihr Schicksal entschied.

So haben auch die klarsten, sichersten Seelen ihre Augenblicke, wo der Glaube an eine verborgene, geistige Abspiegelung aller Dinge ineinander, an das vielgeleugnete Orakel der Natur sie mächtig berührt, und wer dem widerspricht, dessen Stunde ist noch nicht gekommen, aber sie wird nicht ausbleiben, und wäre es die letzte.

Therese stand wie aus einem schönen Traum auf und schlich zum Lager Ledwinens. Unbeweglich, ja fast starr lag die Schlafende, und ihr Antlitz war bleich wie Marmor, aber in ihrer Brust arbeitete ein schweres, unruhiges Leben in tiefen Zügen. Therese sah sorgsam auf die Gegend des Herzens und legte dann sachte die Hand darauf, die sich von den heftigen Schlägen hob. Hätte sie nicht gewußt, daß plötzliches Erwecken bei der Schwester immer mit einem erschütternden Schrecken verbunden sei, sie hätte sie nicht dieser angstvollen, betäubenden Ruhe überlassen, aber nun blickte sie noch einmal sorgenvoll auf die Schlafende, segnete sie zum ersten Male in ihrem Leben, zog die Vorhänge des Bettes weit los, schloß die der Fenster und ging dann sachte und wehmütig zurückblickend hinaus mit dem Vorsatz, späterhin noch einmal nachzusehn.

Es war tief in der Nacht, als Ledwina aus ihrem langen Schlummer erwachte. Sie hatte äußerlich tief geruht, und Therese war unbemerkt vor ein'gen Stunden noch einmal an ihrem Lager gewesen, wo sie die Schwester, die ihr nun erleichtert schien, beruhigt verlassen hatte. Aber in Ledwinens Innrem hatte sich eine grauenvolle Traumwelt aufgeschlossen, und es war ihr, als gehe sie zu Fuße mit einer großen Gesellschaft, worunter alle die Ihrigen und eine Menge Bekannter waren, um einer theatralischen Vorstellung beizuwohnen. Es war sehr finster, und die ganze Gesellschaft trug Fackeln, was einen gelben Brandschein auf alles warf, besonders erschienen die Gesichter übel verändert. Ledwinens Führer, ein alter, aber unbedeutender Bekannter, war sehr sorgsam und warnte sie vor jedem Stein. »Jetzt sind wir auf dem Kirchhof«, sagte er, »nehmen Sie sich in acht, es sind ein'ge frische Gräber.« Zugleich flammten alle Fackeln hoch auf, und Ledwinen wurde ein großer Kirchhof mit einer zahllosen Menge weißer Leichensteine und schwarzer Grabhügel sichtbar, die nun regelmäßig eins ums andre wechselten, daß ihr das Ganze wie ein Schachbrett vorkam und sie laut lachte, als ihr plötzlich einfiel, daß hier ja ihr Liebstes auf der Welt begraben liege. Sie wußte keinen Namen und hatte keine genauere Form dafür als überhaupt die menschliche, aber es war gewiß ihr Liebstes, und sie riß sich mit einem furchtbar zerrißnen Angstgewimmer los und begann zwischen den Gräbern zu suchen und mit einem kleinen Spaten die Erde hier und dort aufzugraben. Nun war sie plötzlich die Zuschauende und sah ihre eigne Gestalt totenbleich mit wild im Winde flatternden Haaren an den Gräbern wühlen, mit einem Ausdrucke in den verstörten Zügen, der sie mit Entsetzen füllte. Nun war sie wieder die Suchende selber. Sie legte sich über die Leichensteine, um die Inschriften zu lesen, und konnte keine herausbringen, aber das sah sie, keiner war der rechte. Vor den Erdhügeln fing sie an sich zu hüten, denn der Gedanke des Einsinkens begann sich zu erzeugen; dennoch ward sie im Zwang des Traumes zu einem wie hingestoßen, und kaum betrat sie ihn, so stürzte er zusammen. Sie fühlte ordentlich den Schwung im Fallen und hörte die Bretter des Sarges krachend brechen, in dem sie jetzt neben einem Gerippe lag. Ach, es war ja ihr Liebstes, das wußte sie sogleich; sie umfaßte es fester, wie wir Gedanken fassen können, dann richtete sie sich auf und suchte in dem grinsenden Totenkopfe nach Zügen, für die sie selbst keine Norm hatte. Es war aber nichts, und zudem konnte sie nicht recht sehen, denn es fielen Schneeflocken, obschon die Luft schwül war. Übrigens war es jetzt am Tage. Sie faßte eine der noch frischen Totenhände, die vom Gerippe losließ. Das schreckte sie gar nicht. Sie preßte die Hand glühend an ihre Lippen, legte sie dann an die vorige Stelle und drückte das Gesicht fest ein in den modrichten Staub. Nach einer Weile sah sie auf; es war wieder Nacht, und ihr voriger Begleiter stand sehr hoch am Grabe mit einer Laterne und bat sie mitzugehn. Sie antwortete, sie werde nur hier liegen bleiben, bis sie tot sei; er möge gehn und die Laterne dalassen, was er auch sogleich tat, und sie sah wieder eine Weile nichts als das Gerippe, dem sie mit einer herzzerreißenden Zärtlichkeit liebkoste. Plötzlich stand ein Kind neben dem Grabe mit einem Korb voll Blumen und Früchten, und sie besann sich, daß es eins derer sei, die im Theater Erfrischungen umherbieten. Sie kaufte ihm seine Blumen ab, um den Toten damit zu schmücken, wobei sie ganz ordentlich und ruhig die Früchte auslas und zurückgab. Da sie den Korb umschüttete, wurden der Blumen so viele, daß sie das ganze Grab füllten. Des freute sie sich sehr, und wie ihr Blut milder floß, formte sich die Idee, als könne sie den verweseten Leib wieder aus Blumen zusammensetzen, daß er lebe und mit ihr gehe.

Über dem Aussuchen und Ordnen der Blumen erwachte

sie, und, wie bei Träumen immer nur der allerletzte Eindruck in das wache Leben übergeht, ziemlich frei, aber ihr war unerträglich heiß. Sie richtete sich auf und sah noch etwas verstört im Zimmer umher. Das Mondlicht stand auf den Vorhängen eines der Fenster, und da der Fluß unter ihm zog, schienen sie zu wallen wie das Gewässer. Der Schatten fiel auf ihr Bett und teilte der weißen Decke dieselbe Eigenschaft mit, daß sie sich wie unter Wasser vorkam.

Sie betrachtete dies eine Weile, und es wurde ihr je länger je grauenhafter; die Idee einer Ondine ward zu der einer im Fluß versunknen Leiche, die das Wasser langsam zerfrißt, während die trostlosen Eltern vergebens ihre Netze in das unzugängliche Reich des Elementes senden. Ihr ward so schauerlich, daß sie sich nach ein'gen Skrupeln wegen der Glut in ihrem Körper entschloß, aufzustehn und die Vorhänge loszuziehn. Die Nacht war überaus schön, der Mond stand klar im tiefen Blau, die Wolken lagerten dunkel am Horizont in einer schweren getürmten Masse, und der Donner hallte leise und doch mächtig herüber, wie das Gebrüll des Löwen.

Ledwina blickte lüstern durch die Scheiben, das graue Silberlicht lag wie ein feenhaftes Geheimnis auf der Landschaft, und dünne, matte Schimmer wogten über die Gräser und Kräuter wie feine Fäden, als bleichten die Elfen ihre duftigen Schleier. Am Flusse war die Luft ganz still, denn die Weiden standen wie versteint, und kein Hauch bog die gesträubten Haare, aber in der Ferne schüttelten sich die Pappeln und hielten dem Mondlicht die weißen Flächen entgegen, daß sie schimmerten wie die silbernen Alleen in Träumen und Märchen. Ledwina sah und sah, und ihr Fuß wurzelte immer fester an der lockenden Stelle, und bald stand sie, halb unwillkürlich, halb mit leisen Vorwürfen, in ein dichtes Tuch gehüllt am offenen Fenster. Sie schauderte linde zusammen vor der sehr frischen Luft und der geisterhaften Szene. Ihre Blicke fielen auf das klare Licht über sich und das sanfte Licht unter sich im Strom, dann auf den finstren lauernden Hintergrund, und das Ganze kam ihr vor wie der stolze und wilde

Seegruß zwei erleuchteter Fürstengondeln, indes das Volk gepreßt und wogend in der Ferne steht und sein dumpfes Gemurmel über das Wasser hallt.

Da erschien fern am Strome noch ein drittes Licht, aber ein hüpfendes, trübes Flämmchen, wie ein dunstiges Meteor, und sie wußte nicht, war es wirklich ein Irrlicht oder ward es von Menschenhänden getragen, mehr zur Gesellschaft als zum Führer in der täuschenden Nachthelle. Sie richtete die Blicke fest darauf, wie es langsam herantanzte, und sein unausgesetztes Nähern bürgte für die letztere Meinung. Sie war so verloren in fremde Reiche, daß sie sich den Wandrer als einen grauen Zaubermeister bildete, der in der Mondnacht die geheimnisvollen Kräuter in den feuchten Heidgründen sucht. Wirklich gab es viele Beschwörer, sogenannte Besprecher, in jener Gegend, wie überhaupt in allen flachen Ländern, wo Menschen die schwere neblichte Luft mit der Schwermut und eine gewisse krankhafte Tiefe, den Geisterglauben, einatmen; diese Zaubrer, meistens angeseßne, geachtete alte Leute, sind mit seltnen Ausnahmen so truglos wie ihre Kinder, so wie sie auch das unheimliche Werk fast nie als Erwerb, sondern meistens als ein zufällig erobertes, aber teures Arkanum in nachbarlichen Liebesdiensten ausüben. Sie halten sonach auch vor sich selber streng auf alle die kleinen Umstände, die dergleichen Dingen selbst bei völlig Ungläubigen etwas Schauderhaftes leihn, als das starre Stillschweigen, das Pflücken der Kräuter oder Zweige im Vollmond oder in einer bestimmten Nacht des Jahres usw., und so wär' es nicht so Unmögliches gewesen, auf einer nächtlichen Wanderung dergleichen unheimlichen Gefährten zu finden, aber das Flämmchen hüpfte näher, und bald ward es Ledwinen kenntlich als der brennende Docht einer Laterne, die ein Mann trug, indes eine Gestalt zu Pferde ihm folgte. Sie besann sich, daß es wohl ein nächtlich Reisender sei, den ein Wegeskundiger an den trügerischen Buchten des Stromes vorüberleite. Das Feenreich war zerstört, aber ein menschliches Gefühl der tiefsten Wehmut ergriff sie um den Unbekannten, mit dem sie eine schöne Nacht erlebte, und der doch achtlos an ihr vorüberzog wie an den Steinen des Weges und wußte nichts von ihr, wenn er einst ihren Tod las in den Blättern der Zeitungen. Jetzt war er dem Schlosse gegenüber, wo der Fußsteig mit Steinen gepflastert war, ein langsamer Hufschlag schallte zu ihr hinauf, und sie strengte ihre Sehkraft an, um eine leichte Form festzuhalten von der flüchtigen Erscheinung.

Plötzlich zog eine Wolke, die die Verschwörung am Horizont als Herold aussandte, über den Mond; es ward ganz finster, und zugleich schlug ein schwerer, klatschender Fall an ihr Ohr, ihm folgte ein heftiges Plätschern und der laute Angstruf einer männlichen Stimme. Ledwina sprang aus einem fürchterlichen Schrecken vom Fenster zurück und wollte nach Hülfe eilen, aber ihre Knie trugen sie nur bis in die Mitte des Zimmers, wo sie zusammenbrach, doch ohne die Besinnung zu verlieren. Sie schrie nun im höchsten Entsetzen anhaltend, fast über ihre Stimme, und nach einer Minute war ihre Mutter, ihre Schwester und fast das ganze weibliche Personal um sie versammelt. Man hob sie auf, trug sie ins Bett und meinte, sie rede irre, da sie beständig und angstvoll rief: »Macht das Fenster auf! – im Flusse – er liegt im Flusse«, und sich loszureißen strebte. Marie, die vor Schrecken hell weinte, war jedoch die erste, die den Ruf vom Flusse her durch das laute Gewirr unterschied. Man riß das Fenster auf, und bald zogen die Domestiken des Schlosses, noch ganz betäubt und mit Stangen und Haken an das Ufer. Den Reisenden hatte sein rasches Pferd aus den Wellen getragen, in die er dem Irrlichte in der Hand seines Führers gefolgt war, da er sehr dicht hinter ihm trabte. Er stand triefend neben seinem schnaubenden Tiere und wollte eben in der Angst von neuem in den Strom, das fortschwimmende Menschenleben zu retten, da ihm das fremde Land sonst keine Hülfe zu bieten wußte.

Therese stand händeringend am Fenster und horchte auf Laute der Suchenden durch den Sturm, der nun mit einer fürchterlichen Heftigkeit losgebrochen war, der Donner rollte sonder Aufhören, das Wasser tanzte in greulicher Lust über der gefallnen Beute und warf sprühnden Schaum in die Augen derer, die sie ihm zu entreißen suchten. Der Fremde stand am Ufer, bebend vor Frost. Er wollte nicht ins Schloß, aber mit einem Kahn in die empörten Wogen. »Wollen Sie sich selbst ums Leben helfen?« sagte der alte Verwalter. »Mich dünkt, an einem ist es genug.« – »O Gott!« rief der Fremde schmerzlich, »Ich habe ihn so beredet; er wollte nicht von seiner alten Mutter, die sich vor dem Gewitter fürchtet. Um Gottes willen, einen Kahn, einen Kahn!« – »Einen Kahn können Sie nicht kriegen, wir haben keinen«, sagte der Verwalter. Der Fremde hielt ihm eine Laterne hoch vors Gesicht, und wie er ihm in dem falschen Schein zu lachen schien, faßte er ihn wie wütend an die Brust und rief: »Einen Kahn, oder ich werfe dich auch ins Wasser.« Der Verwalter blickte ihn fest an und sagte: »Wir haben keinen.« Der Fremde sprach sehr zweifelnd und verwirrt: »Wie seid Ihr denn hergekommen?« – »Über die Brücke dort«, versetzte der Verwalter. »Eine Brücke«, sagte der Fremde wie gelähmt, ließ ihn los und gesellte sich in höchster Angst zu den Suchenden. »Hier habe ich etwas«, rief einer und warf ein weißes Ding ans Ufer, was man als die Mütze des Verlornen erkannte. Man suchte hier emsiger, aber die Haken fuhren vergebens durch das schäumende Wasser. »Wir finden ihn nicht«, rief ein andrer, ermattet in der frucht- und fast zwecklosen Arbeit, »das Wetter ist zu toll.« – »Das Wasser gibt ihn auch nicht her«, rief wieder einer, »es hat in diesem Jahr noch kein Menschenfleisch gehabt.« – »Nicht?« versetzte ein andrer, und der Fremde sah mit Schrecken, wie nach dieser Bemerkung aller Eifer sichtbar erlosch. Er bot Geld über Geld, und man fuhr ihm zu Gefallen fort zu suchen, aber so mutlos, daß man bald nur noch zum Anschein mit den Stangen und Haken ins Wasser klatschte.

Therese hatte indessen das Fenster nicht verlassen. »Ich höre nichts«, sagte sie jammernd zu Ledwina gewandt, die sie zum Schrecken halb angekleidet und im Begriff aus dem Bette zu steigen sah. Sie schloß das Fenster schnell und drängte die zitternde Schwester in das Bett zurück, worin sich diese jedoch bald ergab mit dem Beding der schnellsten Mitteilung aller Nachrichten. Therese versprach alles und meinte mit ihrem Gewissen wohl auszukommen. Sie hatte sich mit großer Kraft gefaßt und redete jetzt viel Tröstliches, geistlich und irdisch, zu Ledwina, daß diese endlich ganz stille ward und in der höchsten Ermattung wieder einschlief. Dann ging sie, um ein warmes Zimmer und Bette für den Fremden zu besorgen, der endlich nach mehrern Stunden durch und durch erfroren und innerlich bebend einzog. Dann legte sie sich selbst nieder, ob der Morgen ihr vielleicht noch ein'ge Erholung schenken wolle, da der Tag sie wieder in ihrer ganzen Kraft forderte, nachdem sie eine Zofe neben Ledwinens Gemach gebettet hatte.

Es hatte sieben geschlagen, als Minchen auf den Zehen in die Kammer schlich und das Fräulein ihr schon völlig gekleidet entgegentrat.

»Was gibt's, Minchen?« sagte sie bewegt und heftete die letzte Nadel. »Der fremde Herr ist ganz munter«, antwortete das Mädchen. »Aber der Bote?« fragte Ledwina. »Das weiß Gott«, versetzte Minchen, und beide schwiegen. »Man brauch sich nicht viel Gutes zu denken«, sagte Minchen dann und fing bitterlich an zu weinen. Ledwina sah starr vor sich nieder und fragte: »Weiß man nicht, wer es gewesen ist?« – »Freilich wohl«, versetzte das schluchzende Mädchen, »es ist ja der Klemens von der alten Lisbeth; o mein Gott, was soll sich das arme alte Mensch haben!« und weinte ganz laut. Ledwina setzte sich auf das Bett und legte das Gesicht in die weißen Kissen, dann erhob sie sich schneeweiß und sagte: »Ja, Gott muß es wissen«, nahm ihr Schnupftuch vom Tische und ging langsam hinaus. Im Wohnzimmer war alles um das Frühstück versammelt, da Ledwina hereintrat. Der fast zu blendend schöne Fremde stand auf und verbeugte sich. Karl sagte vornehm und höflich: »Das ist meine älteste Schwester«, und zu Ledwinen: »Der Graf Hollberg.« Man saß wieder um den spendenden Tisch, und das Gespräch ging etwas gedrückt fort über allerhand Göttinger Vorfälle, als einzig bekanntem Berührungspunkt der beiden.

»Fräulein Marie, nehmen Sie sich in acht«, sagte der Fremde ernst aus dem Gespräche zu Marien gewandt, die ein geöffnetes Federmesser wiederholt an den Mund hielt, um den Stahl zu prüfen. Marie ward rot und legte das Messer hin.

»Ganz recht, Marie heißt sie«, sagte die Frau von Brenkfeld höflich lächelnd.

»Ich glaube, ich werde Sie alle zu nennen wissen«, versetzte der Graf lebhaft und sandte die leuchtenden Augen durch den Kreis, »Steinheim ist ein getreuer Maler; glauben Sie wohl, daß ich Sie sämtlich sogleich wiedererkannte?«

»Sie haben Steinheim viel gesehn«, sagte Karl.

»O sehr«, versetzte Hollberg rasch, »in dem letzten Jahre täglich oder vielmehr fast den ganzen Tag. Ich habe sogar ihm zu Gefallen ein mir sonst ganz unnötiges Kollegium mitgehört.« Karl lachte ganz trocken.

»Solange Sie dort waren«, fuhr der Graf fort, »konnte man freilich nicht so recht an ihn kommen, denn sein Herz ist wohl für mehrere Abwesende, aber immer nur für einen Gegenwärtigen offen. Ich hatte keinen Vorwand, ihn zu besuchen, und auf unsern Commercen erschien er gar nicht. Aber jetzt«, fuhr er mit einem blitzenden raschen Blicke fort, »jetzt glaube ich, weder mich noch andre zu täuschen, wenn ich sage, wir haben uns beide sehr lieb.« – »Ich habe ihn gleich so liebgewonnen, seit ich ihn zuerst in der Bibliothek traf. Er saß am Fenster und las im ›Kaufmann von Venedig‹ von Shakespeare, ein Stück, was mich damals verkehrterweise nicht so ansprach wie die übrigen Werke dieses Riesen; denn«, fuhr er kindlich lachend fort, »ich muß leider immer eine kurze Weile die Livree der Zeit tragen, und so glänzte ich damals in der wildromantischen, donnergrau mit Schlangen und Dämonen gestickt; ich mag mich herrlich ausgenommen haben!«

Er blickte vergnügt umher und in das verlegne Gesicht der Frau von Brenkfeld, die durchaus keine Antwort hierauf wußte, er nickte dann freundlich und sagte: »Ja gewiß, meine gnädige Frau, in N. ist einmal eine Staatslivree gewesen, da legten die Leute den Kopf beiseite, zogen herdeweis in die Wälder und suchten statt der Pilze Offenbarungen aus der Geisterwelt, da bin ich mit beigewesen, und deshalb stand mir auch der ›Kaufmann von Venedig‹ nicht an, da gibt's nicht den mindesten Schauer. Ich machte mich also an den Lesenden und wollte recht mit meinem Urteile glänzen, aber ein spanisches Sprichwort sagt: Mancher geht aus zu scheren und kommt selber kahl wieder; nun sagen Sie mir, meine beste gnädige Frau, wie kann man bei sonst unbestechlichem Verstande von Zeit zu Zeit so komplett irrsinnig sein?«

Karl suchte sich mit Lachen auszuhelfen und sagte: »Steinheim schreibt recht fleißig von Ihnen. »Wissen Sie auch, wie ich heiße?« sagte die Frau von Brenkfeld in Verlegenheit, das Ungehörige ihrer Frage nicht bedenkend. Der Fremde ward rot und sagte: »Sie meinen, gnädige Frau?« Dann sah er nieder und sagte mit bescheidener Stimme: »Feiern Sie nicht Ihr Namensfest am 19. November?« – »Ganz recht«, versetzte Frau von Brenkfeld, »ich heiße Elisabeth.« – »Die drei Fräulein«, fuhr der Graf fort, »werden sich Fräulein Therese und Marie nennen. Der Name der dritten ist nur schwer zu behalten, und ich fürchte, ihn zu verfehlen; es muß beinah wie Lidwina oder Ledwina klingen.« – »Völlig wie das letztere«, sagte die Mutter und blickte auf Ledwina, und der Graf neigte lächelnd und freundlich gegen sie, die es jedoch nicht bemerkte, da sie eben an die Freude Theresens dachte, der sie so gern diesen milden Öl in die, wie sie meinte, noch wogende See gegönnt hätte.

»Können Sie mir nicht sagen«, sagte Karl, »wann Steinheim hierher kommen wird?« – »Gewiß so bald wie möglich«, versetzte der Graf mit einem langen, sprechenden Blicke. Karl zog die Lippen und sagte: »Ich habe eine kleine Reise vor, so möchten wir uns verfehlen, aber ich schiebe oder gebe sie auf, nachdem es fällt.« – »Eine Reise, wohin?« fragte Ledwina verwundert, und Karl versetzte kurz und verdrießlich: »Auf den Harz vielleicht«, und dann zum Grafen: »Wir hofften Sie zugleich hier zu sehn.« Der Graf sagte freundlich, indem er die schwarzen Locken aus der breiten Stirne schüttelte: »Sehn Sie, wie gut Steinheim es mit mir meint; aber ich muß selbst wissen, was ich wagen darf. Wenn Sie mir nun den Stuhl vor die Tür gesetzt hätten –« Die Frau von Brenkfeld wollte höflich einfallen, aber der Graf fuhr fort: »Mir ist eine liebe Freude verdorben: ich wollte meine Schwester zu ihrem Geburtstage überraschen; daher der unglückliche Gedanke, die schöne Nacht zu Hülfe zu nehmen.« Dann wurde er plötzlich finster, stand auf und ging hinaus.

»Wie gefällt dir der?« sagte Frau von Brenkfeld, wie aus tiefer Beklemmung aufschauend, zu Ledwina. Diese schüttelte seltsam lächelnd das Haupt und sagte: »Ich weiß noch nicht, aber ganz eigen.« – »Er hat etwas Kindisches«, fiel Karl ein, »aber das bringt seine Krankheit mit sich.« – »Ist er krank?« sprach Ledwina gespannt, »er sieht ja ganz frisch aus, beinah zu frisch.« – »Ach Gott, was wollte er frisch aussehn«, versetzte Karl, »es hat mich recht erschreckt, wie ich ihn sah. Bei meinem Aufenthalt zu Göttingen war er immer leichenblaß; er hat deshalb lange Pallidus geheißen, bis die Sache sich endlich nicht mehr für den Scherz eignete, aber jetzt –« Karl schwieg ernst und fuhr dann fort: »Ich denke, wie wir einmal einen guten Commerce in Ulrichs Garten hatten und, da mehrere aus uns Sträuße wilder Blumen im Gehn pflückten, einer endlich die Frage aufwarf, was eigentlich die sogenannte Totenblume sei, da viele die dunkelrote Klatschrose, andere den hellroten Widerstorz und noch andre nur gelbe, hohe Blumen so nennen; wie er da so wehmütig sagte: ›Mir scheint die hellrote diesen Namen vor allen zu verdienen, das Hellrot ist doch die rechte Totenfarbe. Lieber Gott, wie schön können die Totenblumen blühen, so kurz vor dem Abfallen!‹ Dann blieb er zurück und war den ganzen Abend still, denn sein Vater hat mit der schönen, geistreichen Mutter, gegen den Willen aller Verwandten, die Auszehrung in die Familie geschleppt.«

»Das finde ich wahrhaft schlecht, du wählst harte Ausdrücke, Karl«, sagte Therese, die seit den letzten Minuten wieder gegenwärtig war, »es ist wahrhaft genug Schlechtes in der Welt, man brauch mit dem Worte nicht so zu wuchern.« Karl sagte beleidigt und deshalb kalt: »Vielleicht kann ich es nach seiner Persönlichkeit auch verrückt nennen; ich müßte dann annehmen, daß er in einer fixen Idee sie für gesund hielt. Mich mindestens würde die heftigste Leidenschaft nicht verleiten, mein ganzes Geschlecht wissentlich zu vergiften.« Therese, die Hollberg aus begreiflichen Gründen sehr wohlwollte, sagte diesmal rasch und ganz unüberlegt: »Wenn er aber nun außerdem gar nicht lieben und deshalb auch nicht heiraten kann?« Karl blieb stehen, sah sie spöttisch an, klopfte dann mit dem Finger sacht an ihre Stirn und sagte mit Nachdruck: »O, du blinde Welt, wie stolperst du im Dunkeln!« Therese bog die Stirn unwillig zurück, aber sie sagte nichts, denn es ärgerte sie unglaublich, grade jetzt etwas Albernes gesagt zu haben, noch mehr Ledwina, die im Grunde die Schwester nicht allein an Herz und Gemüt reicher, sondern auch in ihrer klaren Umsicht im ganzen für klüger hielt als den kenntnisreichen, kräftigen, aber in seinem oft übertriebenen Selbstgefühl beschränkten Bruder. »Dem sei, wie ihm wolle«, fuhr Karl ernst fort, »genug, die ganze Familie ist vor lauter Geist und Schwächlichkeit ausgebrannt wie ein Meteor, bis auf ihn und eine Schwester, denen die Totenblumen auch bereits auf den Wangen stehn. Der arme Junge hat feine Bemerkungen genug machen können. Ihm ist der Tod schon oft recht hart ans Herz gefallen, und jetzt sitzt er ihm gar mittendrin.«

Es pochte an die Tür, und ein Ackerknecht trat auf den Socken herein. »Ihr Gnaden«, hub er an, »der fremde Herr frägt nach Leuten im Dorfe, die ihm für Geld und gute Worte den Klemens suchen sollen. Wenn das so sein soll, dann muß das geschehn, aber finden tun sie ihn nicht, das Wasser ist zu lang, der mag schon wohl zehn Stunden weit sein.« – »Ich will mit dem fremden Herrn sprechen«, sagte die Frau von Brenkfeld, »geht nur«, und wie der Knecht hinaus war, sah sie ihre Kinder schweigend an und sagte dann: »Die entsetzliche Unruhe! Ich glaube, wir vertragen uns nicht lange.« Dann ging sie hinaus, dem Grafen Vorstellungen zu machen.

Karl sah ihr nach und sagte dann peinlich lachend: »Es freut mich nur, daß dieser Aufenthalt nicht mir gilt, ich habe das alles gefürchtet. Hollberg ist doch sein ganzes Leben verwöhnt worden. Es waren wohl unsrer viere, denen er gefiel. Wir hatten uns vorgenommen, einen ordentlichen flotten Suitier aus ihm zu machen. Er gab sich auch recht gut zu allem, aber mitten im besten Commerce konnte ihn plötzlich etwas meistens ganz Unbedeutendes so tief und seltsam ergreifen, daß er uns die ganze Lust verdarb mit seiner wunderlichen Stimmung; das ist zuweilen interessant, aber immer ungeheuer unbequem, zudem konnte er nie einen rechten Begriff vom Studentenleben fassen und blieb bei Zusammenkünften fein wie unter Philistern, bei Ehrenpunkten arglos und zutraulich wie unter Brüdern und hätte können die ärgsten Händel haben, aber jeder kannte und schonte ihn.« – »So ward er wohl sehr geliebt?« fragte Therese. »O doch«, versetzte Karl, indem er seinen verlegten Tabaksbeutel in der Stube umsonst suchte, »zudem ist zugleich arglos und nobel sein wohl der sicherste Weg zu allgemeiner Berücksichtigung, es gibt so etwas Prinzenhaftes.«

Therese wandte sich zu Ledwine: »Es ist doch etwas Eigenes um das angeborene Vornehme.« – »Es darf viel wagen«, versetzte Ledwina, »solange es nur an äußeren Formen, die das innre Ehrgefühl gar nicht nennt, und auch die nur arglos verletzt.« – »Jawohl«, sagte Therese, »dann ist es mir aber auch lieber als Schönheit; – nicht allein beim Manne«, fuhr sie freundlich sinnend fort, »auch für mich selber würde es meine Wahl treffen.« – »O, freilich«, versetzte Ledwina, und Karl, der wieder zu ihnen trat, sagte: »Ich möchte mich indessen nicht so berücksichtigt sehen; es erinnert doch immer etwas an die Achtung für die Frauen.« Therese sah unwillig auf; dann begann sie erst leise, dann immer herzlicher zu lachen. »Es ist doch häßlich«, sagte sie, sich vergebens zu bezwingen suchend, »daß man so albern lachen muß.«

Die Mutter trat mit dem Grafen herein. »Sie sehn das wohl ein«, sagte sie eben. – »Ganz gewiß«, versetzte derselbe und sah glühend um sich, »die gnädige Frau haben zu befehlen, es ist mir nur um der Mutter willen.« – »Die Mutter«, sagte Frau von Brenkfeld, »wird den Anblick der Leiche nach einigen Tagen vielleicht besser ertragen wie jetzt, wenigstens hoffe ich es.« – »Ich glaube es nicht«, erwiderte der Graf bewegt, »sie kann sich nicht trösten, sie hat ja nichts gehabt wie den Sohn.« Frau von Brenkfeld sprach ernst: »Sie irren; wir alle dürfen nicht bestimmen, wieviel ein wahrhaft christliches und starkes Gemüt aus den niedern Ständen, vor allem eine Frau, zu tragen vermag, so wenig wir die ununterbrochne Kette von Sorgen und Entsagungen ahnden, aus denen ihr Leben fast immer besteht; glauben Sie mir, was man so sieht, ist nichts.« Der Graf hob das brennende Antlitz und sagte: »Wie, meine gnädige Frau? Ach, verzeihn Sie!« Er schwieg ein'ge Sekunden wie betrübt, dann fuhr er fort: »Denken Sie, wie ihn das Wasser zurichten wird. Die alte Frau geht gewiß immer an den Strom, bis er ihn ausgespien hat, und dann kennt sie ihn nicht.« Er stand hastig auf, sagte nochmals »Verzeihn Sie« und ging hinaus.

Die Frau von Brenkfeld sah ihm verwundert nach und sagte dann: »Ist das Krankheit oder Eigensinn?« – »Beides«, entgegnete Karl phlegmatisch, und so ging das Gespräch fort zwischen Menschen, die man gut nennen mußte, in scharfen Strichen, oft ungerecht, immer verfehlt, über ein Gemüt, das man nicht leise genug hätte berühren können und das bei der durchsichtigsten Klarheit dennoch an ewig mißverstandenen Gefühlen verglühen mußte.

Frau von Brenkfeld sagte eben: »Ich sehe täglich mehr ein, wie dankbar ich Gott dafür sein muß, daß ich zwischen sieben Schwestern geboren bin, und zwar so recht mitten in, weder die älteste noch die jüngeste«, als Marie angstvoll hereineilend rief: »O Mutter, der Graf sitzt auf den Altan und ist schneeweiß.« – »Mein Gott«, sagte Frau von Brenkfeld, »sollte ihm unwohl werden?« – »Jawohl«, versetzte Marie, »er hat den Kopf auf den steinernen Tisch gelegt und sah mich gar nicht.«

Man eilte hinaus, der Graf wollte noch mit einigen mühsamen, verwirrten Worten seine offenbare Schwäche verleugnen, aber die Sinne schienen ihn immer mehr zu verlassen, und bald ließ er sich geduldig und unter Anstrengung seiner letzten Besinnung, noch etwas Beruhigendes zu sagen, zu seiner Stube mehr tragen als führen. Nach einer halben Stunde zeigte sich entschieden ein heftiges Fieber, und der Vormittag verging unter angstvoller Erwartung des Hausarztes, nach dem man sofort geschickt hatte.

»Was sagen Sie zu dem Kranken?« fragte Frau von Brenkfeld den wieder Hereintretenden. Der Doktor Toppmann langte langsam seinen Hut vom Spiegeltische neben den Blumentöpfen, und putzte bedächtlich ein wenig Blütenstaub mit dem Ärmel herab. Dazu sagte er: »Nicht viel; ich kenne seine Konstitution zu wenig, und ich kann nicht mit ihm sprechen, da er ganz irre ist.« – »Mein Gott, seit wann?« rief Frau von Brenkfeld; »davon weiß ich ja nichts.« – »Es soll auch früher nicht gewesen sein«, entgegnete der Doktor, »erst seit er jetzt erwacht ist.« – »Das ist ja höchst traurig«, versetzte Frau von Brenkfeld heftig, »er wird doch, um Gottes willen, nicht gar sterben können?« Der Doktor Toppmann schnitt seine seltsamsten Gesichter und sagte: »Wir können alle sterben; übrigens muß man so etwas nicht eher denken, bis das Gegenteil unmöglich ist.« – »Keineswegs«, fiel Therese ein, »ich bitte sehr, täuschen Sie uns hierin nicht.« Toppmann kniff das linke Auge zu und fragte: »Warum denn das?« – »Man ist doch sorgsamer«, versetzte Therese; »man weiß doch auf jeden Fall, was man zu tun hat.« – »Was hat man denn zu tun?« fragte Toppmann. »Ach Gott« entgegnete Therese, »wir haben noch tausend andre Gründe, bleiben Sie doch bei der Sache!« Toppmann schwieg ein Weilchen, dann sagte er ernst und zu allen Anwesenden gewandt: »Ich weiß, Sie werden nichts versäumen, was in Ihren Kräften und Wissen steht; deshalb halten Sie die Stube kühl, aber vor allem ohne Zugwind, und sorgen Sie ja, daß die Arznei ordentlich genommen wird; auch darf der Patient vorerst nicht allein gelassen werden. Morgen früh komme ich wieder, wenn nichts Besonderes früherhin vorfällt.« Er machte eine Verbeugung und wollte fortgehn, dann wandte er sich um und sagte: »Notabene, nähern Sie sich ihm nicht mehr als unumgänglich nötig, die Sache könnte leicht nervös sein.« Er verbeugte sich nochmals und ging hinaus.

Karl sagte: »Ich glaube, ich kann mich gelegentlich noch jedes Worts erinnern, was ich den Toppmann mein lebelang habe reden hören, das macht das unvergeßliche Mienenspiel, dem die Worte wie angegossen sind, oder vielmehr umgekehrt.« – »Er redet wohl auch überall sehr wenig«, versetzte die Mutter, »heute war er nach seiner Art recht los.« – »Therese hat ihn auch ehrlich geschraubt«, entgegnete Karl und sah nach Theresen, die eben mit den Zeichen der äußersten Unruhe das Zimmer verließ. Karl fuhr fort: »Ich habe mir mal eine Sammlung von den verschiedenen Abarten seines Grundgesichts machen wollen, vorzeiten, eh ich nach Göttingen ging, und machte deshalb einen Strich auf ein dazu bestimmtes Papier, sooft ich etwas Neues zu entdecken glaubte, verwirrte mich jedoch dermaßen, daß ich es nur bis auf etwa vierzig bringen konnte, und ich muß gestehn, daß dies scharfe Merken auf allerhand Verzerrungen in Phantasie und Wirklichkeit, dem ich mich hiedurch nach und nach mit wahrer Leidenschaft ergab, mir endlich anfing eine Schwäche und solche dumpfe Zerstreutheit zuzuziehn, daß ich dies für eine der gefährlichsten Beschäftigungen halte. Ich begreife nur nicht, wie die Karikaturmaler vor dem Tollhause vorbeikommen.«

»Es ist eine alte Erfahrung«, versetzte Frau von Brenkfeld, »daß dergleichen Künstler, die Satiriker in Literatur und Leben und die berühmtesten Buffonen der Theater mit eingerechnet, gewöhnlich mindestens sehr hypochondrisch sind.«

Ledwina hatte sich unter diesen Gesprächen leise hinaus und ins Freie geschlichen, um einen sie überwältigenden so körperlichen als geistigen Druck zu verhehlen, vielleicht zu lindern. Es zog sie gewaltsam zu dem Ufer des Flusses, als sei noch etwas zu retten, und tausend wunderbare Möglichkeiten, die nur für sie so heißen konnten, tanzten in greulichen Bildern um ihr brennendes Haupt. Bald sah sie den Verlornen, wie ein Dornstrauch das blasse Gesicht noch an einem Teile seines Haares über dem Wasser erhielt, während der andere vom Haupte gerissen an den schwankenden Zweigen des Strauchs wehte; seine blutenden Glieder wurden in grausamem Takte von den Wellen an das steinichte Ufer geschleudert. Er lebte noch, aber seine Kräfte waren hin, und er mußte harren in gräßlicher Todesangst, bis der Wellenstoß das letzte Haar zerrissen. Bald ein anderes gleich gräßliches und angstvolles Gesicht. Sie schmiegte sich leise an der Mauer her unter dem Fenster, wo ihre Mutter saß, aber die sah weder auf noch um sich, sondern redete rasch und angelegentlich mit Karln über allerhand Dinge, die ihr durchaus gleichgültig waren, um die Verstimmung zu verbergen, die sich ihrer seit der Ankunft des Grafen unwiderstehlich bemächtigt hatte und durch den Bericht des Arztes auf einen Grad gestiegen war, den sie selber als Unrecht fühlen mußte. Der arme Klemens war gewiß der Grund dessen, was in dieser Stimmung von wahrem Kummer lag; außerdem gehörte zu der festen Ordnung ihres Hauses eine übertriebne Angst und fast kindisches Hüten vor aller Ansteckung, und in der Frau von Brenkfeld nahm demnach eine leise Abneigung und feststehende Ungerechtigkeit gegen den Grafen Platz, der ihr zu aller Sorge und Not ihr reines Haus zu verpesten drohte, und auf den sein freilich schuldloser Anteil am Tode des guten Burschen schon gleich einen leisen Schatten geworfen hatte, den sie damals nicht in seinem Grunde oder überhaupt nicht genug fühlte, um ihn zu verwischen. Sie war jedoch auch jetzt billig genug, etwas Ungerechtes in sich zu beachten, und hätte nach ihrer tiefen, verborgenen Güte jetzt um keinen Preis über ihn urteilen oder auch nur von ihm reden mögen. Mit Karln stand es ebenso, nur aus andren Gründen, und es hätte für einen Beobachter höchst unterhaltend sein müssen, ein beiden Teilen so völlig langweiliges Zwiegespräch dennoch mit so großer Lebhaftigkeit und oft so anziehenden Bemerkungen sich bewegen zu hören.

Eine Kutsche rasselte über die Zugbrücke, und sechs langgespannte Goldfüchse trabten auf den Vorhof.

»Bendraets!« sagte Karl. »Ich desertiere«, versetzte seine Mutter, über und über rot vor Unmut, und ging, diese jederzeit unwillkommenen Gäste zu empfangen. Die beiden kleinen geschminkten Fräulein waren schon am Arme des langen Referendarius, wie der junge semper freundliche Herr von Türk überall in der Gegend genannt wurde, ins Haus gestrichen, um, wie sie sich ausdrückten, Ledwinchen und Thereschen ein bißchen mobil zu machen, als ihre Mutter, langsam aus dem Wagen steigend, den Gruß der Frau von Brenkfeld erwiderte.

Die Frauen nahmen den Sofa ein, und das Auge der Hausfrau ruhte immer gemilderter auf den welken, wehmütigen Zügen der Nachbarin, die auf ihre Nachfrage mit verlegener Leichtigkeit erzählte, daß ihr Mann und ihre Söhne zu einer kleinen Jagdpartie nebst dem jungen Warneck ausgezogen, jedoch gegen Mittag in diese Gegend kommen und alsdann vorsprechen würden. Mitleiden mit der immer Gedrückten ließ die Frau von Brenkfeld sehr gütig antworten, und ein sanftes, leises Gespräch begann zwischen den beiden Frauen, die sich so gern gegenseitig getraut hätten und es doch nie konnten, da vielfach drückende Familienverhältnisse eine gute arglose Seele zwingen, ihr Heil in der Intrige zu suchen. Die Rede fiel auf den Baron Warneck, den seit einigen Monaten von mehrjährigen Reisen zurückgekehrten Besitzer der benachbarten Güter.

»Es ist ein Mann von vielem Verstande«, sagte die Frau von Brenkfeld. »Gewiß, von ganz vorzüglichen Gaben«, versetzte die Bendraet, »und sehr brav.« – »Meinst du damit mutig oder rechtlich?« – »Eigentlich das letztere«, lächelte die Bendraet, »doch glaube ich es in beidem Sinne.« – »Wir kennen ihn wenig«, versetzte die Brenkfeld, »doch denke ich gern alles Gute von ihm. Mein Karl ist neulich herübergeritten wegen kleiner Jagdverstöße und rühmt seine Billigkeit und nachbarlichen Sinn. Die Besitzer von Schnellenfort sind immer sehr interessant für uns; unsre beiderseitigen Besitzungen und Rechte durchkreuzen sich auf eine unangenehme Weise. Gott gebe ihm eine gute friedliche Frau«, fügte sie bedeutend hinzu. »Was meinst du«, sagte die Bendraet fixierend, »man spricht von der Claudine Triest.« – »So?« versetzte Frau von Brenkfeld lächelnd, »ich denke, man spricht von der Julie Bendraet.« – »Er hat uns doch keinen Grund gegeben, das zu glauben«, versetzte die Bendraet errötend, »im Gegenteil scheint er eher eine kleine Vorliebe für Elisen zu verraten, aber auf jeden Fall« – sie stockte und faßte die Hand der Freundin – »es ist eigentlich lächerlich, in solchen Dingen abzusprechen, eh man um seine Meinung gefragt wird, aber in jedem Falle würde sich Elise auch schwerlich für Warneck bestimmen. Der Baron hat sich zu gern und viel herumgetrieben, um je ruhig zu werden. Er muß eine lebhafte und lebenslustige Frau haben, die die Mühe und die Begeisterung seiner Liebhabereien mit ihm teilt. Das wär' nichts für mein Hausmütterchen. Der gebe Gott«, fügte sie weich hinzu, »ein stilles, häusliches Los, wo sie es nicht empfindet, daß sie weniger hübsch und lebhaft ist als Julie.« Frau von Brenkfeld drückte sanft die Hand der Redenden, und diese fuhr lebhafter fort: »Aber daß ich dir mit gleicher Münze bezahle, den guten Türk habe ich wohl recht glücklich mit der kleinen Tour hieher gemacht. Sein volles Herz ergießt sich täglich in den schönsten Gedichten zu Ehren Ledwinens.« – »So, dichtet der?« lachte die Brenkfeld. »O doch«, versetzte die Frau von Bendraet, »sehr artig, und ich glaube wirklich, er zieht jetzt auf der Freite umher.« – »Aber für Ledwinen paßt er nicht; die ist zu sanft für ihn. Solange Türk nicht besser zu leben hat, paßt er für keine seinesgleichen.« – »Er hat doch ein Gut«, sagte Frau von Bendraet. »Ach liebes Kind, nenne es doch lieber einen Bauernhof. Die kleinen ritterlichen Freiheiten werden es nicht sehr verbessern.« – »Er wird gut angestellt werden«, sagte die Nachbarin. »Wir wollen es hoffen, aber er hat noch Zeit bis dahin, der Referendariusposten ist noch nicht bedeutend.« Die Bendraet errötete sehr und sprach: »Er ist munter und artig, er kann gefallen. Soll denn eine Mutter ihrer Kinder Glück und

Fortkommen verhindern und der Familie ein Haus voll unversorgter Töchter hinterlassen? – zwar«, unterbrach sie sich, »deine Töchter sind präbendiert, allein den Vorteil hat nicht jede Familie.« – »Auch in dem entgegengesetzten Falle«, versetzte die Brenkfeld, »ist der Entschluß, eine Tochter zu unterhalten, besser, als die Wahrscheinlichkeit, dereinst auf mehrere Generationen an den trostlosen Umständen ihrer Nachkommen vergebens zu flicken. Sie ist ja auch nicht gesund«, sagte die Frau von Brenkfeld mit kämpfendem Tone. »O doch«, versetzte die Bendraet rasch und ängstlich; »ich denke, sie bessert sich sehr und sieht viel wohler aus.«

Beide schwiegen eine kleine Weile, dann sagte die Frau von Brenkfeld: »Du hast sie ja kürzlich nicht gesehn.« – »Ich habe es aber gehört«, versetzte die Bendraet, »von dem schwarzen Musikmeister zu Erlenburg; der sagte neulich, sie sähe schöner und wohler aus wie je.« – »So, der Wildmeister?« sagte die Frau von Brenkfeld und ward noch trüber; dann fuhr sie rasch und gefaßt fort.

Der lange Referendarius und Julie unterbrachen dieses Gespräch. Der Lange erzählte, Fräulein Therese sei so eifrig am Kochen und Braten für den Unglücklichen, daß ihr keine Rede abzugewinnen gewesen sei, und Fräulein Elise habe der Freundin ihre schönen Pflichten erleichtern wollen und sei deshalb bei ihr zurückgeblieben.

Die Frau von Brenkfeld erzählte jetzt die Geschichte der vorigen Nacht. Die Bendraet wunderte sich, daß sie ihrer noch nicht erwähnt.

»Ich unterhalte meine Gäste nicht gern mit unangenehmen Dingen«, versetzte die Hausfrau. »Herr von Türk«, rief Julie von Theresens Stickrahmen, bei dem sie sich gesetzt, »Sie müssen der Frau von Brenkfeld Fehde ankündigen, sie nennt einen jungen schönen Mann ein unangenehmes Ding.« Frau von Brenkfeld sah ernst aus, und Türk wußte sich nicht zu nehmen. »Verdirb nur nichts, liebes Kind«, rief die Mutter. »Gott bewahre«, versetzte Julie, »ich werde mich nicht daran wagen.«

Nun stand sie auf und begann, den armen Türk mit oft

fadem, oft treffendem Witze aufs unbarmherzigste zu schrauben, wobei sie öfters auf leichtsinnig unehrerbietige Art die beiden Frauen hineinzog und dadurch den Langen, der es gern mit der ganzen Welt gut stehen hatte, sehr ängstigte.

Therese stand indes wie auf Kohlen vor der Tür des Kranken, dem sie eben ein Glas Limonade hineingesandt, und suchte leise mit den besten Worten Elisen fortzubringen, die von einer Türritze zur andren trat, um eine Ansicht des Fremden zu erlauschen.

»Elise«, sagte Therese, »der Bediente wird heraustreten und dir die Tür vor die Stirn stoßen.« – »Ich bitte dich«, flüsterte Elise, »suche einen Vorwand, mich hereinzubringen.« – »Mein Gott, wie kann es dergleichen Vorwand geben«, versetzte Therese und vertröstete sie auf Karln, der drinnen sei und ihr alles erzählen solle.

Nun wollte Elise aufpassen, wann Karl herauskomme. Therese ward ungeduldig und ließ Karln durch einen Bedienten herausrufen. Er erschien verstimmt und eilig, grüßte Elisen flüchtig, gab schnellen, kurzen Bericht und trat in das Krankenzimmer zurück. Elise schien beleidigt oder verlegen, verließ die Tür mit Theresen, und sie gingen zur Gesellschaft.

Elise setzte sich sogleich an Theresens Stickrahmen und arbeitete eifrig. Türk machte ihr die schuldigen Komplimente über ihren Fleiß und mußte für jedes eine Spötterei von Julien einstecken. So verging der Morgen. Man vermißte plötzlich Ledwinen und tröstete sich, da man wußte, sie sei spazieren. »Unsre Herrn bleiben aus«, sagte die Frau von Bendraet eben, da rief Marie: »Sieh, Mutter, ein Reuter!« – »Das ist mein Mann«, sagte die Bendraet. »Und noch einer«, rief Marie, »und noch einer«, sagte sie mit Nachdruck. »Es wird noch einer kommen, liebes Kind«, sagte die Bendraet und wandte sich entschuldigend zur Hausfrau.

Die Ankommenden stiegen von den Pferden. Herr von Bendraet küßte der Hausdame mit vielen höflichen Reden die Hand. Baron Warneck brachte noch auf dem Hofe etwas an seinen Stiefeln in Ordnung, wobei Junker Klemens Bendraet nicht unterließ, ihm die Sporen unter die Sohlen zu drehen.

»Mach kein dummes Zeug«, sagte sein Bruder, aber Warneck lachte, brachte alles in Ordnung, und man trat ein. Jagdgeschichten und Politik kamen zur Sprache, und der Mittag war da, ersehnt und doch unerwartet.

Therese hatte schon die Tür des Speisesaals, in dem die Gesellschaft bereits die englischen Kupferstiche an den Wänden musterte, geöffnet, als sie umschaute, weil sie Ledwinens Tritte auf der Treppe vernahm. Sie wollte hastig umkehren, denn glühend und erschöpft ließ sich soeben die Schwester auf eine der Stufen nieder, aber jene winkte rasch bittend mit der Hand, und Therese trat in die geöffnete Tür. Nicht lange, so erschien auch Ledwina, und man setzte sich zu Tisch. Elise wollte sich durchaus neben Ledwinchen setzen, aber Therese zog sie zu sich hinüber.

»Du sollst mir vorlegen helfen«, sagte sie, und dies war Elisen auch sehr recht.

Tischgespräche begannen und stockten wieder. Herr von Bendraet sprach von einer Reise, die er vorhabe.

»Wenn ich einmal das große Los gewinne«, rief Julie, »so will ich immer reisen; ich kann mir kein größeres Glück denken.« – »Ich glaube«, versetzte Elise, »daß das gar zu viele Reisen Frauenzimmern nicht gut tut und sie unstet und unzufrieden im Hause macht; ich will lieber zu Hause bleiben und lasse mir andrer Leute Reisen erzählen. Ach, wie schön hat uns Baron Warneck nicht gestern unterhalten! Sie müssen auch vieles erzählen können, Herr von Brenkfeld.« – »Hat Ihnen Warneck öfters erzählt?« fragte Karl. »Ich mag nicht daran denken, wie oft wir oder eigentlich ich den Herrn von Warneck schon belästigt haben. Wirklich, je weniger ich selbst zu sehn hoffe und wünsche, je weniger kann ich mir den Ersatz einer lebhaften Beschreibung versagen.« – »Der Warneck ist ein gequälter Mann«, lachte Julie, »ich fürchte immer, er bleibt noch ganz fort, denn was der für Anfechtungen von der Elise zu erleiden hat!«

Elise sah scharf aus, und Karl sagte: »Wenn Ihnen Warneck

viel erzählt hat, so sind meine kleinen Erfahrungen brodlos; denn er hat dieselben Gegenden beachtet und durchsucht, die nur an mir vorübergeflogen sind wie in der Laterna magica.«

Er neigte sich zu Warneck, der aus dem Gespräche mit Louis Bendraet auflauschte, da er seinen Namen nennen hörte. »Ich sage, Sie haben nicht nur viel mehreres, sondern auch alles jene gesehn, wovon ich erzählen könnte.« – »Auf die Weise«, versetzte Warneck, »würden uns die vielen Reisebeschreibungen eben von jenen Gegenden gewiß nichts übriggelassen haben. Es sind die verschiedenartigen Ansichten und Empfindungen, die kleinen Unfälle und Begebenheiten der Reise, die eine Reiseerzählung aus dem hundertsten Munde so merkwürdig machen wie aus dem zweiten, und zudem in der Schweiz, wo die ergreifendsten Naturbilder so gemein wie das tägliche Brod sind; wer kann da glauben, alles gesehn zu haben? Gesetzt, ich habe den Schaffhauser Wasserfall in der Sonne schimmern gesehn, Sie aber sahn ihn beim Sturm oder im Nebel, welches verschiedenartige und doch gleich wunderbare Schauspiel! Und von den herrlichen Schluchten und Höhlen hab' ich nur wenig gesehn, da ich sehr zum Schwindel geneigt bin.« – »In den Höhlen bin ich tüchtig umhergestiegen«, sagte Karl. »Es muß ein seltsam angenehmes Gefühl sein«, fiel Louis Bendraet ein, »so in voller Lebenskraft unter der Erde zu wandeln, wie begraben, in dem feuchten, modrichten Gesteine. Ich möchte es mitmachen.« – »Du bist mir der rechte Held«, rief sein Bruder, »willst halsbrechende Klettereien unternehmen und bist so schwindlicht wie eine Eule; ich müßte dich wie eine Kuh am Stricke führen und nötigenfalls über die Schulter hängen.« – »Was meinst du, Louis«, lachte Warneck, »das würde doch unpoetisch aussehn, und zudem bedenk mal die Höhlenfrauen und Bergmännchen und Erdmännchen und die Gnomen, die den Leuten einen Buckel anzaubern. Ich fürchte, das würde keinen guten Effekt in deiner Figur machen.«

Man lachte, Türk und Louis mit.

»Einmal«, sagte Karl, »hätte ich doch beinahe geglaubt, ein

Höhlengespenst zu sehn. Wir waren zu sechsen in eine Kluft am *** gestiegen. Die beiden Briehls, die beiden Herdrings, Rolling und ich. Die übrigen hatten sich müde gelaufen und lagen in einer schäbichten Bergkneipe. Der Eingang war niedrig und schmal, und sehr hoher Schwarzwald machte ihn noch dunkler. Wir waren kaum einige Schritte gegangen, als wir in dichter Finsternis standen. Unser Führer wollte also die mitgebrachten Fackeln anzünden. Das zögerte etwas.« – »Das war Unvorsichtigkeit von dem guten Mann«, rief Klemens Bendraet dazwischen, »das hätte er vor der Höhle tun sollen.« Seine Mutter winkte ihm unwillig, und Karl fuhr fort: »Ich habe zu sagen vergessen, daß es etwas regnete; also, indem der Mann sich mit Feuerschlagen quält, höre ich durch das Rufen meiner Begleiter, die den Schall versuchten, etwas über den Boden rutschen, und plötzlich schlingt es sich um die Knie und grunzt und zupft mir an den Kleidern und sucht mich niederzureißen. Ich gesteh', daß ich zusammenschauderte. ›Guter Freund‹, rief ich, ›macht, daß Ihr Licht bekommt! Hier ist etwas, aber ich will es halten.‹ Dabei griff ich nach nieder in einen struppichten Haarbusch oder Pelz, ich wußte nicht, was. Da fing es an zu grunzen und um sich zu schlagen und brummte: ›Ich rufe den Apostel Petrus.‹ – ›Wie, bist du da?‹ rief unser Führer; ›sein Sie nicht furchtsam, meine Herren, das ist nur so ein armes Blut, der tut Ihnen nichts.‹

Indem brannte die Fackel an, und ich erblickte einen zerlumpten, abgezehrten Kerl von etwa vierzig Jahren, der vor mir auf den Knien lag und mich fest umklammert hatte. Ich hielt sein Haupt am Haar zurückgebogen, und das ockergelbe, entstellte Gesicht starrte mich grunzend an. Der Führer sagte: ›Sei doch ruhig, Seppi, das sind ja die lieben Apostel‹; dann zeigte er auf den jüngsten Herdring mit den langen Locken und sagte: ›Sieh, das ist Marie Magdalene.‹ Der arme Kerl ließ mich gleich los und kroch bis in einen Winkel der Höhle, wo, wie wir nun sahn, etwas Stroh lag. Der Führer entschuldigte sich nachher, daß er uns nicht von diesem Wahnsinnigen gesagt. Er hielt sich für den Engel Gabriel und diese Höhle für das Grab Christi, das er bewache; er ließ niemand hinein als die Apostel und heiligen Frauen; dafür könnte sich aber jeder ausgeben. Er war krank gewesen, und unser Wirt hatte ihn noch nicht wieder in der Höhle geglaubt.«

»Der arme Kerl hatte eine höllisch langweilige Arbeit«, sagte Klemens.

»Dabei«, sagte Karl, »glaubte er als Engel nichts genießen zu dürfen als Kräuter und Früchte – anfangs roh – und was er im Gebirge fand, nachher hatte man ihn unter dieser Rubrik an alle Arten von Gemüse und Obst gewöhnt, außer Äpfel, die er für die Früchte vom Baum der Erkenntnis hielt, und Erbsen; warum diese nicht, kann ich nicht sagen.«

»Wahrscheinlich«, rief Klemens, »um der unschuldigen Erbsenläuse willen, die sich zuweilen drin finden.«

»Gingen Sie auch noch weiter in die Höhle?« sagte Julie.

»Ja, Fräulein«, versetzte Karl, »wir schämten uns, umzukehrn, was im Grunde wohl jeder von uns lieber getan hätte, denn wir waren alle erschüttert von dem Anblick des Schrecklichsten, was die Natur hat. Aber wie denn – ich weiß nicht, soll ich gottlob oder leider sagen –, wie sich denn solche traurige Eindrücke, die unser eignes Schicksal nicht berühren, so leicht verwischen, so dachten wir in ein paar Tagen nicht ferner daran, als um den Fritz Herdring ›Marie Magdalene‹ zu nennen, und so blieb von der ganzen greulichen Geschichte nichts übrig als ein fader Scherz.«

Eine kurze Stille entstand. Dann begann Warneck: »Der Wahnsinn ist eine Sache, worüber geistliche und weltliche Gesetze verbieten sollten, nicht gar zu scharf zu grübeln und untersuchen. Ich glaube, daß nichts leichter zur Freigeisterei führt.« – »Ich sollte eher meinen«, fiel Türk ein, »ins Tollhaus.« Warneck versetzte: »Eins von beiden, und sehr leicht beides zugleich.«

Wieder eine Stille, dann sagte Warneck: »Ich habe in dieser Art auch manche greuliche Erfahrung gemacht, aber nichts ist mir lebhafter als das Bild einer alten Frau in Westfalen, die ich in Begleitung eines schon nicht mehr jüngsten, düstern, grämlichen Mädchens an der Tür des Gasthofs, in dem ich wohnte, fand. Die verkümmerte Phisiognomie der Alten, irr, aber ohne eine Spur von Wildheit, machte mein Mitleid rege, und ich hielt mich einen Augenblick bei ihr auf. Sie benagte langsam eine harte, trockne Brodkruste; dann hielt sie wie erschrocken inne, steckte die Finger in den Mund und hielt die Trümmer eines ihr eben ausgefallenen Zahns in ihrer Hand. Nun zog sie ein schmutziges Papier aus der Tasche, wickelte es auf und legte den Zahn zu ein'gen andren alten Stücken von Zähnen. Das Mädchen sagte auf meine Nachfrage, die Base hebe alle ihre Zähne auf, wie sie ihr von nach und nach ausfielen, um – hier zog die Kreatur das Gesicht zum Lachen, mir wurde ganz schlimm dabei – nun also – um, wenn sie dereinst hinkäme, wo Heulen und Zähneklappern sei, sie doch auch nicht immer zu heulen brauche, sondern zuweilen Zähneklappern könne. Mein Wirt sagte mir späterhin, sie sei immer eine sehr brave Frau gewesen, aber da ihr Mann, ein kleiner Krämer, einen einigermaßen verschuldeten Banquerout gemacht und da einige dabei zu Schaden gekommene Familien sie in der ersten Wut mit Verwünschungen überhäuft, sei sie wahnsinnig geworden und meine nun, für den Banquerout verdammt zu sein. Nur im Frühling, wenn die Himmelsschlüssel blühn, sei sie fröhlich und trage Tag und Nacht große Sträuße davon bei sich, weil sie meint, wenn sie in dieser Zeit stürbe, könne sie damit den Himmel aufschließen. Wenn die Blumen anfangen abzunehmen, werde sie immer ängstlicher und suche zuletzt mit der größten Anstrengung nach den letzten Blumen, auch wenn zuletzt die Blütezeit schon vorüber; nachher müsse sie immer lange liegen, so habe sie sich abgequält.«

Warneck schwieg, und ein allgemeines Gespräch über Wahnsinn, menschliche Geisteskräfte usw. entstand und verlor sich bald in andre Gegenstände. –

Der Nachmittag verging unter Spaziergängen, Ballschlagen, Schaukeln und überhaupt dem unruhigsten Umhertreiben. Herr von Bendraet spielte Pikett mit Warneck, und Julie hetzte sich mit Türk, der bald verliebt, bald gänzlich ermattet schien und in den kurzen Zwischenpausen vergebens mit Ledwinen anzuknüpfen suchte.

Elise saß am Rahmen und zeigte ihr einen neuen Stich, den Ledwine sogleich versuchte. »Fräulein Ledwine«, sagte Türk, »können doch alles nachmachen.« – »Und Herr von Türk«, versetzte Julie, »über alles etwas sagen, aber es steht ihm nicht so gut.«

Karl und Louis traten herein und fragten nach Klemens.

»Ich dachte, er sei bei Ihnen«, sagte Elise. »Nicht doch«, entgegnete Karl, »wir sprachen von den Kunstwerken Italiens. Da sagte er, wenn wir die schönen Künste vorreiten wollten, so gehe er zum Henker. Nachher kam er noch einmal wieder, brachte ein paar ausgefallne Gänsefedern und etwas Birkenrinde und bat, unsren schönen Gedanken die Ewigkeit zu schenken. Gleich werde eine Hirtin vorüberwandeln, noch obendrein mit den Attributen der Künste und Weisheit, wir möchten nur gut aufpassen, er wolle indessen mit den Schnitterinnen dort auf dem Felde idyllisieren. Darauf lief er fort.«

»Und ein altes schmutziges Baurenweib schleppte ihren Milcheimer vorüber«, sagte Louis lachend, »der Henker weiß, wie sie aussah. Sie hatte ihren Rock wohl mit zwanzig Lappen von verschiednen Farben dekoriert. Unter den Attributen verstand er wahrscheinlich einen alten verdorrten Gänseflügel, den sie draußen irgendwo aufgelesen hatte.«

»So ist er wohl jetzt auf dem Felde«, sagte Therese.

»Ich habe von der Mauer das ganze Feld übersehn und kann ihn nicht bemerken.«

Das Pikettspiel war geendigt; Bendraet hatte verloren und stand mißmutig auf. Da trat Klemens herein, die blonden Locken verwirrt um das glühende Gesicht.

»Marie Magdalene«, rief Julie, »wo bist du so lange gewesen?« fragte Elise. »In meinem Rocke«, antwortete er. »Aber, mein Gott, wie ist dir, hast du Lust zu lachen oder zu weinen?« – »Ich habe Lust, dir die Haut über die Ohren zu ziehn«, versetzte er noch halb unwirsch und brach nun je mehr und mehr in ein unaufhaltsames Gelächter aus. Er rettete sich in das Fenster zu den übrigen jungen Leuten, redete leise und lebhaft zu ihnen. Die lustige Stimmung nahm auch dort überhand, und man sah, daß er geneckt wurde. Die Schloßuhr schlug fünf. Warneck wollte Abschied nehmen und nach Schnellenfort kehren, aber Frau von Bendraet bat ihn, zuvor mit ihnen zu Abend zu essen.

»Wenn Sie nicht zu Nacht bleiben«, versetzte er. »Es ist doch nur ein halbes Stündchen von Lünden bis Schnellenfort, und der Mond scheint ja hell.« »Sie müssen uns auch noch allerlei erzählen von Ihren Reisen«, fiel Elise ein. »Ach, das meiste wissen Sie«, versetzte Warneck, »doch«, setzte er lachend hinzu, »die merkwürdigste mir auf meinen Reisen vorgekommene Erscheinung habe ich noch nicht erwähnt. Ich habe sie in den südlichsten Gegenden Frankreichs beobachtet, wo sie sich noch seltsamer ausnahm, wie wenn es sich hier fände.« – »Nun?« sagte Julie.

Warneck stockte lächelnd ein Weilchen, dann sagte er: »Eine Frau, die ihrem Manne nie widersprochen hat.« – »Führen sie die Leute nicht an«, sagte Julie getäuscht lachend, und Türk rief: »Hören Sie wohl, Warneck? Fräulein Julie hält Ihre Seltenheit für erdichtet.« – »Ich glaube es auch nicht«, sagte Klemens, »oder hatte ihr der Mann einen Maulkorb angehängt?« – »Nicht viel besser«, sagte Warneck; »sie war taubstumm und zwar von ihrer Geburt an.« – »Und doch verheiratet!« sprach Therese. »Das, mein Fräulein«, versetzte Warneck, »ist eigentlich das Merkwürdige und zugleich Abscheuliche an der Sache. Sie war nicht viel besser als ein Tier, aber sie hatte ein paar hundert Gulden.« – »Das ist ganz recht«, rief Klemens, »es ist unmöglich, sich eine bequemere Frau zu denken.« – »Klemens, Klemens«, sagte Frau von Bendraet, »wie redest du wieder in den Tag hinein!« – »Er hat sich nur verredet, gnädige Frau«, entgegnete Warneck, »sehn Sie nur, wie rot er wird.« Dabei legte er seine Hand an die Wange des jungen Bendraet. Klemens schlug ihm halb verlegen, halb scherzend auf die Finger.

»Übrigens«, hub Karl an, »gibt es in hiesiger Gegend in allem Ernste eine Bäurin, die aus Vorsatz, um mit ihrem

Manne in Frieden zu leben, vierzehn Jahre lang keine Silbe geredet hat.« – »Das ist richtig«, sprach Frau von Brenkfeld, »wir kennen diese Frau sehr wohl. Sie hatte lange und viel durch den zänkischen Geist ihres Mannes gelitten. Auf einmal hört sie auf zu reden; man hält sie erst für aufgebracht, dann für wahnsinnig, dann für stumm. So währt es vierzehn Jahre. Der Mann stirbt. Auf seinem Begräbnistage fängt sie wieder an zu reden und versichert, es werde sie noch in ihrer Todesstunde trösten, ihren Vorsatz durchgehalten zu haben. Sie könne nun ohne Unruhe und Reue an ihren seligen Mann denken, denn seit vierzehn Jahren sei keine Uneinigkeit zwischen ihnen gewesen.« – »Das ist viel«, sagte Warneck. »Lebt die Frau noch?« fragte Louis. »Jawohl«, entgegnete Frau von Brenkfeld, »nahe bei Emdorf in dem kleinen roten Häuschen an der Heerstraße.« »Die Frau kenne ich wohl«, sagte Klemens. »Ich nicht«, versetzte Louis, »aber ich möchte sie wohl kennen.« Klemens beugte zu ihm und sagte halbleise: »Strapazier dich nicht, mein Söhnchen, es ist eine alte Hexe, und an hübsche Töchter ist auch gar nicht zu denken.« – »Geh!« sagte Louis. Warneck lachte und drohte ihm mit dem Finger. »Nun, was ist es denn weiter?« sagte Klemens laut, »ich sagte eben, die Frau hat keine Kinder, aber so ein Dutzend Schreihälse würden ihr die Worte schon von der Zunge gebracht haben.« Warneck versetzte neckend: »Es kam mir beinahe vor, als hätte, was du sagtest, anderst geklungen; aber ich will dich nicht noch röter machen; du blühst doch schon wie eine Rose.« – »Beinahe, als wenn man ihn zu Claudinens Füßen ertappte«, rief Julie. »Hm«, brummte Klemens halbleise vor sich hin, »die Blankenau gefällt mir in kurzem vielleicht besser als die Triest. Man wird des ewigen Silbenstechens doch endlich hundemüde.« – »Vorzüglich«, versetzte Julie, »wenn ein bißchen Handwerksneid dazukömmt.« – »Ich merke wohl«, rief Klemens, »du arbeitest darauf, daß ich widernecken soll, aber ich wüßte wahrhaftig nicht, womit, ich müßte denn deine unglückliche Liebe zu dem Wohlgeflickten ans Licht ziehn.« – »Darüber brauchst du nichts zu sagen«, entgegnete Julie lachend, »hätte der arme Schelm besser zu leben, so würde er gewiß die alten Röcke nicht so lange flicken lassen.« – »Es ist Schande genug, daß die Kunst so nach Brod gehn muß«, rief Louis dazwischen. »Und eigentlich«, sagte Julie, »ist er Louis' Ideal und nicht das meinige.« – »Ideal will viel sagen«, antwortete Louis, »ich kann, gottlob! noch höher hinauf denken, aber daß ich Anteil an dem Wengenberg nehme, das finde ich sehr natürlich und nur wunderbar, daß ich der einzige in unsrem Hause bin; die Musik ist doch sonst eine Sprache, die sogar Kinder und Wilde verstehn.« – »Für welches von beiden hältst du mich denn?« fragte Julie. Louis neigte zu ihr und sagte leise: »Für ein Kind und wild dazu.«

Julie sprang rasch auf und griff ihn mit großer Schnelligkeit an. Louis wollte sich verteidigen, aber die Schläge fielen wie Schneeflocken auf Wangen und Schultern und Rücken, daß Louis, den Kopf zwischen die Schultern gedrückt, bald diesen, bald jenen der Gesellschaft vergebens vorschob und nur endlich am Sofa neben den Frauen Ruhe fand. Dabei rief sie: »Nach Erlenburg solltest du ziehn, dahin gehörst du, du Troubadour, du Mondhase!«

Der kleine Krieg war geendigt. Louis schöpfte Atem. Julie sah auf ihre rotgewordenen Händchen und trat vor den Baron Warneck: »Sein Sie nicht böse, ich habe Sie tüchtig gestoßen. Warum machen Sie sich zur Mauer? Die muß nieder, wenn der Feind dahinter steckt.«

Warneck sah in das zarte, glühende Antlitz, und eine leise Bewegung zuckte über sein Gesicht. Er senkte seine scharfen Blicke in ihre Augen und sagte: »Sollte Fräulein Julie sich selbst so wenig kennen?«

Dann wandte er sich rasch zu den übrigen.

Der Wagen fuhr vor, und die schönen, reichgezäumten Reitpferde scharrten ungeduldig auf dem Pflaster. Die Reuter ließen sie die schönsten Fensterparaden machen, und der Besuch war zu Ende.

»Der Klemens kann doch seine eigne Schande nicht verschweigen«, hub Karl an zu seinen Schwestern, indem sie dem Zuge durch die Scheiben nachblickten. »Wißt ihr, was das Necken mit seiner Röte bedeutet? Er hat sich auf dem Felde von einem hübschen Bauernmädchen eine tüchtige Maulschelle geholt, und wie er es recht betrachtet, da wird es ihm so lächerlich, daß er es nicht verschweigen kann. So macht er's immer. Er ist eigentlich nicht schlimmer als andre Leute, aber er sagt immer alles Üble, was er von sich selber weiß, und noch ein'ges und andre dazu, woran er nicht denkt.«

»Mir ist er sehr fatal«, versetzte Therese.

Die Mutter saß indes an dem andern Fenster und dachte an die arme, gedrückte Nachbarin, Mutter und Gattin und doch verwaist, und sah sie im Geiste schleichen, alt und verkümmert, in dem dürren, rasselnden Laube ihrer liebsten, letzten Hoffnungen. Sie dachte an ihre eignen Kinder, an ihre Zucht, ihren Gehorsam, ihre kindliche Sorgfalt, und ihr Herz ward vor Rührung durch und durch weich in Wehmut und Reue. Sie nahm ein Gebetbuch aus der Lade des Tisches und ging hinaus in ihre Kammer.

Karl unterhielt indessen Theresen von dem Zustande des Patienten, der ihm sehr beruhigend schien. Der Kranke war völlig bei Sinnen und hatte mehrere Stunden sehr ruhig geschlummert. »Ich bitte dich«, sagte Therese, »nimm dich seiner doch recht an; wir können es nicht.«

Karl entgegnete noch manches, und Therese wurde zerstreut, denn sie hatte Ledwinen soeben über den Vorhof in den Garten wandeln sehn, und ihr langsamer matter Gang, die feine, sanft gebeugte Gestalt, der wie dem blühenden Schneeballe das farblose, reich umflochtne Haupt zu schwer zu werden schien, hatte sich mit wehmütiger Angst auf ihr Herz gelegt. Karl sagte eben: »Ich will wieder hinauf zu dem Kranken gehn.« – »Das tu«, versetzte sie rasch und schritt dann gedankenvoll und unruhig hinaus in den weiten, schön angelegten Garten des Schlosses. Sie sah Ledwinen von fern, wie sie am Rande des Parks unter der alten Linde saß, die Arme übereinander auf den steinernen Tisch gelegt und das Gesicht fest darauf gedrückt. Da fiel ihr ein, wie sie den Grafen Hollberg am Morgen in ähnlicher Lage gesehn, bleich in der Ohnmacht, und alles, was Karl über seine Krankheit gesagt, und sie erschrak vor der Ähnlichkeit, denn wie hätte sie sich je bei Ledwina das eingestehn sollen, was sie bei dem Grafen sogleich als unleugbar anerkannte! Es ist ja ein schönes Wahrzeichen liebender Herzen, so, wie ohne Not für das Geliebte zu sorgen, so auch mit glühender, herzzerreißender Blindheit die Hoffnung zu umklammern, wenn sie für einen jeden andern längst dahin ist. Eine Stimmung der Angst überfiel sie, in der sie nicht vor Ledwina treten mochte. Sie wollte sich eben umwenden, als die Schwester aufsah und nach ihr hinüber. Sie suchte sich nun zu ermannen, nahte sich der Linde und saß nieder neben ihr.

Ledwina sah auf und sagte ganz matt: »Mein Gott, wenn Lünden so nah wäre wie Erlenburg!« – »Es ist aber, gottlob!« versetzte Therese, »mehr als noch einmal so weit bis dahin; wir haben doch jetzt gewiß für ein paar Monate Ruh.« – »Zum Beispiel der Klemens«, sagte Ledwina, »und ich glaube wahrlich, die Adolfine Dobronn könnte ihn nehmen.« – »O, ungezweifelt«, entgegnete Therese. Ledwina versetzte: »Und die Linchen Blankenau vielleicht auch – mein Gott, wenn ich des Menschen Frau werden müßte, ich könnte unmöglich lange leben.« Sie lehnte das Haupt, wie ermüdet von dem Gedanken, an Theresens Schulter und fuhr fort: »Nein, sterben würde ich wohl vielleicht nicht, aber verkrüppeln an jeder Kraft des Geistes, alle Gedanken verlieren, die mir lieb sind, halb wahnsinnig, eigentlich stumpfsinnig würde ich werden.« Sie sann ein Weilchen, dann sagte sie: »Überhaupt, Therese, ich bin so ungenügsam und habe so wenig Sinn für fremde Ansichten, das ist einer meiner größten Fehler. Gott weiß, welche Schule mir vielleicht noch vorbehalten ist. Ich gestehe, daß ich mich sehr vor einer Schwägerin fürchte. Vielleicht wird sie kein Herz für mich haben.« Dann sagte sie mit einem raschen Blitze in den matten Augen: »Nein, so ist es nicht, aber ich fürchte, ich habe keins für sie. Es wird wie eine Mauer zwischen uns stehn, daß sie mir die Mutter und dich ersetzen soll und nicht kann, denn du bist dann längst fort und glücklich.«

Therese legte sanft ihren Arm um die seltsam Bewegte und ward selbst trüber: »Liebe Ledwina, verkümmere dir doch dein Leben nicht mit der Zukunft; sie kömmt von selbst, ohne daß wir sie in Angst und Sorgen herbeischleppen.« – »Eben darum«, antwortete Ledwina lebhaft, »müssen wir uns im voraus mit dem Gedanken vertraun, damit es nachher nicht zu schwer fällt. Weißt du wohl, daß es sündlich ist, aus eigener Schuld einem Geschicke unterliegen, das so allgemein getragen wird? Aber«, fuhr sie dann langsamer fort, »wenn ich mir das so denke, daß eine andre hier regiert an der Mutter Stelle und in dem Bette schläft, vor dem wir so oft gestanden und ihr eine gute Nacht gewünscht ...« Sie wandte sich unruhig nach allen Seiten umher. »So wird es aber gar nicht kommen«, sagte Therese, »die Mutter wird wahrscheinlich hier bleiben. Karl ist ja so vernünftig; seine Wahl wird nicht leicht so schlimm ausfallen, daß die Mutter fortziehn müßte.« – »Aber wenn die Mutter nun tot ist?« versetzte Ledwina. »Die Mutter«, sagte Therese wehmütig, »kann gottlob, wohl länger leben wie wir.« – »Aber die Zeit kommt doch endlich«, unterbrach sie Ledwina. Dann legte sie sanft ihren Arm um Theresens Nacken und fuhr, nah an ihrer Schulter gelehnt, leise und beklemmt fort: »Sieh, Therese, auf unsrem Boden stehn so viele alte Bilder aus der Familie, aber wir wissen doch fast von keinem recht, wen es vorstellt, und es sind doch alles unsre Voreltern und haben hier gewohnt, Gott weiß, in welchen Zimmern, und haben Geschwister und Kinder gehabt, die diese Bilder mit Freude und Verehrung betrachtet und bewahrt und vielleicht späterhin mit der teuersten, rührendsten Erinnerung, und nun? Wie sehn sie aus! Der alten Frau, du weißt wohl, mit der schwarzen Kappe, sind jetzt auch die Nase und die Augen ausgestoßen. Das ist gewiß absichtlich geschehn, weil sie eigentlich so häßlich aussieht.« Sie fuhr tief atmend fort: »Die Vergangenheit, die liebsten teuersten Überbleibsel werden endlich mit Füßen getreten. Denk, wenn Mutter ihr Bild –« Sie fing heftig an zu weinen und klammerte sich fest um ihre Schwester. Therese mußte sich gewaltsam innehalten; denn alle Fasern ihres Herzens schmerzten, aber sie hielt sich fest und sagte: »Ledwine, sei ruhig, schade dir nicht selber. Warum suchst du gewaltsam Gegenstände auf, die dich erschüttern und krank machen müssen? Nun bitte ich dich, wenn du mich lieb hast, so nimm dich zusammen und sprich und denk etwas andres.«

Beide schwiegen. Ledwine stand auf und wandelte ein paarmal den Garten auf und nieder. Dann setzte sie sich wieder zu Theresen, die über allerlei Dinge zu reden begann. Sie antwortete so, daß Therese sowohl ihren guten Willen als seine gänzliche Schwäche sehn mußte. Die Sonne begann sich zu neigen, und ihre milden Lichter tanzten durch die Zweige der Linde auf den Gewändern der Mädchen und Ledwinens leise bebendem Antlitz.

»Wie schön der Abend wird!« sagte Therese. »Gestern um dieser Stunde lebte der arme Klemens noch«, seufzte Ledwine. »Suchst du wieder das Trübe?« sagte Therese sanft. »Ist denn«, versetzte Ledwine beklemmt, »ein Tag Andenken zuviel für seiner Mutter einzigsten Trost? Hör mich an!«

Nun erzählte sie, wie sie an dem Flusse gewandelt, immer hinauf, kämpfend mit greulichen, sinnlosen Bildern, wie sie sich fast besiegt und umkehren wollen, nur noch diese eine Bucht vorüber, – und ein matter, flimmernder Schein sah durch dichte Brombeerranken aus dem Gewässer zu ihr hinüber. Heimlich schaudernd nannte sie es den Widerschein der Sonne. Da wehten leichte Wolken herauf, das Sonnengold schwand vom Strome, und heller flammte das heimliche Licht durch die dunklen Blätter.

»Begreifst du wohl, Therese«, sagte sie, »daß ich an die Sagen dachte von Lichtern, die über den Versunknen wachen? Indes ergab ich mich nicht und schritt rasch darauf zu; da flammte es hoch auf und schwand, und wie ich an das Gestrippe trat, da war es die Laterne des armen Klemens, die, ausgebrannt und in die Ranken verschlungen, auf dem Wasser schwankte. Ich kniete an das Ufer und löste sie aus den Dornen, aber wie ich sie so kalt und naß und erloschen in der Hand hielt, da war es mir, als sei sie ein toter, erstarrter Teil des Verlornen. Ich habe sie am Ufer stehen lassen.« Sie drückte sich leise schaudernd an Theresen. »Aber was ist denn das?« sagte sie und deutete auf den Boden. »Was meinst du?« versetzte Therese. »Mich dünkt, ich sehe mehr als die Schatten der Bäume.« – »Auch die unsrigen«, sagte Therese. »Es wird nichts sein; hör zu, und wie ich zurückgehe und an das Sandloch komme, da seh ich von weitem die alte Lisbeth aus ihrem Hause gehn. O Therese, sie ist so klein geworden, ich hätte sie fast nicht erkannt. Sie ging lange vor mir, ohne mich zu sehn, sondern immer starr in das Wasser. Du weißt, sie ist immer so ordentlich. O Gott, sie sah so verstört aus. Die Hälfte ihrer grauen Haare hing unter der Mütze hervor. Ich konnte es nicht mehr aushalten und ging vorüber. Da schlug es Mittag im Dorfe, und die Betglocke begann zu läuten. Ich sagte im Vorübergehn: ›Gelobt sei Jesus Christus!‹ Sie sah nicht auf, sondern preßte die Hände zusammen und sagte: ›In alle Ewigkeit, in alle Ewigkeit, Amen‹ laut und oft nacheinander. Ich hörte es noch, wie ich schon eine Strecke vor ihr war.«

»Gott wird sie trösten«, sagte Therese und sah bewegt vor sich nieder. Da war es ihr selber, als sehe sie durch den Schlagschatten der Bäume noch eine andre Gestalt lauschen. Sie sah rasch um sich, aber es war nichts.

»Es wird zu kühl für dich, Ledwine«, sagte sie aufstehend, und die von heimlichen Fieberschauern Durchbebte folgte ihr willig. Auf dem Hofe begegnete ihnen Karl. Therese ließ die Schwester vorangehn und teilte ihm ihre Bemerkung mit, und er schritt sogleich in den Garten, dann eilte sie der trauernd Wandelnden nach.

(unvollendet)

26, 14 EQUIPAGEN »ist aller Vorrath, welchen man zur Reise oder Führung seines Standes nöthig hat, z. E. Diener, Pferde, Carossen, Kleider, Waffen, und dergl. mehr.« (J. H. Zedler, Großes vollständiges Universal-Lexikon. Halle und Leipzig 1731 ff.)

26, 24 KABALE Intrige; vermutlich von hebr. »Kabbala« (Überlieferung); darunter verstand man zunächst die neben dem schriftlichen Gesetz der Juden hergehende Tradition der mündlichen Überlieferung, später die mystische Religionsphilosophie des jüdischen Mittelalters, die aus älteren Geheimlehren hervorging.

30, 11 DIE ÄBTISSIN MEINES KLOSTERS Die Droste mag an das Stift Freckenhorst gedacht haben, wo ihre Mutter (geb. 1772) von ihrem dreizehnten Lebensjahr an erzogen wurde. Eine Großtante von ihr, Wilhelmine von Haxthausen, war dort Stiftsdame. »Die Kanonissen, die für die Erlangung einer Präbende ihre Ritterbürtigkeit durch einen Stammbaum von 16 adligen Ahnen nachweisen mußten, hatten bestimmte kirchlich-religiöse Pflichten zu erfüllen, führten daneben aber ein recht geruhsames Leben. Neben weiblichen Handarbeiten spielten Lektüre geistlicher und schöngeistiger Literatur sowie musikalische Betätigung eine große Rolle.« (Karl Schulte-Kemminghausen, Die Droste und Freckenhorst. In: Jahrbuch der Droste-Gesellschaft. Westfälische Blätter für Dichtung und Geistes-Geschichte. Münster 1959, S. 137) Die junge Droste hat Freckenhorst öfter besucht. Zu den Freundinnen der Mutter in Freckenhorst gehörte die aus der Schweiz stammende Stiftsdame Auguste Regina Ludovica von Thurn und Valsassina; Kemminghausen nimmt an, daß ihre Erzählungen von der Schweizer Heimat sich in der »Berta«

(vor allem in der Figur des Felsberg) niedergeschlagen haben.

31, 4 AN KARL DES ACHTEN ÜPP'GEN HOF Französischer König, Sohn Ludwigs XI.; geb. 1470 in Amboise, gest. 1498 ebda. Bis 1491 stand er unter der Regentschaft seiner Schwester Anna von Beaujeu, die ihn mit Anna de Bretagne verheiratete. Der Vertrag von Senlis (1493) beendete die Auseinandersetzungen mit Kaiser Maximilian um das burgundische Erbe. 1494/95 eroberte er als Erbe der Anjou vorübergehend das Königreich Neapel. Sein ausschweifendes Leben soll seinen frühen Tod beschleunigt haben, doch wird ihm auch überaus große Milde und Großzügigkeit nachgesagt. Mit ihm erlosch die ältere Linie der Valois. Die französische Krone ging auf Louis XII. aus dem Hause Orleans über.

31, 5 ALS TOCHTER LOUIS' MARQUIS DE VALOUSE Valouse steht wohl für Valois, das Haus, dem der oben genannte Karl VIII. entstammte; ob die Droste sich hier auf eine historische Figur bezieht, habe ich nicht ermitteln können.

33, 14 f. DER VESPASIAN / DAS IST EIN KOPF! – UND TITUS Titus Flavius Vespasianus, geb. 9 n. Chr. bei Rieti als Sohn des Plebejers Flavius Sabinus und der Vespasia Galla. Seit 66 mit der Niederwerfung des jüdischen Aufstands betraut. 69 wird er in Alexandria zum Kaiser ausgerufen. Er stirbt nach zehnjähriger Regierung 79 in Rom. – Sein Sohn Titus Flavius Vespasianus wurde 39 geboren, eroberte im Jahre 70 Jerusalem, trat 79 die Nachfolge seines Vaters an und starb 81. – In Winckelmanns »Geschichte der Kunst des Altertums«, das die junge Droste offensichtlich gerade gelesen hatte, werden Vespasian und Titus als Freunde der Künste gerühmt. Ausdrücklich erwähnt er den »kolossalisch schönen Kopf« des Titus in der Villa Albani.

33, 21 DIE BÜSTEN SIND JA OHNE AUGEN! In seiner »Geschichte der Kunst des Altertums« geht Winckelmann davon aus, daß die antiken Statuen unbemalt gewesen seien (allerdings wußte er, daß die alten ägyptischen und griechischen Bildhauer ihren Statuen Augen aus farbigen Steinen einzusetzen pflegten).

34, 25 HOMEROS' BILD DES ALTEN SÄNGERS Nach der Überlieferung soll Homer blind gewesen sein; Ursprung dieser Legende war vielleicht der blinde Sänger Demodokos in der »Odyssee«. So stellen ihn auch die antiken Porträt-Büsten dar.

35, 4 VENUS MEDICIS Die römische Replik eines hellenistischen Originals, das auf die Zeit um 200 v. Chr. datiert wird; man nimmt an, daß sie in der Augusteischen Zeit ausgeführt wurde. Die Statue (in der Tribuna der Uffizien) galt dem 18. und früheren 19. Jahrhundert als Inbegriff weiblicher Schönheit: »Die Mediceische Venus zu Florenz ist einer Rose gleich, die nach einer schönen Morgenröthe beim Aufgang der Sonne aufbricht«. (Johann Joachim Winckelmann, Geschichte der Kunst des Altertums. Hrsg. von W. Senff. Weimar 1964, S. 142)

35, 10 APOLL VON DELPHI Gemeint ist vielleicht der Apollo von Belvedere, die römische Marmorkopie nach einem griechischen Bronzeoriginal aus der 2. Hälfte des 4. Jahrhunderts v. Chr. Sie befindet sich im Vatikan. »Die Statue des Apollo ist das höchste Ideal der Kunst unter allen Werken des Altertums, welche der Zerstörung derselben entgangen sind« (309), schreibt Winckelmann in seiner »Geschichte der Kunst des Altertums« (Zit. nach der von Wilhelm Senff herausgegebenen Ausgabe Weimar 1964) – Das Heiligtum des Apoll war in Delphi.

35, 13 CÄSAR Gaius Julius Caesar, geb. 13. 7. 100 v. Chr. in Rom, römischer Staatsmann und Feldherr; 45 Diktator auf Lebenszeit (nach vielen militärischen Triumphen); 15. 3. 44 (die Iden des März«) ermordet. In der »Berta« steht er unverkennbar für Napoleon (siehe dazu auch die Verse 930 ff.).

46, 25 f. SO BLÜHTEN STETS DIE AHNEN UNSRES HAUSES / ZU ZEITEN KAISER KARLS DES MÄCHTIGEN Im folgenden wird die Familiengeschichte der Reichsgrafen von Löwenstein bis in die Zeit Karls des Großen zurückgeführt, der angeblich einen Vorfahren als Belohnung für die Rettung seines Lebens zum Grafen gemacht hatte. Berta trägt den Namen der Mutter Karls des Großen.

46, 25 f. ALS, UM ZU RÄCHEN, SEINER TOCHTER SCHMACH, / DER LANGOBARDENKÖNIG MIT IHM KÄMPFTE 749 hatte Karl der Große in zweiter Ehe die Tochter des Lombardenherrschers Desiderius geheiratet, verließ sie aber schon 750. Daß Desiderius durch die Besetzung des Kirchenstaates und die Bedrohung Roms einen Krieg mit Karl provozierte, den Papst Hadrian I. zu Hilfe gegen den Lombardenherrscher rief, wurde von älteren Geschichtsschreibern vielfach mit der Kränkung motiviert, die ihm durch die Verstoßung der Tochter widerfahren war. Der Zweikampf zwischen Karl und Desiderius, von dem hier berichtet wird, ist natürlich eine Familienlegende der Löwensteins.

64, 14 KATHARINE Sie ist nach dem Bild der Maria Katharina Plettendorf (1763–1845) gezeichnet, der Amme, der die zu früh geborene Annette von Droste-Hülshoff ihr Leben zu verdanken hatte. Die Droste hat mit großer Liebe an ihr gehangen.

73, 35 ICH DENK', VORÜBER SEI DIE ZEIT der Dichtung der Empfindsamkeit, die heute als Strömung innerhalb der Aufklärung gedeutet wird (ca. 1730–Ende des 18. Jahrhunderts). Die junge Droste war von der empfindsamen

Lyrik stark beeinflußt; Berta ist gleichsam die verkörperte Empfindsamkeit.

74, 4 PSYCHEN UND URANIEN Psyche (griech. Seele), eine Figur der griechischen mythologischen Dichtung, Gemahlin des Eros. »Unter der Psyche, mit Schmetterlingsflügeln abgebildet, dachte man sich gleichsam ein zartes geistiges Wesen, das, aus einer gröbern Hülle sich emporschwingend und verfeinert zu einem höhern Dasein, zu schön für diese Erde durch Amors Liebe selbst beglückt, zuletzt mit ihm vermählt ward und an der Seligkeit der himmlischen Götter teilnahm.« (Karl Philipp Moritz, Götterlehre. Frankfurt 1979, S. 291) – Urania: die »himmlische« Muse der Astronomie; auch Beiname der Venus, der Tochter des Himmelsgottes Uranos.

74, 33 PHOEBUS (lat.; griech. Phoibos, der Leuchtende) Als Sonnengott trug Apollo (auch der Gott des Todes und des Gesangs) den Beinamen Phoebus.

75, 6 DER RACHEGÖTTER FACKELN Die Erinnyen der griechischen, die Furien der römischen Mythologie; oft erscheinen sie in der Dreizahl. Dargestellt werden sie oft mit Schlangenhaar, Fackeln und Geißeln.

76, 30 ODYSSEE Die Intrigantin Laura ist listenreich wie Odysseus.

79, 13 PLATOS WEISHEIT, ARCHIMEDES' KUNST, / UND SCIPIOS KÜHNHEIT Der griechische Philosoph Platon (geb. 427, gest. 347 v. Chr. in Athen; Archimedes, geb. um 287, gest. 212 v. Chr. in Syrakus, der größte Mathematiker und Physiker der Antike; Scipio: gemeint ist wohl P. Cornelius Scipio Aemilianus (185–129 v. Chr.), der als Konsul den Oberbefehl zur Eroberung Karthagos erhielt, das 146 zerstört wurde.

91, 33 DIE ERNSTEN FATEN Fatum (lat. Spruch), das unabwendbare Schicksal, manchmal als Schicksalsgöttin personifiziert; im Plural als Fata erscheinend (und oft als Schicksalsgöttinnen, als Parzen abgebildet).

92, 1 f. ARES UND / ATHENE ... EROS griechische Götter. Ares ist für den Krieg zuständig, Athene ist die Göttin der Weisheit, des Krieges und des Friedens, Eros ist der Liebesgott, ein Sohn des Götterboten Hermes und der Aphrodite (Venus).

109, 32 RITORNELL (ital. ritornello, Wiederkehr) heißen die Instrumental-Vor-, -Zwischen- und -Nachspiele in Vokalkompositionen.

114, 5 KRIPPENREUTER »ein umherschmarotzender Adliger ..., der von Hof zu Hof, von Krippe zu Krippe reitet und sich überall als Gast gut versorgen läßt, der aber selber keinen Besitz hat und die erwiesene Gastfreundschaft nicht erwidern kann.« (Lutz Röhrich, Lexikon der sprichwörtlichen Redensarten. Freiburg 1973)

116, 37 DES HOFES CYPRIEN Cypria ist ein Beiname der Liebesgöttin Aphrodite, die bei Cypern dem Meer entstiegen sein soll.

117, 17 ARKANUM (lat. Geheimnis, Geheimmittel) eine Arznei von großer Kraft und Wirkung, deren Zubereitung geheimgehalten wird; auch »eine geheime, unkörperliche und unsterbliche Sache, welche von den Menschen nicht, außer durch die Erfahrung mag erkannt werden. Und ist die Kraft eines jeden Dinges, welche tausendmal mehr würket, als die Sache selbst.« (Johann Heinrich Zedler, Grosses vollständiges Universal-Lexikon. 1713 ff.).

138, 11 PALATIN von franz. palatine, Halsumhang aus Pelz oder Stoff, auch Pelzkragen.

138, 21 EIN SPHINX Das Genus war früher maskulin, das Wort erscheint aber auch im Neutrum (vgl. Grimm, Deutsches Wörterbuch, Bd. 16, 2211).

140, 29f. FLACHS ... BÜRSTEN Der Flachs wird nach dem Hecheln, durch welches die Fasern getrennt werden, mit einer Bürste aus Schweinsborsten behandelt, »wodurch alle noch anhaftenden feinen Holzteilchen von der Faser getrennt werden, der Staub entfernt wird und viele gröbere Fasern in feinere Härchen gespalten werden, infolgedessen der Flachs einen seidenartigen Glanz, vorzügliche Feinheit und Weichheit erhält und in seinem Ansehen und im Wert wesentlich gewinnt«. (Meyers Konversationslexikon. Leipzig und Wien 1890)

143,6 REGALIEREN von franz. regaler, bewirten, ergötzen.

144, 11 FIDEIKOMMISS von lat. fideicommissum, das unveräußerliche Stammgut einer Familie.

145, 31 ANTEDILUVIANISCH aus dem Lat., vorsintflutlich.

145, 37 MIT DEMOKRIT LACHEN ODER MIT HERAKLIT WEINEN Der lachende und der weinende Philosoph repräsentieren zwei polare Einstellungen zu den Torheiten, Lastern, dem Elend des menschlichen Lebens. Der Grieche Demokrit (460–371 v. Chr.) stammte aus Abdera, dem antiken Schilda. Er begründete den sogenannten Atomismus, nach dem alles Geschehen auf die Bewegung, Verbindung, Trennung von Atomen zurückgeht. Von seinen Schriften haben sich nur Fragmente erhalten.

Die Vorstellung von Demokrit als dem stets lachenden Philosophen findet sich schon in der Antike und ist begründet in seiner Lehre, die er praktisch zu leben suchte: Für ihn ist Glückseligkeit (als Ruhe und Heiterkeit der Seele) das höchste Gut, das durch Mäßigung der Begierden und Gleichmaß der Lebensführung am sichersten erzielt werden kann. – Der Philosoph Heraklit (ca. 544–483 v. Chr.) lebte als Politiker in Ephesos. Wegen der Schwerverständlichkeit und des Tiefsinns seiner Lehre nannte man ihn »den Dunklen«, seine finstere Gemütsart trug ihm den Beinamen »der Weinende« ein. Bruchstücke seines Werks über die Natur der Dinge (die »Musae«) haben sich erhalten. Nach seiner Lehre geht aus einem göttlichen Urfeuer, die die reine Vernunft, der Logos ist, durch Entzweiung und Kampf die Vielheit der Dinge hervor.

146, 34 NOTA BENE lat., merke wohl, wohlgemerkt, beachte.

146, 36 BRUSTFIEBER Lungen- oder Brustfellentzündung (die Krankheit des alten Franz »spiegelt« die Brustkrankheit der tuberkulösen Ledwina).

147, 9 f. DER ALTE NOBST AUS DEM KINDERFREUNDE Die Zeitschrift »Der Kinderfreund« wurde von Christian Felix Weiße (1720–1804) in Leipzig (1775–1782) herausgegeben. Die Droste hat dieses Kompendium rationalistischer Pädagogik in ihrer Kindheit gelesen. Ich habe die Bände durchgesehen, den »alten Nobst«, aber nicht entdecken können.

148, 15 DIOGENES MIT DER LATERNE Diogenes von Sinope, griechischer Philosoph aus Kleinasien; geb. um 412 v. Chr., gest. 323 v. Chr. in Korinth. Der bekannteste Vertreter des sogenannten Kynismus lebte nach dem Grundsatze, »daß es göttlich sei, nichts zu bedürfen« und erkannte die geltenden Sittengesetze nicht an. Es wird berichtet, daß er einst am hellichten Tag mit seiner Laterne auf den Markt gegangen sei und auf die Frage, was er suche, geantwortet habe: »Ich suche Menschen.«

149, 3 MINORENN (lat.: minor, geringer, weniger, und annus, das Jahr), minderjährig.

151, 29 CHACUN À SON GOÛT (franz.) jeder nach seinem Geschmack.

151, 32 DIE GOLDENEN BERGE ironisch für die sandigen Hügel des Münsterlandes.

152, 16 DU RAPPELST den Rappel haben, nicht recht im Kopfe sein (vgl. Grimm, Deutsches Wörterbuch. Bd. 8, 118).

157, 5 PEINLICH hier in der Bedeutung von innerlich gequält, geängstigt (vgl. Grimm, Deutsches Wörterbuch. Bd. 13, 1527).

157, 25 STATT DES SCHWERTES DIE LEIDENSPALME Die Leidenspalme ist das Attribut der christlichen Märtyrer.

158, 23 f. VERBORGENE, GEISTIGE ABSPIEGELUNG ALLER DINGE INEINANDER Angespielt wird hier auf die naturmystische Tradition der abendländischen Geistesgeschichte, die in der Romantik an die »Oberfläche« des geistigen Lebens gelangte. Für das Werk des Novalis (von dem sich in der »Ledwina« so manche Spur findet) ist diese Tradition von besonderer Bedeutung. »Ein, die gesamte naturmystische Tradition charakterisierender Zug ist . . . die Idee des Mikrokosmos. Nach dieser Auffassung besteht zwischen dem Menschen als einer ›kleinen Welt‹ und dem Kosmos eine Parallelität und Partizipation, eine Konkordanz und Konfluenz, die jeden Realismus ausschließt . . .« (141) »Mit der Idee des Mikrokosmos eng verbunden ist die Lehre von den universalen ›Korrespondenzen‹ und ›Konkordanzen‹, die das Sichtbare mit dem Unsichtbaren, die Natur mit dem Geist, das Außen mit dem Innen verknüpfen.« (142) Die Zitate stammen aus dem für dieses Thema einschlägigen Werk von Bengt Algot Sorenson: Symbol und Symbolismus in der ästhetischen Theorie des 18. Jahrhunderts und der deutschen Romantik.

161, 10 ONDINE auch Undine (von lat. unda = Welle); Undinen sind weibliche Elementargeister des Wassers, die sich manchmal unter den Menschen einen Geliebten suchen, weil sie mit den aus solchen Verbindungen gezeugten Kindern zugleich eine Seele erhalten.

162, 14 f. BESCHWÖRER, SOGENANNTE BESPRECHER Das »Handbuch des deutschen Aberglaubens« (Berlin und Leipzig 1927) unterscheidet zwischen Beschwörern und Besprechern: »Beschwörung ist die mit magischen Worten und Handlungen erfolgende Herbeirufung einer stärkern Macht, um diese dem Willen des Beschwörers untertan zu machen ... Die B. soll den Willen eines andern mit Gewalt beugen, sie ist aufgenommener *Kampf*. Dadurch unterscheidet sie sich im Prinzip von *Besprechung* und *Segen*, die, ohne persönliche Auseinandersetzung mit der beschworenen Macht und ohne den großen Hintergrund der Magie nur zu Heilzwecken geübt, stets volkstümliche Zauberhandlungen bleiben, während die Kunst der B. mehr den gesellschaftlich höherstehenden Kreisen, den Alchimisten und ›Gelehrten‹, zukam und großen Anteil hat an den Geheimwissenschaften des Mittelalters ... In der Praxis freilich gehen die genannten Übungen oft ineinander über« (1109 f.).

162, 22 ARKANUM lat. Geheimnis, Geheimmittel, eine Arznei, deren Zubereitung ihrer großen Kraft und Wirkung wegen geheimgehalten wird; auch »eine geheime, unkörperliche und unsterbliche Sache, welche von den Menschen nicht, außer durch die Erfahrung mag erkannt werden. Und ist die Kraft eines jeden Dinges, welche tausendmal mehr würket als die Sache selbst.« (Johann Heinrich Zedler, Grosses vollständiges Universal-Lexikon. Leipzig und Halle 1731 ff.)

164, 26 f. ES HAT IN DIESEM JAHR NOCH KEIN MENSCHENFLEISCH GEHABT »Wenn aber von Flüssen gesagt wird, sie verlangen ihr jährliches Opfer, so erinnert das an die Opfer, die einst den Nixen gebracht wurden.« (Meyers Konversationslexikon. Leipzig und Wien 1890)

165, 1 (der) BEDING (früher auch Bedinge) Bedingung

165, 34 DER GRAF HOLLBERG Ob Hollberg mit Römfeld identisch ist, von dem früher die Rede ist (S. 142 f.), ob die Droste also beim Schreiben den Namen des Helden änderte, ist in der Forschung umstritten; dagegen spricht nach Huge (der die »Ledwina« in der historisch-kritischen Ausgabe kommentiert hat), »daß Hollberg nicht die Familie von Brenkfeld besuchen will, als der Unfall seine Reise unterbricht, sondern seine in der Nähe wohnende Schwester« (V,2; 642). Vielleicht dokumentiert die Unstimmigkeit ein noch nicht gelöstes konzeptionelles Problem: Römfeld/Hollberg sollte über Steinheim in die Familie eingeführt werden, durfte aber nicht mit ihm zusammen ankommen: Um die Dramatik des Auftritts ist der Droste ja gerade zu tun.

166, 22 COMMERCEN franz., von lat. commercium, Verkehr, Umgang, Studentengelage (meist von Verbindungen).

167, 1 EINE STAATSLIVREE vielleicht etwa im Sinne von Staatsgala und als pars pro toto gebraucht.

167, 8 f. EIN SPANISCHES SPRICHWORT SAGT: MANCHER GEHT AUS ZU SCHEREN UND KOMMT SELBER KAHL WIEDER Tal suele venir por sarna que vuelve trasquilado. Nach Wander (Deutsches Sprichwörter-Lexikon, Bd. 4, Sp. 147, Nr. 9) ist die Quelle Cervantes »Don Quixote«.

167, 19 ICH HEISSE ELISABETH Die Droste war auf die Namen Anna Elisabeth getauft.

167, 23 LIDWINA ODER LEDWINA Die hl. Ledwina wurde 1380 in Schiedam (Holland) geboren. Als junges Mädchen war sie sehr schön, wollte aber jungfräulich bleiben. Gott erfüllte diese Bitte auf seine Weise: Er schickte ihr ein schweres Siechtum, das sie bis zum Tode (1433) ans Bett fesselte. Nach anfänglichen inneren Kämpfen unterwarf sie sich dem Willen Gottes, hatte Visionen und wirkte Wunder. Sie ist die Schutzheilige der Kranken. Dargestellt wird sie als junges Mädchen, das Haupt mit Rosen bekränzt, in den Händen Rosenzweig und Kruzifix.

167, 27 DIESEN MILDEN OEL Oel ist in Norddeutschland auch im Maskulinum gebräuchlich (Grimm, Deutsches Wörterbuch, Bd. 13, 1269 f.).

168, 19 PALLIDUS lat. blaß

168, 22 ULRICHS GARTEN ein Biergarten gegenüber dem Albaner Tor, der von Göttinger Studenten häufig besucht wurde.

168, 26 WIDERSTORZ eigentlich Widerstoß, nach Grimm »volksname für pflanzen, namentlich für nelkengewächse« (Deutsches Wörterbuch, Bd. 14, 1295).

170, 6 SUITIER franz. lustiger Bursche, Schürzenjäger.

170, 13 PHILISTERN eigentlich ein semitisches Volk; in der Studentensprache alle Nichtstudenten; auch als Synonym für Spießbürger geläufig.

171, 31 ALTAN auch Altane (f), von ital. altana, Balkon.

173, 13 GESCHRAUBT von schrauben, d. h. necken, verhöhnen, verspotten.

173, 31 BUFFONEN pl. von Buffo, der komische Sänger in der ital. Oper (opera buffa).

173, 32 HYPOCHONDRISCH abgeleitet von Hypochondrie (griech. hypochondriakos, am Hypochondrion leidend; Hypochondrion: das unter dem Brustknorpel Befindliche, nach antiker Auffassung Sitz und Ursache von Gemütskrankheiten). Hypochondrie bezeichnet im 18./19. Jahrhundert ein psychosomatisches Leiden, das »in gewissem Sinne« die Melancholie ablöste. Als ihr »Sitz« galt die Milz. Sie konnte die verschiedensten Symptome haben, charakteristisch aber sind nervöse, psychische Störungen, Verstimmungen, Einbildungen. »Einbildungen gehören allgemein zu den wichtigsten psychischen Erscheinungen der Hypochondrie ... Eine zentrale Stellung nahmen die spezifischen Krankheitseinbildungen ein ... So wurde die Hypochondrie im Laufe des 18. Jahrhunderts zur eigentlichen ›eingebildeten Krankheit‹ im modernen Sinne. So ordnet Carl von Linné (1707–1778), Arzt und Pflanzensystematiker, der nicht nur die Blumen, sondern auch die Krankheiten klassifiziert hat, die Hypochondrie der Klasse 5, geistige Krankheiten, Ordnung 2, eingebildete Krankheiten zu und definiert sie als Einbildung von Todesgefahr auf Grund eines geringsfügigen Leidens.« In: Esther Fischer-Homburger, Krankheit Frau. Zur Geschichte der Einbildungen. Darmstadt und Neuwied 1984, S. 17 f. In diesem Sinne ist hier »hypochondrisch« gebraucht;

die hypochondrische Ledwina demonstriert die Krankheit in den sich anschließenden obsessionellen Todesphantasien.

176, 27 FREITE Brautschau.

177, 3 PRÄBENDIERT von neulat. Präbende, ursprünglich die Naturalverpflegung, welche Mönche und Weltgeistliche erhielten, dann überhaupt die ihnen von einer öffentlichen Anstalt gewährten jährlichen Einkünfte; Leibrente.

180, 3 f. LATERNA MAGICA lat. Zauberlaterne, ein von Kircher im 17. Jh. erfundener Apparat; »beruht auf der Eigenschaft der konvexen Linsen, von einem um etwas mehr als die Brennweite entfernten Gegenstand jenseits ein vergrößertes Bild zu entwerfen, welches auf einem Schirm aufgefangen werden kann. Als Gegenstände für die Laterna magica dienen Gemälde oder Photographien, welche von einer Lampenflamme hell beleuchtet werden.« (Meyers Konversations-Lexikon. Leipzig und Wien 1890)

183, 14 f. HEULEN UND ZÄHNEKLAPPERN Matth. 8,12: »Die Söhne des Reiches aber werden hinausgestoßen werden in die Finsternis draußen. Dort wird Heulen und Zähneklappern sein.«

183, 19 BANQUEROUT franz., Bankrott (ital. banca rotta).

183, 36 PIKETT (franz. Piquet), Kartenspiel für zwei Personen, das mit 32 Karten gespielt wird.

184, 11 VORREITEN Der übertragene Gebrauch des Wortes hat nach Grimm fast immer einen scherzhaften, ironischen, derben Klang (vgl. Deutsches Wörterbuch. Bd. 26).

186, 30f. SILBENSTECHEN hier scherzhaft für dichten (auch spitzfindiges Aufsuchen von Wortbedeutungen, streiten um Worte, Wortklauberei).

187, 3 DASS DIE KUNST SO NACH BROD GEHN MUSS Die Formulierung findet sich bei Lessing, Emilia Galotti 1,2: Prinz: »Was macht die Kunst?« Conti: »Prinz, die Kunst geht nach Brodt.«

188, 28 SCHNEEBALLE ein Strauch mit weißen Blüten; beim Zierstrauch sind sie zu Blütenbällen zusammengesetzt, hier ist möglicherweise die Wildform gemeint (Viburnum opulus).

191, 25 HEIMLICH hier wohl im Sinne von geheimnisvoll (vgl. Grimm, Deutsches Wörterbuch. Bd. 10).

Nachwort

Die Leiden der jungen Berta, Ledwinas Passion.

1. *Narziß, das Zwiebelgewächs schöner Geister, liebt das Bild seines Todes*

> Narziß (das Zwiebelgewächs schöner Geister)
> liebt sein Bild mehr als sein Leben.
> (J. G. Hamann, Aestetica. in. Nuce.)

Der wahnsinnig gewordene Donizetti lebte in der fixen Idee, er sei bereits gestorben; teilnahmsvolle Besucher pflegte er mit den Worten anzureden: »Der arme Donizetti ist tot.« Die Droste, die in den gleichen Jahren wie Donizetti geboren wurde (1797) und starb (1848), hat sich in ihren gedichteten Figuren immerfort totgesagt – bei vollem Verstand. Die »Ophelia«-Szene, die den Fragment gebliebenen Roman ›Ledwina‹ einleitet, ist eines der großartigsten Beispiele für die zentrale Obsession, aus der Annette von Droste-Hülshoff ihr poetisches Werk gewann:

»Der Strom zog still seinen Weg und konnte keine der Blumen und Zweige auf seinem Spiegel mitnehmen; nur eine Gestalt, wie die einer jungen Silberlinde, schwamm langsam seine Fluten hinauf, es war das schöne bleiche Bild Ledwinens, die von einem weiten Spaziergange an seinen Ufern heimkehrte . . .

›Müde, müde‹, sagte sie leise und ließ sich langsam nieder in das hohe, frischgrüne Ufergras, daß es sie nun umstand wie die grüne Einfassung ein Lilienbeet. Eine angenehme Frische zog durch alle ihre Glieder, daß sie die Augen vor Lust schloß, als ein krampfhafter Schmerz sie auftrieb. Im Nu stand sie aufrecht, die eine Hand fest auf die kranke Brust gepreßt, und schüttelte unwillig ob ihrer Schwäche sich das blonde Haupt, wandte sich rasch wie zum Fortgehn und kehrte dann fast wie trotzend zurück; sie trat dicht an das Ufer und schaute anfangs hell, dann träumend in den Strom.

Ein großer, aus dem Flusse ragender Stein sprühte bunte Tropfen um sich, und die Wellchen strömten und brachen sich so zierlich, daß das Wasser hier wie mit einem Netze überzogen schien und die Blätter der am Ufer neigenden Zweige im Spiegel wie grüne Schmetterlinge davonflatterten, Ledwinens Augen aber ruhten aus auf ihrer eignen Gestalt, wie die Locken von ihrem Haupte fielen und forttrieben, ihr Gewand zerriß und die weißen Finger sich ablösten und verschwammen, und wie der Krampf wieder sich leise zu lösen begann, da wurde es ihr, als ob sie wie tot sei und wie die Verwesung lösend durch ihre Glieder fresse und jedes Element das Seinige mit sich fortreiße.« (137, 1–6, 12–33)

Narziß blickt auf sich mit den Augen einer Kassandra, ist gebannt vom Bild seiner Todverfallenheit. Die Liebe zur eignen Schönheit, an der der Ovidsche Narziß zugrunde ging, ist bei der Droste ausgespart: Ihr Narziß liebt gleich das Bild seines Todes. Dieser tödliche Spiegelblick eignet auch dem christlichen Vanitas-Motiv, mit dem er sich im Werk der Droste vielfach überschneidet; er ist eine Chiffre der Depression: »Die Depression ist das verborgene Antlitz des Narziß, das ihn zum Tode führen wird, von dem er aber noch nichts weiß, wenn er sich im Spiegel bewundert«,[1] schreibt Julia Kristeva in ihrer großen Studie ›Soleil Noir. Dépression et Mélancolie‹, in der sie erst klinische Fallgeschichten, dann künstlerische Formungen von Depression und Melancholie analysiert: »La beauté: l'autre monde du depressif«.[2]

Das Verhängnis ist vielfach, der Spiegel zeigt den Tod des Körpers, der Seele, des Geistes im Wahnsinn. Wie die Bild-Signatur eines Malers ist der Spiegelblick auf den Tod, auf das Böse der Schuld (dem als Gegenbild der auf das Leben, die Unschuld, antwortet) vielen Dichtungen der Droste eingeschrieben, vor allem den umfangreicheren erzählenden Texten gleich mehrfach. Im Zwiebelgewächs des Narziß steckt der Drang und Zwang zur Verdopplung, zum Echo des Spiegels, zur Reflexion der Reflexion, so daß man sich in ihren Texten zuweilen fühlt wie in einem Spiegelkabinett.

Mit der Folge ihrer Werke als Folge von Spiegelbildern protokolliert, reflektiert, kommentiert die Dichterin ihr Schicksal am Leitfaden des eigenen Leibes und Lebens: traurig, gelassen, resigniert, verzweifelt, auch witzig. Wir begegnen der trauernden Annahme des Spiegelbildes in der lyrisch-selbstreflexiven Variante des gleichnamigen Gedichtes:

»Und dennoch fühl' ich, wie verwandt,
Zu deinen Schauern mich gebannt« (I,142)

und wir lesen von seiner Verwerfung in der »epischen« Gespensterballade des ›Fräulein von Rodenschild‹ mit ihrer suggestiven Stummfilm-Spiegelpantomime:

»und Arm an Arme, auf Schrittes Weite,
Lehnt das Gespenst an der Pforte Breite,
Gleich ihr zur Nachbarspalte gebeugt.
Sie fährt zurück, – das Gebilde auch –
Dann tritt sie näher – so die Gestalt –
Nun stehen die beiden, Auge in Aug,
Und bohren sich mit Vampyres Gewalt.
Das gleiche Häubchen decket die Locken,
Das gleiche Linnen, wie Schnees Flocken,
Gleich ordnungslos um die Glieder wallt.
Langsam das Fräulein die Rechte streckt,
Und langsam, wie aus der Spiegelwand,
Sich Linie um Linie entgegen reckt
Mit gleichem Rubine die gleiche Hand.« (I,228)

Im Lustspiel ›Perdu‹ tritt Narziß in der Maske des häßlichen, alternden Buchhändlers Speth auf, der sich beim Blick in den Spiegel zu überzeugen sucht, daß er doch eigentlich noch ein ganz passabler Kerl sei. »›Nicht viel graue Haare; sie ließen sich noch wohl auszupfen, wenn's nicht so infam wehtät; ich bin kein Freund davon, mein eignes Fleisch und Bein zu kreuzigen.‹ Er faßt ein graues Haar und zieht es unter Gesichterschneiden aus. ›Hä! Hoffart will Pein leiden!‹« (II, 519) Das ausgeraufte graue Haar steht für das Tragikverbot der Gattung Komödie, zeigt, welchem Gesetz – dem Ausschluß des Todes – sie sich verdankt. Das tragisch-pathetische Gegenbild zu dieser kleinen Pein der Hoffart ist die Leidensgeschichte des Herrn, den die Droste nach dem biblischen Bericht (im Gedicht ›Gethsemane‹) die Vision seiner Passion haben läßt:

»Und vor dem Heiland stieg das Kreuz empor,
Daran sah seinen eignen Leib er hangen,
Zerrissen, ausgespannt, wie Stricke drangen
Die Sehnen an den Gliedern ihm hervor.« (II,25)

All die Grabwanderungen und »Selbergrablegungen« der poetischen Figuren folgen aus der »idee fixe« dieses tödlichen Spiegelblicks, die kleineren wie die in die ›Mergelgrube‹:

»Und müde, müde sank ich an den Rand
der staub'gen Gruft; da rieselte der Grand
Auf Haar und Kleider mir, ich ward so grau
Wie eine Leich' im Katakombenbau,
Und mir zu Füßen hört' ich leises Knirren,
Ein Rütteln, ein Gebröckel und ein Schwirren.
Es war ein Totenkäfer, der im Sarg
So eben eine frische Leiche barg;« (I,47)

die großen, die durch die Winter-Todeslandschaft des St. Bernhard in seine Grabkammern führen oder in die Hölle der Verdammten (›Des Arztes Vermächtnis‹) oder auf die Schlachtfelder des ›Loener Bruch‹. Und er ist der Kern der selbstquälerischen Todesbezichtigungen des ›Geistlichen Jahrs‹, in der die Figur des an seinen Tod gebannten Narziß in der christlichen Vanitas-Allegorie ganz aufgeht:

»Der Leib ein modernd Joch
Und ein Gespenst was drinnen.« (I,682)

Die Figuren ihrer Dichtungen sind lebende Tote, erloschen, ausgebrannt, erstarrt (wenn sie nicht den »heißen« Tod des Wahnsinns gestorben sind):

»Die Stirn – ein Gletscher kalt im Alpental,
durchkältend uns mit dem gefrornen Strahl;
dies Auge, seltsam regungslos, und doch,
erloschen gleich, voll toten Lichtes noch.« (I,340)

Der sich lebend, sterbend verglühende Meteor ist die immer wiederkehrende Chiffre für den Tod im Leben, das Leben zum Tode, aber – wiederum ein Spiegelbild – im Tode ist noch Leben, die Toten sind zu einer ewigen Ruhe nicht erlöst, leben als Gespenster fort. Davon erzählen die vielen Gespensterballaden der Droste, ihre Ammenmärchen, wie das berühmte Gedichte vom ›Knaben im Moor‹. »Die Vorstellung, wie die Todten in den Gräbern sich recken und dehnen, verfolgt die Dichterin beständig«, bemerkte der Kritiker Julian Schmidt, der für das, was seiner harmonisierenden Ästhetik des poetischen Realismus feindlich war, einen scharfen Blick hatte, und weiter: »und da man in ihren Mährchen nicht immer unterscheidet, wer todt und wer lebendig ist, so haben ihre Gestalten nicht selten etwas vom Vampyr. Man möchte sagen, diesem starken Leben, das doch fortwährend ins Traumhafte spielt, sei das Brandmal des Todes aufgeprägt.«[3]

In diesem Zwischenreich quälender, spannungsvoller Unerlöstheit, Frustration, Defizienz wohnt die Angst, der Affekt, der das Drostesche Werk prägt, im Sinne der berühmten Definition Kierkegaards: »als sympathetische Antipathie und antipathetische Sympathie«. Sie ist mit Tod und mit Sünde unauflöslich verschlungen. Und sie ist doch gleichsam ein Residuum des Lebens; wer Angst hat, fühlt, daß er ist, daß er noch existiert; dieses »noch«, in dem die Möglichkeit des »nicht mehr« steckt, ist ein Moment höchster Lebendigkeit. Die Angst war für die Droste eine Reizmittel, eine Droge.

Sie hat sich als Leichenvogel von Todesarten und Unglücksfällen genährt. Kreiten berichtet in seiner Droste-Biographie von einem »fliegenden Blättchen«, auf dem die Dichterin sich unter verschiedenen Rubriken Aufzeichnungen gemacht hatte. Neben den Abteilungen »Berühmte Leute kennen gelernt« und »Curiosa« vermerkt es »›Todesfälle vom Anfang Dezember 1841 bis August 42‹, z. B. Clemens Brentano Brustwasser, Gräfin Anholt Schlag u.s.w. im Ganzen 28 Todesfälle nebst Ursachen. Wo eine solche nicht bekannt ist, heißt es *nescio.* Von einer ehemaligen intimen Freundin heißt es ›die N. aus dem Fenster‹. Auf die Todesfälle folgen: ›Krankheiten und Unglücksfälle‹.« Es sei kaum zu denken, (so Kreiten) »was alles unter dieser Rubrik figuriert . . . ›N. N. elende Heurath – N. N. sich mit der Frau prügeln – Brand von Hamburg – Zahllose andere Brände – unter meinem

Fenster gestohlen – N's Lage kennen gelernt – N. N. am Trunk ec.‹«[4]

2. Die Leiden der jungen Berta

Mit der Einnahme Münsters durch Blücher im Jahre 1802 wurde das Fürstbistum Münster preußisch, vier Jahre später besetzten die Franzosen die Stadt; nach dem Frieden von Tilsit 1807 machte Napoleon seinen Bruder Jerôme zum König von Westfalen, das 1810 für französisch erklärt wurde. Der Vater der Droste hatte sich wie der Großteil des Preußenfeindlichen westfälischen Adels mit den Franzosen arrangiert und zum Bürgermeister des kleinen Ortes Roxel machen lassen, während die Brüder der Mutter (die Onkel »Haxthausenscher branche«) vaterländisch gesinnt waren, Napoleon haßten und gegen ihn kämpften; der junge Friedrich Wilhelm von Haxthausen kam dabei 1809 in Spanien um. Im Herbst 1813 wurden die Franzosen dann aus Westfalen und Münster vertrieben. Jenny von Droste-Hülshoff berichtet in ihrem Tagebuch von den Aufregungen der Truppendurchzüge, der wechselnden Einquartierungen, die Münster danach erlebte. »7. November. Für jetzt sind nur 1200 Kosaken in Münster, der Oberst, ein Verwandter der Fürstin Gallitzin, und mehrere Offiziere sollen sehr artige Leute sein. Sie sind in der Stadt einquartiert, die Gemeinen liegen mit ihren Pferden auf dem Neuen Platz, wo sie Feuer gemacht haben, und sich mit den Kindern die Zeit vertreiben, es scheint ein gutmütiges, aber sehr ungebildetes Volk zu sein. [...] 13. November. Diesen Morgen ist hier Einquartierung gekommen, wir haben einen Major von Müller und 6 Gemeine mit 12 Pferden, es sind preußische Dragoner, Blau mit Rot, der Major ist ungefähr 40 Jahre, und nicht hübsch [...] 14. November. Unsere Preußen verließen uns diesen Morgen um 8 Uhr, und jetzt haben wir wieder das ganze Haus voll Kosaken.«[5]
Die großen Umwälzungen und Kämpfe der Zeit geben den bewegten Hintergrund ab für die behütete Kindheit und Ju-

gend der Annette von Droste-Hülshoff. Das Tagebuch der älteren Schwester Jenny zeichnet ein überaus friedliches Bild von der häuslichen und geselligen Kultur, in der sie und ihre Geschwister aufwuchsen. Man pflegte die Beziehungen zur zahlreichen Verwandtschaft, besuchte in Münster die berühmte Fürstin Gallitzin, die Bibliothek, die Oper, die Komödie und nahm selbst an Liebhaberaufführungen teil; die Töchter zeichneten, Annette dichtete, abends ließ sich die Familie oft von der Mutter vorlesen, die die Lektüre der Töchter sorgfältig überwachte: wir hören, daß Weydemeyer, der Hauslehrer in Hülshoff, »Nette einen Teil von Schiller geliehen hatte, den sie nicht lesen sollte. Mama bat ihn, ihr keine Bücher wieder zu geben, die sie nicht eher gelesen.«[6] Und es wurde viel musiziert. Jenny erzählt (z. B.) von dem Abend, an dem sie, der Vater, Nette, der Bruder Werner und ein Freund der Familie in den Garten gingen, »sich bei den Blutbuchen setzten, Kanons sangen und Johanniswürmchen suchten«, von dem schönen Juni-Tag, da der Cousin Clemens Bönninghaus ihnen durch seine angenehme Munterkeit und sein Flötenspiel im Freien die Zeit sehr angenehm vertrieb, und immer wieder von den musikalischen Auftritten der Schwester: »Nette spielte nach dem Essen Klavier und sang. Es machte allen viel Freude, und ich hätte mir beinah vorgenommen, mich auch mit allen Kräften in der Musik zu üben; aber mir fiel früh genug ein, wie ich oft bei mir überlegt habe, daß ich diesen Winter sehr fleißig zeichnen will.«[7] Das war am 26. Oktober 1812; am 5. März des nächstes Jahres findet sich der Eintrag: »Nette schreibt ein Trauerspiel aus meinem Tintenfaß, und jetzt ist nur noch der Bodensatz darin; ich muß Wasser zugießen.«[8]

Die ›Berta‹, das Trauerspiel aus Jennys Tintenfaß, ist das »Drama des begabten Kindes«, das es schrieb; wie viele Frühwerke ist es ein Umschlagplatz von Leben und Kunst, ein Ort der Selbstverständigung, der Suche nach einer literarischen Identität. Die hohe Form des klassizistischen Blankversdramas, die die Droste gewählt hatte, wirft gleichsam Falten um die ätherische junge Heldin, die historisierende Einkleidung ist unklar und fadenscheinig, und doch hatte Annette von Droste das Lob wohl verdient, das ihr die Mitwelt für ihre Verse zukommen ließ – und die Nachwelt (der Literaturwissenschaftler) ihr meist versagte. Es »kömmt [...] mir so vor, als ob sich meine Schreibart besserte, dies sagen mir auch alle, denen ich es auf Verlangen meiner Mutter vorlaß, aber ich fürchte immer, daß diese Menschen gar wenig davon verstehen, denn es sind meistens Frauenzimmer, von denen ich im Ganzen nur wenig Proben eines reinen und soliden Geschmacks gesehn habe, und so fürcht ich sie täuschen sich und mich«, schreibt sie am 20. Dezember 1814 an ihren väterlichen Freund Sprickmann, der die Wahl der Dramenform wohl angeregt hatte. Bewundernswerter als das handwerkliche Geschick der jungen Droste aber sind die Hellsichtigkeit ihrer Selbstanalyse und ihre Einsicht in den gesellschaftlichen und vergesellschaftenden Charakter der Versform, deren gehobene Glätte die Spannungen zwischen den dramatis personae zugleich leugnet und hervorhebt. Abgesehen hatte sie sich das vor allem von Goethes ›Torquato Tasso‹.

Nach dem Vorbild des ›Tasso‹ sollte ihre ›Berta‹ vom poetischen Leiden (und dem Leiden der Poetin) an der Welt handeln. Dieses Thema verknüpft die Droste mit dem aktuellen politischen Drama cäsarisch-napoleonischen Größenwahns, dessen Protagonist Bertas Vater ist, ein Reichsgraf aus uralter Familie, die ihren Adel bis auf die Zeit von Karl dem Großen zurückführen kann. Zum Tasso kommt also Wallenstein, dazu ein Schuß von Wilhelm Tells nationalem Befreiungspathos, um nur die wichtigsten Einflüsse zu nennen: ein wahrhaft cäsarischer Plan. Die Droste macht selbst auf die Verwandtschaft von Berta und ihrem Vater aufmerksam, wenn sie eine Dramenfigur über ihre Heldin sagen läßt, dieser Dame sei das Höchste nicht zu hoch; das gilt auch für ihre Schöpferin. Im Ansatz ist die Verklammerung des privaten und des politischen Dramenhandlungsstranges einleuchtend (die Droste macht – wie Schiller besonders im ›Don Carlos‹ – darauf aufmerksam, daß es für einen Angehörigen der Aristokratie eine Trennung zwischen politischer und privater

Existenz gar nicht gibt): der Reichsgraf möchte seine beiden Töchter, Berta und Cordelia, so verheiraten, daß seine ehrgeizigen politischen Pläne dadurch gefördert werden, er betreibt also Heiratspolitik. Die artige Cordelia ist fügsam, Berta widerspenstig. Sie hat ihr Herz schon an einen jungen poetischen Helden und heldischen Poeten, einen Schweizer, unstandesgemäß verschenkt und schaudert zurück vor der mörderischen Raubvogelnatur des Grafen mit dem sprechenden Namen Reihersdorf, dem sie als Beute zufallen soll. Zum moralischen und tragischen Ende (Sturz des Reichsgrafen, Tod des Geliebten, Bertas Rückzug ins Kloster) gelangte die Droste nie, doch das Stück hat dadurch wohl nichts verloren: was die jugendliche Verfasserin vor allem interessierte, ihre eigene problematische Identität, ist erschöpfend behandelt.

Bertas literarischer Geburtsort ist die Dichtung der Empfindsamkeit; sie ist eine schöne Seele, eine Psyche, die an der Realität leidet, erfüllt ist von tugendhafter Jenseitssehnsucht (fort »aus diesem Tal der Leiden«, »der kalten Wirklichkeit beengten Schranken«). Ihr hohes Streben ist ihrer Physiognomie als Schwäche und Blässe eingeschrieben. Die negative Positivität und Idealität dieses Identifikationsmodells wird im Drama teils bestätigt, teils zersetzt und zerstört.

Die Heldin der Droste führt sich mit einem empfindsamen Spiegelbild-Lied als vom Tode gezeichnete, schwermütige Patientin in das Stück ein (»O wehe! verbleicht sind die Wangen nun / Verwandelt das Lächeln in Tränen« [9, 27 f.]); mit der Diagnose von Bertas Krankheit sind die andern Dramenfiguren – fast alle Familienangehörige der Heldin – dann vollauf beschäftigt. Sie wird reflektiert in den Bildern der anderen, deren Ursprung sie selbst ist; sie hat keine Identität jenseits dieser Bilder.

Die boshafte und eifersüchtige Cousine verspottet Berta als Geschöpf einer literarischen Mode, die doch längst passé sei, verdächtigt sie also der Affektation (73, 30–74, 4).

Der Bruder beschimpft sie als Leichenvogel, als Kassandra:

»Wieder schaut dein trüber Blick

Nur Schreckgestalten in der Zukunft Bild
Und wittert unglücksahnend Blut und Mord.
Solch einen Unglücksraben, solchen Leichenvogel,
Wie du bist, trägt das Erdrund ferner nicht.
Wenn glühend dein Gehirn Phantome dir
Vorüberführt in gräßlichem Gemisch.« (51, 29–35)

Die Schwester, ein Ideal schöner, angepaßter Weiblichkeit, meint, Berta leide, weil sie aus der weiblichen Art geschlagen sei:

Wenn Weiber über ihre Sphäre steigen,
Entfliehn sie ihrem eignen bessern Selbst;
Sie möchten aufwärts sich zur Sonne schwingen
Und mit dem Aar durch duft'ge Wolken dringen
Und stehn allein im nebelichten Tal.
Wenn Weiber wollen sich mit Männern messen.
So sind sie Zwitter und nicht Weiber mehr.« (12, 21–27)

Berta selbst weiß, daß sie an einer verbotenen Liebe (zu einem männlichen Siegelbild) krankt. Verboten ist die Liebe, weil der Geliebte nicht standesgemäß ist und der Vater ihr einen andern Bräutigam zugedacht hat; verboten, sündig ist aber auch das verehrende Begehren nach dem Liebsten:

»Verwirrt ist meine Seele und erschlafft
Ist die Empfindung, nicht zum Himmel dringt
Mein reines Flehen mehr, es drängt, getrübt
Von wilder Glut, verbrecherischem Wahn,
Sich ein unwürd'ges Opfer hin zu Gott.« (62, 27–31)

Nach Meinung der Pädagogen und Mediziner der Zeit wurde sinnliches Begehren, vorzeitig erwachter Geschlechtstrieb auch schon im Diesseits hart, manchmal sogar mit dem Tode bestraft: »Bemerkst du jenes schwächliche, traurende, hinwelkende, nervenkranke Mädchen, welches in der Blüte seiner Jugend und in den Jahren der Freude, wie eine junge, vom Wurm gestochene Pflanze, das Haupt zur Erde neigt, und zu einer Zeit, da es für das Leben erst recht reifen sollte, schon lebenssatt und kummervoll zum frühen Grabe schwankt?«[9] fragt der Aufklärungspädagoge Joachim Heinrich Campe in seinem ›Väterlichen Rath für meine

Tochter‹, einem Anfang des 19. Jahrhunderts sehr verbreiteten Traktat.

Daß sie überhaupt nur geboren sei, um den Eltern durch frühen Tod Kummer zu bereiten, sieht Berta im weissagenden Bild ihrer zu frühen Geburt voraus, durch die sie, wie die Droste selbst, gewissermaßen nur halblebendig oder schon halbtot auf die Welt gekommen sei.

»Ach, ein schwach kaum atmend Kind
Sah ich das Licht.« (67, 9 f.)

Daß sie durch ihre Phantasie zerstört werde – die »verzehrend wilde Flamme, die / Am innern Mark des Lebens zehret (55, 37 f.) –, meint Bertas Mutter. Dabei war sie es, die Bertas Phantasie pflegte und förderte, da sie das zarte, anfällige Kind überhütete, vor den Härten der Welt abschirmte und in das höhere »Reich der Töne« einführte, das Berta zur Heimat wurde. Wenn sie die Tochter nun mit Sorge betrachtet, sie anders will, als sie ist, sie krank nennt, macht sie sie vielleicht erst krank; als Berta sich der Reichsgräfin öffnen, ihr beichten will, um sich zu retten, will diese nicht hören. Die junge Droste schrieb mit der ›Berta‹ einen offenen Brief an ihre Mutter, der Hilferuf einer, der schon längst nicht mehr zu helfen war. Therese von Droste-Hülshoff, die ihn las, wird dazu geschwiegen haben. Er bestätigte, was sie leider schon wußte. Wie im Drama mögen sich Mißbilligung und Stolz auf die begabte Tochter bei ihr die Waage gehalten haben.

Bertas Mutter errät die heimliche Liebe ihrer Tochter, und wie selbstverständlich wird diese Liebe für sie durch Bertas Phantasiekrankheit begründet, fällt mit ihr zusammen. Der Name dieses Leidens ist »Schwärmerey«, die von der Reichsgräfin wie in den Schriften der rationalistischen Pädagogen als quasi erotische Ausschweifung der Phantasie, als Trunkenheit des Geistes charakterisiert und kritisiert wird. Für die Gemüts- und Sinnesart des Schwärmers ist es nach Campe charakteristisch, »daß er an allen Gegenständen seiner Vorstellung nur Eine Seite [...] sieht [...]. Auf diese Eine Seite heftet sich sein ganzer Seelenblick; für alle andere Seiten des nämlichen Gegenstandes hat er von Stunde an weder Auge noch Ohr. Diese Einengung seiner Vorstellungen auf einen einzigen Fleck ist der Brennstrahl, der auf den Zunder seiner Einbildungskraft fällt. Augenblicklich steht dieselbe in hellen Flammen, welche ein täuschendes Zauberlicht rund um sich her verbreiten. Nun ist er ein Seher, ein aus der wirklichen Welt Entrückter, der ohne Hülfe der sinnlichen Werkzeuge Dinge hört und sieht, oder vielmehr zu hören und zu sehen wähnt, welche kein anderes Auge gesehen, kein anderes Ohr gehört hat, und welche in keines andern Menschen Herz gekommen sind! Wunderbare Bilder, Schattenwesen und Fratzen flattern in dämmerndem Lichte vor dem Spiegel seiner Einbildungskraft; er glaubt sie mit leiblichen Augen zu sehen, mit Händen sie zu greifen und zu halten, und er ist von seinem eigenen Dasein nicht fester, nicht inniger überzeugt, als von dem ihrigen. Sein Blut geräth dabei in Wallung, seine Augen funkeln, seine Sprache ist die Sprache eines Begeisterten, eben so dunkel, eben so verdreht, eben so hochfliegend und volltönend!«[10]

Schwärmerei befällt nach Meinung der moralischen Ärzte vor allem Frauen, so daß Berta, die ihrer Schwester zu männlich erscheint, in den Augen der Mutter zu weibisch ist. Welche Verwirrungen! Als anderer Antonio (Tassos vernünftiger Gegenspieler in Goethes Drama) verweist sie die Tochter auf die männliche Fähigkeit, die Phantasie in ernste Schranken zu zwängen, Berta opponiert dagegen mit einem leidenschaftlichen Plädoyer für das unkontrollierte Gefühl und für den poetischen, weiblichen (nicht weibischen) Mann, der ihr im Geliebten Felsberg als wirklich begegnet ist. Eine solche konkrete Utopie einer Welt, in der die Frauen stärker, die Männer sanfter wären, wird sich im Werk der Droste nie mehr finden. Den Vater ausgenommen, dessen Machthunger ein Gegenbild zum hohen Streben seiner Tochter ist, tritt Bertas Familie als personifiziertes Wertsystem der rationalistischen Aufklärung auf, und sie selbst als dessen Negation: von Vernunft, Harmonie, Maß, Ordnung, Sittlichkeit, Optimismus, Fortschrittsglauben. Als Bild des Todes ist sie die Nacht zu ihrem Licht.

Berta gewinnt ihre negative Identität also nicht schlicht gegen die Aufklärung, sondern durch sie. Es scheint mir, als träfe das, was Starobinski über die finstere Kunst Goyas gesagt hat, auch auf sie zu: »Die Vernunft hat vor sich etwas radikal *anderes* als sie selbst; sie weiß, welche geheimen Bande sie mit diesen Ungeheuern verbinden, denn sie sind erst aus ihrem Anspruch oder genauer aus dessen Zurückweisung entsprungen. Sie sind die anarchische Macht der Verneinung, die sich nicht offenbart hätte, wenn nicht die Zwangsherrschaft der Tagesgesetzlichkeit verkündet worden wäre. Ein folgenschwerer Kampf, denn da die Vernunft in ihrem Feind die eigene *verkehrte Realität* erkennt, die *Kehrseite*, ohne die sie nicht Licht wäre, läßt sie sich von dem Unterschied, den sie nicht abschütteln kann, bezaubern.«[11]

Eine Figur der ›Berta‹ stellt freilich die Pathologie der Heldin (und damit das Drama überhaupt) grundsätzlich als gemeinsame Fiktion Bertas und ihrer Familie in Frage: die Amme, die dem zu früh geborenen Kind einst das Leben rettete. Für sie ist Bertha nun ein »großes und gesundes Fräulein«, für deren todessüchtige Reden sie kein Verständnis hat:

»Denn oftmals straft der Himmel solchen Spott
Durch schleunige Erfüllung, und das wär'
Ein großes Herzleid allen uns und auch
Nicht gut für eure Seele.« (67, 22–25)

So flößt sie auch noch der Herangewachsenen die Milch der Gesundheit ein, und es ist wohl begreiflich, daß die Droste an ihrer Amme Katharine Plettendorf mit solch großer Liebe hing.

3. Ledwinas Passion

Die junge Droste arbeitete schon (und noch) an der ›Berta‹, als sie selbst sich von Todesboten gleichsam umstellt sah. Im Winter 1814 schrieb sie darüber an Sprickmann, in dem Ton schwermütiger Bekenntnishaftigkeit, den sie für den väterlichen Freund fand: ». . . mehrere Umstände stimmten zusammen, um mich in eine innere Trauer zu versetzen.« An ein und demselben Tag waren ihre Tante und deren Tochter gestorben, und obwohl ihr die Verstorbenen im Leben eigentlich fern standen, hatte sie ihr Tod »wundersam gerührt«: »... so ein frisches blühendes Leben, was ich vor wenigen Tagen noch in seiner ganzen Kraft hatte wirken, und sich regen sehn, und nun auf einmahl jede Spur verlöscht, so ganz unsern Blicken und Wissen entnommen diese Wesen, mit denen wir so oft und auf so mannigfache Weise in Berührung kamen, zerrissen alle diese Bande, und uns fremd und verödet auf immer dieses Haus, wo ich so manche angenehme und unangenehme Stunden verlebt hatte, es war eine tiefe schaurige Empfindung [...] Die schnelle Auflösung aller dieser Personen (denn auch eine Mutterschwester hat plötzlich zwey allerliebste Kinder verlohren) rief mir vernehmlich die Worte ›auch du mußt sterben‹. Ein Ton der in meiner Brust wiederhallte, und noch dadurch verstärkt wurde, daß ich mir, wie man glaubte, durch zu vieles angestrengtes Singen ein immerwährendes Übelbefinden zugezogen hatte, obgleich ich nun nur wenig Schmerzen fühlte, so brachte mich doch eine täglich zunehmende Magerkeit und Blässe, das Verschwinden meines Appetits, eine immerwährende Mattigkeit, und die mit einem solchen Zustande unzertrennlich verbundene Niedergeschlagenheit, auf den Gedanken der Auszehrung, und stellte mir oft den Gedanken einer nahen Auflösung recht lebhaft und ernstlich vor Augen.« (20. 12. 1814) Es schien ihr, als sei die Phantasiekrankheit, an der sie mit Berta litt, nun körperlich zum Ausbruch gekommen, und auch diese Krankheit teilte sie wiederum (Jahre später) einem poetischen Spiegelbild mit.

Am 4. Februar 1819 erzählt Annette von Droste ihrer vier Jahre jüngeren Tante Anna von Haxthausen in forcierter Leichtfertigkeit (die bei ihr oft innere Bewegung kaschierte) von einem Novellenplan: »Meine Heldin trug schon zu Anfang der Geschichte den Tod und die Schwindsucht in sich, und löschte so nach und nach aus, dies ist eine gute Art die Leute todt zu kriegen, ohne daß sie brauchen den Hals zu brechen, oder an unglücklicher Liebe umzukommen, aber da bringt mir das Unglück aus der Lesebibliothek 4 Geschichten nach der Reihe in die Hand, wo in jeder die Heldin eine solche zarte überspannte Zehrungsperson ist, das ist zu viel, ich habe in meinem Leben nicht gern das Dutzend vollgemacht, in keiner Hinsicht, also habe ich meinen lieben, schön durchgearbeiteten Novellenplan aufgegeben, mit großem Leid.« Sie hat den Stoff dann doch noch mehrmals wieder aufgegriffen und wieder fallengelassen: »Ich schreibe jetzt zuweilen an der ›Ledwina‹, die gut werden wird aber so düster, daß mich das Abschreiben daran jedesmal sehr angreift«, berichtet sie Anna im Herbst 1821; zuletzt nennt sie das Werk 1837 in einer Aufstellung angefangener Arbeiten, »die es nicht verdienen so schmählich zu verkommen« (»ein Roman, ›Ledwina‹ etwa bis zu Einem Bändchen gediehn«). (4. 8. 1837)

In das uns erhaltene Fragment sind also Erfahrungen verschiedener Lebensalter eingegangen, aber was von ihm in Erinnerung bleibt, ist vor allem jene Stimmung tiefer schauriger Empfindung aus dem Winter 1813/14. Der Todessog des »Auch du mußt sterben« wird als seine Inspiration im Eingangsbild vorgestellt und dann vielfach abgetönt, ins Schwermütige gemildert, ins Schauerliche gesteigert, ins Groteske verzerrt; die Romanhandlung setzt es um in die Liebesbegegnung zweier vom Tod gezeichneter junger Menschen, die präfiguriert wird durch einen großen Traum Ledwinas, in dem sie zu ihrem toten Liebsten ins Grab sinkt und seinen verwesten Leib, sein Gerippe mit »glühender«, mit »herzzerreißender Zärtlichkeit« liebkost. Mit der Fixierung auf die Bilder des Grauens scheint die Heldin dem Wahnsinn, dem Tod des Geistes, schon gefährlich nahe; um seine Schrecken kreist eine längere Konversation des Romans. Die »indezente Nekrophilie« (Broch über Novalis ›Hymnen an die Nacht‹) eines Fräuleins aus bester Familie konnte auf die Nachwelt schon verstörend wirken. »Keine Nahrung für den Geist«, meinte der fromme Biograph Wilhelm Kreiten, der sich dem Werk der Droste als Seelenarzt näherte. Beim Lesen des Fragments stellte sich ihm die Frage, *»ob die Dichterin nicht in diese eine Erzählung alle Schrecknisse des Lebens, alles Beängstigende und Widerstrebende, alle Motive des Grausens und Abscheus habe verweben wollen«.* [12]

Die ›Ledwina‹ ist ein Nachtstück, ein Kind der romantischen Mode, wie die ›Berta‹ eine Tochter der Empfindsamkeit. Sie ist gleichsam die Liebesaffäre der jungen Droste mit der Romantik, und sie hätte mit der Liebe zweier Todgeweihter die romantische Liebesgeschichte schlechthin gestalten sollen. Vorgelebt hatte sie Novalis, der romantischste der Romantiker, mit seiner kindlichen Braut Sophie von Kühn. Gewiß ist, daß die poetische Figur des Grafen Hollberg Züge des romantisch fühlenden und dichtenden August von Arnswald trägt, den die junge Droste unglücklich begehrt hatte, imaginieren läßt sich, daß sie sich in ihrer Heldin auch mit dem toten Novalis verband: Er wird in den Gesprächen mit ihrer Jugendfreundin Wilhelmine von Thielmann, der Schwester von Novalis' zweiter Braut Julie von Charpentier, eine große Rolle gespielt haben. Die ›Ledwina‹, die seine blaue Blume in eine rote Totenblume verwandelt, als Totenblume erkennt, ist voller Reminiszenzen an seine Dichtung, ist der Naturphilosophie der Romantik und ihrer »pathologischen« Ästhetik (freilich kritisch) verpflichtet: »Das Ideal einer vollkommnen Gesundheit ist bloß wissenschaftlich interessant. Krankheit gehört zur Individualisierung.«[13]

Die heilige Ledwina (auch Ludwina, Lidwina, Lidewigis u. a.) ist die Schutzpatronin der Kranken und soll im 14. Jahrhundert im holländischen Schiedam gelebt und gelitten haben: »Recht und wohl ward ihr der Name Lidewigis von vielem Leiden gegeben: weilen sie durch viele Kranckheiten gezüchtiget, Christo ihrem himmlischen Bräutigam sehr angenehm worden ist.«[14] Als junges Mädchen war sie sehr schön, hatte aber zugleich »den steiffen Vorsatz, im Jungfrauen-Stand zu bleiben [...] Deswegen bate sie täglich den Herrn / er wolle von ihrem Hertzen all schädlich und fleischliche Liebe hinwegnehmen / auff daß sie ihn den HErren ihren Gott mit reinem Hertzen und alleinig lieben könte.«[15]

Gott erhörte ihr Gebet. Damit »ihre jungfräuliche Ehre nicht etwa durch die Eitelkeit der Welt / oder Gelüsten des Fleisches beschädiget würde / legte um sie rings herum der HErr Christus einen Zaun von dörnern / daß ist / unerträglichen Kranckheiten und Schmerzen / damit sie durchauß zum Ehstand nicht fähig wäre.«[16] Sie verweste bei lebendigem Leibe. Thomas a Kempis' Fassung der Legende malt Ledwinas jahrzehntelanges Siechtum in krassen, ekelerregenden Einzelheiten wollüstig aus. Lebend war sie doch schon eine Tote, an deren verfallendem Leib sich die Würmer mästeten. Doch Ledwinas Leib, der einen so schrecklichen Anblick bot, strömte einen himmlischen Wohlgeruch aus. Das »Erdreich« ihres jungfräulichen Leibes brachte die »Blumen der Schamhaftigkeit« hervor, und so, im Blumenkranz, wird die Heilige denn auch dargestellt.

Die Legende einer durch Krankheit, durch Passion erzwungenen Jungfräulichkeit ist »ein Beispiel für die Probleme – und auch die sonderbaren Lösungen, – die das Streben nach Reinheit schafft.«[17] Der Herr, der Ledwina für sich wollte, stärkte nicht ihre Seele, sondern zerstörte ihren Körper. Die schamlose verbale Zurschaustellung des unter den qualvollen »Liebkosungen« des Todesgottes verfallenden Leibes ist eine überaus drastische Vanitas-Predigt; doch durch die spannungsvolle Verbindung von Reinheit und Schmutz, Geist und Körper, Blumen und Verwesung wird der christliche Rahmen der Legende zum ewigen Rhythmus des Werdens und Vergehens durchbrochen. Der zur Erde verwandelte Leib macht als Quelle neuen Lebens die Jungfrau Ledwina zur Mutter.

Die neue Ledwina der Droste ist eine resignierte Berta: ein blondes, blasses, schwärmerisches, poetisches, reizbares, schwindsüchtiges Fräulein, das sich mit dem doppelten Leiden an ihrer Familie und der eigenen, kranken Natur abgefunden hat. Die Mutter (der Vater ist gestorben), der Bruder, die kleine Schwester Marie, die große Schwester Therese tun auch einander weh – die Droste hat die unausgesprochenen, in Alltags-Konversation verhüllten Spannungen in Ledwinas

Familie subtil geschildert – aber sie stehen doch gegen Ledwina alle auf einer Seite: der Bruder in seinem bornierten, selbstzufriedenen Rationalismus und die Mutter als strenge Hüterin gesellschaftlicher Sitte müssen »oft ungerecht, immer verfehlt« urteilen »über ein Gemüth, das man nicht leise genug hätte berührn können, und das bey der durchsichtigsten Klarheit, dennoch an ewig misverstandenen Gefühlen verglühen mußte« (171, 23–26). Die Schwester Therese als Inbegriff schöner harmonischer Weiblichkeit, Selbstlosigkeit, Güte ist eben deshalb ihrer problematischen Schwester ein beständiger Vorwurf: Sie wird die weibliche Erfüllung in Liebe und Ehe finden, die Ledwina versagt ist: durch ihre physische Krankheit, über deren tödlichen Charakter sich die Familie freilich noch Illusionen macht, und durch ihr krankes Wesen: »Mein loses thörichtes Gemüth hat so viele scharfe Spitzen und dunkle Winkel, das müßte eine wunderlich gestaltete Seele seyn, die da so ganz hinein passte«, (156, 1 ff.) klagt sie der Schwester, die sie tröstet: »›auch du wirst finden, was dir einzig lieb bleibt. [...]‹ Ledwine, der das Gespräch zu angreifend wurde, sagte wie leichtsinnig: ›Ja wohl, man sagt ja, es giebt keinen so schlechten Topf, daß sich nicht ein Dekkel dazu fände, aber Gott weiß wo mein Erwählter lebt‹« (156, 8, 10–13). Die Erzählerin hat ihn schon auf den Weg geschickt: einen schwindsüchtigen Grafen, Ledwinas männliches Spiegelbild, dessen Gemüt ganz und gar zu ihrem paßt. Es bringt die tödliche Krankheit noch einmal ins Haus, die mit Ledwina schon in ihm wohnt.

Ledwina lebt an der Grenze zum Verbotenen. »Was wir am meisten begehren ist im Prinzip auch das, was uns am meisten bedrohen und ruinieren kann«,[18] schreibt Bataille, und ähnlich immer wieder: »wir begehren das, was unsere Kräfte und Reserven erschöpft und, wenn nötig, unser Leben gefährdet.«[19] Für seine Philosophie, die Sexualität und Tod aneinander bindet und als Domäne der Verbote und Übertretungen ausweist, ist Ledwina eine Kronzeugin. Sie träumt von den »großen und furchtbaren Reizen« der Wüste, »[...] statt der Wolken die himmelhohen wandelnden Glutsäulen, statt der Blumen die farbicht brennenden Schlangen, statt der grünen Bäume die furchtbaren Naturkräfte der Löwen und Tiger« (152, 14 f., 23–26). »Es ist unverkennbar, daß sie hier von den großen und furchtbaren Reizen sinnlichen Brennens phantasiert. Sie begehrt, was sie fürchtet. Sie will sich verlieren. Der Fluß, der die Erzählung durchströmt, ist das Zeichen dieser ihrer lust- und angstvollen Todessucht, das Element der Auflösung. Er ist die eigentliche Macht dieser Dichtung, ihr Trieb, der Trieb. Als Inkarnationen des Flusses werden aus den schwindsüchtigen Liebenden der poetisch-romantischen Mode mythische Todesgottheiten, die zugleich Opfer sind und Opfer fordern. Ledwina ist eine Nixe, eine Undine, ihr Bräutigam ist ein Wassermann. ›Warum wählst du immer den verdrießlichen Weg am Flusse, Ledwina‹, fragt die Frau von Brenkfeld ihre Tochter. ›Ich habe den Weg einmahl sehr lieb‹, versetzte Ledwina, ›ich glaube das Wasser thut viel dazu.‹ ›Den Fluß hast du ja auch unter deinem Fenster‹, sagte die Mutter, ›aber es ist so ein bequemer Gedankenschlender, deshalb geht man auch leicht weiter wie man sollte‹« (151, 10–17).

Ledwina kann diesem Trieb nur schwer widerstehen, und die Krankheit verschärft das Verbot und den Willen zur Übertretung. Sie soll sich schonen, doch es treibt sie zur Verschwendung: Ihr war »dieses traurige Hüten, dieses erbärmliche sorgfältige Leben, wo der Körper den Geist regiert, bis er siech und armselig wird, wie er selber, so verhaßt, daß sie gern diese ganze in Funken zu verglimmende Lebenskraft, in einem einzigen recht lohhellen Tage hätte ausflammen lassen, ihr frommes Gemüth behielt auch hier die Oberhand über den furchtbar durchbrennenden Geist, aber noch nie hat wohl ein Märtyrer Gott sein Leben reiner und schmerzlicher geopfert, wie Ledwina den schöneren Tod in der eignen Geistesflamme« (141, 18–26). Sparsamkeit ist die größte Tugend der nachrevolutionären Gesellschaft, Verschwendung ihre ärgste Sünde. Sie gilt in jeder Form als potentiell tödlich, als Schwärmerei, als Raubbau an den körperlichen Kräften, als sinnliche, als finanzielle Ausschweifung. Wer sich verschwendet, ruiniert sich, wird schuldig. Niemand aber ist verschwenderischer als der, der sein Leben freiwillig opfert. Wo Ökonomie der höchste Wert ist, muß auch die religiös sanktionierte Verschwendung, muß das Liebesopfer, die Glorie der Märtyrer, verdächtig werden – und aussterben. Ledwina findet sie nur noch bei treuen Dienstboten. Sie glaubt, daß der alte Pächter Franz sein Leben für sie geopfert habe, doch Bruder und Mutter widersprechen in falscher Schonung: der Mann sei ganz natürlich an »Brustfieber« gestorben. Ledwina ist tief verletzt: »Es war, als wolle man ihr das herzzerreißende, aber teure Geschenk dieses geopferten Lebens entreißen, und sie hielt es fest an sich gepreßt« (147, 16 ff.). Unter der Herrschaft der Ratio verliert das Opfer seine Poesie, seine Schönheit, wie Ledwina sagt. Sich opfern heißt dann nur noch: (sich) sparen, sich etwas versagen, sich frustrieren, entsagen.

Ledwinas Krankheit *ist* der unterdrückte Wille zur Verschwendung. Tuberkulose, die Krankheit der Liebenden und Poeten, meist sprechend Schwindsucht oder Auszehrung genannt, galt im 19. Jahrhundert (und in der Poesie noch lange darüber hinaus) als das Leiden derer, die sich verzehren müssen, weil sie sich nicht verschwenden dürfen oder können, als Krankheit leidenschaftlicher und unterdrückter, frustrierter Menschen. Sie war »gleichermaßen ein Mittel, Sinnlichkeit zu beschreiben und die Ansprüche der Leidenschaft zu beschreiben wie ein Mittel Unterdrückung zu beschreiben und die Forderungen der Sublimierung anzupreisen«,[20] schreibt Susan Sontag. Die Schwindsüchtigen sind Märtyrer ihres Begehrens. In ihrer Krankheit kommt der widersprüchliche Willen zum Gehorsam und zur Übertretung zum Ausbruch und Ausdruck. Die Reinheit Ledwinas ist gleichsam schmutzig.

Der schwindsüchtige Graf Hollberg, Ledwinas Spiegelfigur, wirkt als ihr Verstärker. An ihm, der als Fremder ins Haus kommt, läßt sich erkennen, was man am Mitglied der eigenen Familie nicht sehen will: Ihn kann man offen ablehnen und ausstoßen: Es »gehörte zu der festen Ordnung des Hauses eine übertriebne Angst und fast kindisches Hüten vor aller Ansteckung, und in der Frau von Brenkfeld nahm demnach eine leise Abneigung und feststehende Ungerechtigkeit gegen den Grafen Platz, der ihr [...] reines Haus zu verpesten drohte« (174, 20–26).

Die Worte sind mit Bedacht zu stark gewählt: Offenbar handelt es sich um mehr als eine gefährliche und ansteckende Krankheit. Mary Douglas hat in ihrer Studie zu »Vorstellungen von Verunreinigung und Tabu« die These vertreten, daß die Reinheitsvorschriften und Abgrenzungsanstrengungen einer Gesellschaft immer dann besonders groß sind, wenn sie unter Druck steht: Das trifft gewiß für die nachrevolutionäre, zugleich rationalistische und katholisch-konservative Aristokratie in Westfalen zu. In Ledwinas Krankheit spiegelt sich die Krankheit des gesellschaftlichen Körpers. Mit ihrer Ausstoßung »in effigie«, die sie zum Sündenbock werden läßt, suchen sich die Angesteckten zu retten und zu reinigen. Doch das Heilmittel ist möglicherweise gefährlicher als die Krankheit: Auf paradoxe Weise steht Ledwinas verbotener Todestrieb im Bunde mit dem Lebendigen, verweist auf die tödliche Sterilität, die einer Gesellschaft mit »strikter Reinheitsstruktur« droht. Im Anschluß an den Religionsphilosophen William James hat Mary Douglas vorgeschlagen, zwischen schmutzbejahenden und schmutzverneinenden philosophischen, religiösen, gesellschaftlichen Systemen zu unterscheiden; danach müßte man Ledwinas Familie schmutzverneinend nennen. Die Legende der Heiligen, deren Namen Ledwina trägt, deren Schicksal des lebenden Todes sie teilt, gehört dagegen offenbar einer »kompostierenden« Religion (oder Weltanschauung) an, die Schmutz, Verwesung, Tod als Quellen neuen Lebens begreift: »Was ausgesondert wurde, wird zur Erneuerung des Lebens wieder untergepflügt.«[21] So will die Ledwina der Droste am Ende ihres Kirchhoftraums den verwesten Geliebten aus Blumen wieder zusammensetzen, »daß er lebe und mit ihr gehe« (160, 36).

4. Exkurs: Zum Beispiel Fische. Ärztlicher Befund.

> *»Wie die niedern Thiergattungen, z.B. Fische, einen Rumpf besitzen, welcher fast nichts als Bauchhöhle ist, wie die Bauchhöhle auch im Rumpfe des menschlichen Fötus die Brusthöhle außerordentlich und je früher um so mehr überwiegt, so erscheint auch im Weibe dieses Verhältniß als eine zum Typus niederer oder unvollkommener Organisation sich hinneigende Eigenthümlichkeit.«* (Carus I,18)

Wenn ein Mann »an seinem Fleisch einen Fluß hat« oder ihm im Schlaf »der Same entgehet«, dann ist er nach dem mosaischen Gesetz unrein; die Frau ist jeden Monat unrein, wenn und solange sie ihres Leibes Blutfluß hat; die Unreinheit des Mannes ist zufällig, die Unreinheit der Frau notwendig, der Fluch ihrer Natur. Christliche Theologen sahen in ihr eine Kollektivstrafe für den Sündenfall Evas, die sie für schuldiger hielten als den von ihr zur Sünde nur verführten Adam. Die Mediziner verbreiteten jahrhundertelang die Lehre von einer besonderen unreinen Beschaffenheit des Menstruationsblutes. In seinem ›Lehrbuch der Gynäkologie‹ (Leipzig 1820, 2 Bde.) widerspricht Carl Gustav Carus diesem »Aberglauben« wohl ausdrücklich (»im Gegentheil finden wir aber an diesem Monathsblute [...] weder besondern Geruch noch sonstige ungewöhnliche Beschaffenheit« [I,95]), doch an der tradierten Vorstellung weiblicher Mangelhaftigkeit, der »Krankheit Frau«[22] hält er fest. Ich skizziere im folgenden seine Argumentation als exemplarisches Beispiel für die »wissenschaftlichen« Weiblichkeitsphantasmen der Zeit. Sein zweibändiges Lehrbuch ist eine »systematische Darstellung der Lehren von Erkenntniß und Behandlung eigenthümlicher gesunder und krankhafter Zustände, sowohl der nicht schwangern, schwangern und gebärenden Frauen, als der Wöchnerinnen und neugebornen Kinder«. Es basiert auf der Unterscheidung zwischen Krankheiten des weiblichen Organismus, die »er mit dem männlichen gemein hat ... und andere, welche als auf die besondere Organisation des

Weibes gegründet nur in diesem Geschlechte möglich und ihm ganz eigenthümlich sind.« (I,57) Nur von den letzteren will Carus handeln.

Das Kriterium für spezifisch weibliche Erkrankungen gewinnt Carus aus dem Zeichensystem des weiblichen Körpers. »Stellen wir einen wohlausgebildeten männlichen und einen ähnlichen weiblichen Körper einander gegenüber, so ergeben sich alsbald die beträchtlichsten und bedeutungsvollsten Verschiedenheiten, deren Wesentliches, um es sogleich im Ganzen anzudeuten, auf *Vorwalten der für Assimilation und Reproduktion bestimmten Gebilde,* oder (was eben hierdurch begründet wird) auf ein *Hinneigen zum Typus des nicht vollkommen ausgebildeten,* des *kindlichen* Körpers zurückgeführt werden kann.« (I,15 f.) In der Frau überwiegt also das »physische, das auf vegetatives oder produktives Leben sich beziehende« (I,42), sie ist körperlich und geistig schwächer und weitaus reizbarer, sensibler, rezeptiver als der Mann. »Symptome, welche vom Nervensystem ausgehen«, sind nach seiner Erfahrung für Frauen typisch; sie begleiten »die meisten Krankheiten der Weiber« (I,59). Das Frausein selbst ist also schon eine Art von Krankheit, die sich verschärft, wenn sich die Frau nicht ihrer Bestimmung gemäß entwickelt.

Der Mann, der die Frau vor allem als Geschlechtswesen und als unmündiges Kind sieht, kann sich als Geistwesen überlegen, aber auch bedroht fühlen; für Carus wie für viele seiner Kollegen ist die Frau so etwas wie ein Explosivkörper, der möglichst entschärft werden muß. Das »ceterum censeo« seiner Ätiologien und Therapien, die Vorbeugungsmaßnahme schlechthin gegen alle Frauenkrankheiten, ist eine physische und psychische Diätetik, die den Zweck hat, geschlechtliche Erhitzung zu verhindern oder abzukühlen: »Ist [...] irgend etwas ein großes Palladium schöner und naturgemäßer weiblicher Entfaltung, so ist es *Sittenreinheit.* Hierauf zunächst sey daher die Sorgfalt der Erzieher gerichtet! Vermieden werde (und zwar bey der Neugier junger Mädchen nach den Geheimnissen des Geschlechts, doppelt vorsichtig), was psychisch einwirkend die Phantasie befleckt, was physisch Congestionen nach den Gefäßen der Geschlechtsorgane veranlaßt, als wohin erhitzende Getränke, stark gewürzte Speisen, Schlafen in dicken Federbetten und warmen Stuben, so wie sitzende Lebensweise gehören.« (I,98) Auch das erhitzende Tanzen gehört zu den gefährlichen Reizen, die vermieden werden sollten. Die erwünschte Temperatur ist lauwarm wie die Bäder, die den Patientinnen in fast jedem Fall dringend empfohlen werden und auch für die Gesunden immer nützlich sind. Wer sich an die verordnete Diät nicht hält, ist an seiner Krankheit auf jeden Fall mit schuld. Die Droste hielt sich daran: sie mied gewürzte Speisen und demonstrierte mit ihrem Speisezettel wohl nicht nur die Tugenden von Sparsamkeit und Genügsamkeit: »Mein Essen besteht Mittags aus Suppe, wie die Leute sie essen, Pellkartoffeln und Leber, die ich den Sonntag warm, und die übrigen Tage kalt esse, – Abends Warmbier, und Butterbrot mit Käse, – es ist ein Glück, daß ich immer dasselbe essen kann.« (An Therese von Droste-Hülshoff, 24. 10. 1837)

Pubertät und Klimakterium sind als die Perioden, in denen die weibliche Reproduktivität und (nach Meinung der damaligen Ärzte) Sexualität beginnt und erlöscht, in denen sich die Frau also geschlechtlich erhitzt und abkühlt, besonders kritisch und krankheitsanfällig ist. Ärzte des 19. Jahrhunderts wissen von pubertierenden Pyromaninnen zu berichten. Doch ebenso oder mehr noch als die allzu heftige Erhitzung fürchten sie die zu geringe Erwärmung. Für den Mediziner Carus ist die Frau geboren, um zu gebären; sie ist krank, wenn sie diese Funktion nicht normal erfüllen kann; wenn sie nie Mutter war, hat sie den Sinn ihres Lebens verfehlt.

Als typische klimakterische Erkrankung gilt ihm die Hysterie, die bei unverheirateten, unglücklich verheirateten, verwitweten Frauen auftritt. Carus definiert sie als *»Verstimmung des Nervensystems, welche eine Folge ist des Mißverhältnisses zwischen allgemeiner und geschlechtlicher Produktivität«* (I,240), als Verstimmung also, die daraus resultiert, daß die weibliche Bestimmung der Produktivität »gar nicht oder unvollkommen erreicht wird« (I,240). Mögliche Ursachen sind u. a. »angestrengte Geistestätigkeit, falsche Ernährung (zu scharf, zu heiß ...), falsche Lektüre (dito), außerdem Leidenschaften, Kummer, aber auch Ausschweifungen oder – und vor allem – »gänzlicher Mängel an naturgemäßer Befriedigung des Geschlechtstriebes«. Hysterie ist die weibliche Spielart der wertvolleren männlichen Hypochondrie. Beim Mann sollen sich Produktivität und Kraft in höherer Sphäre offenbaren, daher nehmen Störungen der reproduktiven Tätigkeiten bei ihm auch andere Formen an (äußern sich etwa als Verfinsterung des Gemüts, die sich als Verstopfung auf den Unterleib schlägt).

Die Krankheiten »in der Zeit der Geschlechtsreife« werden zum einen aus Unregelmäßigkeiten der Menstrualfunktion abgeleitet, zum andern aus »krankhaften Verstimmungen in den allgemeinen Thätigkeiten« (I,158) (des weiblichen Geschlechtssystems). Dazu gehört die Bleichsucht (Chlorosis), die Carus aus einem »Uebergewicht des Wachsthums über die Ernährung« (I,59) erklärt: »Was nun aber zunächst das weibliche Geschlecht betrifft, so finden wir bey den meisten weniger kräftigen Individuen in der Periode, wo das Wachsthum des Körpers ziemlich beendigt ist, daß auch ohne eigentliche Störung des Wohlbefindens, doch eine blaßere Hautfarbe, Müdigkeit, eine mehr melancholische Stimmung, mangelnder Appetit u.s.w. diese wichtige Epoche bezeichnen, und merkwürdig ist zugleich die Neigung zu Krankheiten, welche, obwohl sie dem weiblichen Geschlecht keineswegs ausschließlich eigenthümlich sind, doch insbesondre auf abnormes Hervortreten der der Reproduktion entgegenwirkenden Funktionen sich beziehen, wohin denn vorzüglich die Brustkrankheiten und namentlich die so vielen Jungfrauen verderblichen Lungenschwindsuchten gehören.« (I,160) Die Schwindsüchtigen und die Bleichsüchtigen sind keine richtigen Frauen (ihre Menstruation fehlt entweder ganz oder ist »mißfarbig, selten und spärlich; ja die Organe selbst sind oft nur unvollkommen entwickelt, Brüste und Uterus sehr klein, und der Geschlechtstrieb mangelt entweder völlig, oder ist krankhaft aufgereitzt und erhöht.« [I,161]).

Neben der Bleichsucht beschreibt Carus eine Reihe von Krankheitsphänomenen, die er insgesamt als »Verstimmungen der animalen Funktionen während der Pubertätsentwicklung« (I,172) bezeichnet. Er unterscheidet dabei zwischen den krankhaften Erscheinungen des inneren Sinns, »in welchem das eigentliche Seelenleben sich ausspricht), (I,175) und des äußeren Sinns. Zu letzterem gehören Schlafwandeln, Reden im Schlaf, somnambule Zustände, ungewöhnliche, übernatürliche Wahrnehmungen, alles Erscheinungen, die mit der vegetativen Natur der Frau zusammenhängen. Störungen des inneren Sinnes sind Abspannungen, vor allem aber nach innen und (oder) außen gerichtete Überspannungen des Selbstgefühls. Die nach innen gerichteten äußern sich als Schwärmerei. »*Die Ueberspannungen des Selbstgefühls im wachen Zustande* betreffend, so sind sie vorzüglich bey schwächlichen, überreitzten Jungfrauen, deren Geistesentwicklung der körperlichen weit vorgeeilt ist, zu bemerken; es ist hier, als ob der Geist auf alle Weise die Schwäche und Unvollkommenheit des Körpers verdecken wollte, und zugleich als ob der Geist bey der unvollkommnen körperlichen Organisation, gleichsam des festen Bodens in der sinnlichen Welt ermangelte, und daher von einer Erscheinung leicht unverhältnismäßig, ja bis zum Aufgeben aller innern Freyheit angezogen würde. Mädchen dieser Art zeichnen sich vorzüglich aus durch einen zarten Körperbau, feine Haut, sprechende Gesichtszüge und vorzüglich ein äußerst lebendiges Auge, sie sind zu Fieberbewegungen und Unordnungen in der Verdauungsfunktion geneigt, haben unruhigen Schlaf und lebhafte Träume. Bemerken diese Individuen nun (und sie fühlen es vermöge ihrer Reitzbarkeit früher und stärker, als gemeinhin geglaubt wird), daß man sie ihrer unvollkommenern physischen Ausbildung wegen bemitleidet, daß ihnen deßhalb wohl gar weniger Ansprüche auf künftiges eheliches Glück verstattet werde, so erwacht ihre Eitelkeit, sie wollen durch die gewaltsamsten Anstrengungen die Ansprüche auf Beachtung erzwingen, welche ihnen die Natur versagt zu haben scheint.« (I,178 f.)

Carus' Patientinnen ähneln den poetischen Selbstportäts der jungen Annette von Droste-Hülshoff auf verblüffende Weise. Die bleichsüchtige Berta, die bleich- und schwindsüchtige Ledwina (mit ihrem langsamen matten Gang, der feinen, sanft gebeugten Gestalt, »der wie dem blühenden Schneeballe das farblose reichumflochtne Haupt zu schwer zu werden schien« (188, 27 ff.), das Fräulein aus ›Bei uns zu Lande auf dem Lande‹ (»ihre schlanke, immer etwas gebückte Gestalt gleicht einer überschossenen Pflanze« (II,346) sind das Negativ von Bildern gesunder, gebärfreudiger Weiblichkeit; Berta wird deshalb ja auch von Laurette verspottet. Ihre Geistesentwicklung ist »der körperlichen weit vorangeeilt«; die Hülle eines schwächlichen, kindlich-zarten, unvitalen Körpers birgt in sich eine intellektuelle, affektive, kreative Energie, die an ihm frißt, gleichsam sein Vampir ist. »Die Stimme ist schwach, aber schwach wie ein fernes Gewitter, dessen verhaltene Kraft man fühlt – tief, zitternd wie eine sterbende Löwin: es liegt etwas Außernatürliches in diesem Ton, sonderlich in dem Verhältniß zu dem zarten Körper. Ich bin kein Arzt, aber wäre ich der Vetter, ich ließe das Fräulein nicht singen« (II, 346).

Was Carus von solchen Mädchen bemerkt – weil sie als Frauen minderwertig sind, machen sie sich gern wichtig –, das hat man auch von der jungen Droste gesagt und es sie fühlen lassen. Die Kränkung, die darin für ein »junges, reitzbares Individuum« lag, kann kaum überschätzt werden. Die Ehelosigkeit, die sie über sich verhängte, ist vielleicht, als Reaktion auf diese Stigmatisierung, auch eine stolze Präventivmaßnahme.

Früher rühmten die Kritiker der Droste gern, man merke ihren Dichtungen nicht an, daß sie von einer Frau stammten. Das stimmt gewiß für einzelne Texte, aber nicht für ihr Gesamtwerk. Die Nervenkunst, für die sie berühmt (und auch wohl berüchtigt ist), läßt sich verstehen als Kultivierung der typisch weiblichen Reizbarkeit. Durch »das schwächste Geräusch, das Fallen eines Buchs, das Oeffnen einer Thüre, eine starke Anrede« usw. werden nach Carus die an Hysterie er-

krankten Patientinnen »wirklich schmerzhaft oder schreckhaft affiziert« (I,234); sie leiden an Sinnestäuschungen, »Flecken, Funken, Bilder, Phantasmata vor den Augen, das Doppeltsehen, das Brausen vor den Ohren« (I,234); aus solchen schmerzhaften Affektationen, aus Sinnestäuschungen, somnambulen, halb bewußten Zuständen, aus der Nähe zum Vegetativen schuf Annette von Droste-Hülshoff, weibliche Schwäche in poetische Stärke verwandelnd, große Dichtung, die Leser und Leserinnen angehen kann.
Freilich war das nur möglich, weil die Romantik dafür den Boden bereitet hatte. Sie lebt im Dunkel der großen Mutter Nacht, wie die Aufklärung unter dem Licht der väterlichen Sonne, bindet die Poesie an Traum und Bewußtlosigkeit, nähert sie Tod und Wahnsinn an, fördert die weiblichen, »pathologischen« Eigenschaften der Dichter. Als die Droste (am 27. März 1835) dem Freund Schlüter den geliehenen ›Phantasus‹ von Tieck zurückschickt, charakterisiert sie diesen »phantasienreichsten aller Märchenerzähler, ja den eigentlichen Phantasus mit Fleisch und Blut« als männlichen Hysteriker, als nur zu sehr ihresgleichen: »Mama las das Buch, und nannte es eine angenehme leichte Lecture, ich meinerseits habe es so träumerisch tief gefunden, selbst abgesehn von der, mitunter hervorstechenden *Allegorie*, worüber ich absichtlich weggieng, daß ich fürchtete drüber in den Zustand des guten Ritter Simon (siehe Blaubart) zu verfallen, – Tiecks Nervensystem muß gewiß, wo nicht schwach, doch äußerst reizbar seyn, weil Er alle damit verbundene Zustände von Halbwachen, Schwindel, seltsamen peinlichen fixen Ideen, so genau darstellt, – ja – als eigentliche Person des Dichters, durch das ganze Werk gehn läst, selbst wo es nicht hingehört, z. B. bey baumstarken Leuten, wie der Blaubart wenn er vom Schwindel spricht *et cet* – Glauben Sie mir, dies Buch, und, in minderem Grade, Alles von Tieck, ist höchst aufregend für Diejenigen, welche es eigentlich allein ganz verstehn können, und bringt die alten besiegten Flirren in Aufruhr –.«

Ursula Naumann

Quellenangaben

Die Texte der Annette von Droste-Hülshoff zitiere ich nach: Annette von Droste-Hülshoff. Sämtliche Werke in zwei Bänden: Hrsg. von Günther Weydt und Winfried Woesler. München 1973; die Brieftexte nach der von W. Woesler herausgegebenen Historisch-kritischen Ausgabe (Bd. VIII, 1. Bearbeitet von Walter Gödden. Tübingen 1987).

1 Julia Kristeva. Soleil Noir, Dépression et Mélancolie. Paris 1987, S. 15

2 ebda; S. 107 (Schönheit, die andere Welt des Depressiven.)

3 Zuerst in »Die Grenzboten«. Leipzig 1859, Bd. 4; zitiert nach dem Abdruck in »Modellfall der Rezeptionsforschung. Droste-Rezeption im 19. Jahrhundert. Hrsg. von Winfried Woesler. Frankfurt am Main, Bern, Cirencester/UK 1980. Bd. I, 1, S. 219

4 Wilhelm Kreiten, Anna Elisabeth von Droste-Hülshoff. Ein Charakterbild als Einleitung in ihre Werke, Münster und Paderborn 1887. S. 394, Anm. 2

5 Aus Annettes Jugendzeit. Tagebuch-Aufzeichnungen von Jenny von Droste-Hülshoff. In: Jahrbuch der Droste-Gesellschaft 1947, S. 91

6 ebda., S. 85

7 ebda., S. 85

8 ebda., S. 86

9 Joachim Heinrich Campe, Väterlicher Rath für meine Tochter [...] Der erwachsenen weiblichen Jugend gewidmet. Ausgabe der letzten Hand, in der Reihe die siebende. Braunschweig 1809, S. 506 f.

10 ebda., S. 507 f.

11 Jean Starobinski, 1789. Die Embleme der Vernunft. Paderborn-Wien-Zürich 1981, S. 147

12 Kreiten, a.a.O., S. 105

13 Novalis, Schriften. Hrsg. von J. Minor. Jena 1922, Bd. 2, S. 223

14 Thomas von Kempen, Alle Schriften und Bücher. In drei Theil getheilt [...] aus dem Lat. übersetzt von Pater A. Jacobs. Cölln 1713, S. 3

15 ebda., S. 5

16 ebda., S. 5

17 Mary Douglas, Reinheit und Gefährdung. Eine Studie zu Vorstellungen von Verunreinigung und Tabu. Frankfurt 1899, S. 211
18 Georges Bataille, L'Histoire de L'Erotisme. In: Œuvres complètes. Bd. VIII. Paris 1976, S. 90 ([...] l'objet que nous désirons le plus etst le plus susceptible en principe de nous menacer ou de nous ruiner.«)
19 ebda., S. 90 ([...] ce que nous voulons est ce qui épuise nos forces et ressources et qui met, s'il le faut, notre vie en danger.«)
20 Susan Sontag, Krankheit als Metapher. Frankfurt 1981, S. 31
21 Douglas, a.a.O., S. 217
22 Esther Fischer-Homberger, Krankheit Frau. Zur Geschichte der Einbildungen. Frankfurt 1984

Zu dieser Ausgabe

Als Druckvorlage dienten die Texte aus: Annette von Droste-Hülshoff. Sämtliche Werke in zwei Bänden. Hrsg. von Günther Weydt und Winfried Woesler. München 1973 (›Berta‹ und ›Ledwina‹ in Bd. II). Für die Anmerkungen zur ›Ledwina‹ habe ich mich auf den Kommentar der ›Historisch-kritischen Ausgabe‹ gestützt (Hrsg. von Winfried Woesler. Bd. V, 2. Bearbeitet von Walter Huge. Tübingen 1984).

U. N.

MARINA SAUER
Clara Rilke-Westhoff
Biographie
Ullstein Buch 30232

IRMA BRANDES/
URSULA MAUCH
Ich habe viel gelebt in diesen wenigen Tagen
Frauen der Romantik
Essays
Ullstein Buch 30233

PEA FRÖHLICH
Marie steigt aus dem Fenster
Kurzgeschichten mit Fotos
von Jens Heilmeyer
Mit einem Nachwort von
Margarethe von Trotta
Ullstein Buch 20237

GABRIELE WOHMANN
Der Flötenton
Roman
Mit einem Nachwort von
Norbert Schachtsiek-Freitag
Ullstein Buch 30238

Die schönsten Novellen der Frieda von Bülow über
Lou Andreas Salomé
und andere Frauen
Herausgegeben und
mit einem Nachwort versehen
von Sabina Streiter
Ullstein Buch 30239

NIGEL NICOLSON
Portrait einer Ehe
Harold Nicolson und Vita
Sackville-West
Mit einem Nachwort von
Ingrid von Rosenberg
Ullstein Buch 30240

HERTHA PAULI
Der Riß der Zeit geht durch mein Herz
Erlebtes – Erzähltes
Mit einem Nachwort von
Annemarie Stoltenberg
Ullstein Buch 30243

Das Leben und die erstaunlichen Abenteuer der Mary Ann Talbot
Herausgegeben und
mit einem Nachwort versehen
von Peter Krahé
Ullstein Buch 30244

GERTRUD SYBILLE MENDE
Sandgasse 7
Autobiographischer Roman
Mit einem Nachwort von
Ilse Bezzenberger
Ullstein Buch 30245

GRAZIA DELEDDA
Cosima
Roman
Übersetzt und
mit einem Nachwort versehen
von Birgit Klarner
Ullstein Buch 30246

»Bist Du Luftbild oder Leben?«
Brautbiefe aus zwei Jahrhunderten
Herausgegeben und mit einem Nachwort versehen von Susanne Ledanff
Ullstein Buch 30247

MARGARETE BUBER-NEUMANN
Milena, Kafkas Freundin
Ein Lebensbild
Mit einem Nachwort von Gudrun Bouchard
Ullstein Buch 30248

GEORGE SAND
Die kleine Fadette
Roman
Mit einem Nachwort von Irmela Körner
Ullstein Buch 30249

EVA ZELLER
Nein und Amen
Roman
Mit einem Nachwort von Geno Hartlaub
Ullstein Buch 30251

MAXIM GORKI
Ein Mensch wird geboren
Frauenerzählungen
Mit einem Nachwort von Christa Ebert
Ullstein Buch 30252

HILDE SPIEL
In meinem Garten schlendernd
Essays
Mit einem Nachwort von Marcel Reich-Ranicki
Ullstein Buch 30253

Apfelschaumweine

Nach klassischer Flaschengärung ausgebaut unterscheidet sich der Apfelschaumwein nur in einem wesentlich vom Champagner – wir stellen ihn aus Äpfeln her. Seine Vorzüge sind damit begründet: mit 7,5%Vol. ein aus der Natur heraus dankbar niedriger Alkoholgehalt sowie eine Leichtigkeit der zum Genuss ohne Reue einlädt.

Sider Exclusiv Grün

Ausgebaut ohne Restsüße eignet er sich hervorragend zu Variationen verschiedener, auch kalter Fischsorten.

Sider Exclusiv Gold

Der klassische, trockene Apfelschaumwein zeigt seine Stärke zu allen leichten Speisen. Salate, Fisch oder Fleisch – die zarten Geschmacksnuancen sind gefragt.

EVA

Die unverratene Beerendosage verleihen diesem außergewöhnlichen schäumenden Apfel wundervoll rötliche Farbe und feines Geschmacksspiel von Apfel und Beere. Als Aperitif immer willkommen aber ebenso zu Desserts ein besonderer Höhepunkt.

Weitere Informationen:
Kelterei Jörg Stier
Am Kreuzstein 25, 63477 Maintal
www.kelterei-stier.de

Apfel-Weine

In vielen Regionen der Welt gilt die Kunst der Weinbereitung aus der paradiesischen Frucht als wohlbekannte, seid Jahrhunderten geübte Tradition. Erhalten haben sich in den jeweiligen Regionen die traditionellen Handwerkskünste, mithin die deutlich voneinander unterschiedlichen Geschmacksrichtungen. Grund genug, auch aus hessischen Äpfeln die Vielfalt der ApfelWeinWelt aufleben zu lassen.

Cidre fruchtig nach Bischemer Art

An Apfelblüte erinnernder Duft, feines Spiel von Apfel und Süße bei Calvadostönen im Nachhall. Immer zur leichten Küche, vor allem zu vegetarischen Speisen eine faszinierende Kombination.

Apfel-Cidre „Le bol"

Getrunken aus der traditionellen Cidretasse ahnt der Genießer etwas vom Bernsteinlicht und den Hauch Seeperlenschimmer, den die Bretonen ihrem Cidre zuschreiben. Volle Süße und feine Frische verleihen ihm die Frucht, die er zur Begleitung von Süßspeisen wie Crepes aber auch Galettes braucht.

Sidra „Toro Loco"

Kräftige, trockene Apfelfrucht bei frischer Kohlensäure machen unseren Sidra zum passenden Begleiter zu vielen spanisch inspirierten Speisen. Paella, Gazpacho und (hessische) Tapas – ein bisschen spanische Stimmung auf dem Teller und im Glas.

Red Cider – the american way of apple-wine

Geheimnisvoll-rötliche Farbe, tiefgründige Apfelfrucht, paradiesische Süße und aufregende Frische verleihen Red Cider die Gabe vielfältigster Einsätze. Aperitif, Surf&Turf, Desserts – ein Wein aus Äpfeln, der für jede Überraschung geeignet ist.